U0898496

城之影

movies x cities

王田 著

生活·讀書·新知 三联书店

目录 CONTENTS

Berlin

柏林苍穹下

×《恐惧吞噬灵魂》《生死朗读》《柏林的女人》《柏林苍穹下》《罗拉快跑》《堕落少女日记》

× 现代的新与潮

波茨坦广场屹立着这座城市为数不多的三座摩天大楼，是城中时髦青年的好去处，也是柏林电影节的举办阵地。

其中Sony中心最现代，巨大的玻璃穹顶，罩着一个透明广场，有博物馆、电影院、餐厅、酒吧。入口的屏幕上，神态旷远绰约的玛琳·黛德丽（Marlene Dietrich），担当着德国的电影女神。此处原本就是旧柏林的娱乐场所，“二战”时被炸成废墟。两德统一后，作为新柏林的地标，由日本Sony公司经过招标拿下项目。世事荏苒，2008年Sony中心被美国投行摩根斯坦利收购，2010年又易主给韩国基金。如果结合获得奥斯卡最佳纪录片的《监守自盗》（*Inside Job*，2010）来看，或许会发现一点秘密。新世纪后，美国金融业政策放宽，于是美国银行持续走强，也持续贪婪。银行大老板们通过巨额政治捐赠游说国会、高薪收买经济学家，然后心无旁

1 

1　波茨坦广场上的三座摩天大楼

骛地玩着他们的游戏，一边戏谑着“Shitty Deal”（狗屎交易），一边将其卖给不知情的老百姓。他们用次贷发财，同时也多米诺骨牌似的蔓延风险。摩根斯坦利在金融危机前就曾大举收购德国房地产，将泡沫吹到了德国。

在Sony中心观看全球同步上映的电影《欲望都市》（*Sex and the City*，2008）。银幕上，是正片之前的广告“和路雪”；银幕下，有女招待拎着精致的小篮子来卖“和路雪”，离开时不忘周到地问候大家，“Enjoy your time！”蛮会做生意。我捧着曲奇和果汁，开心惬意两个半小时，看Carrie的超级时装秀，看她与Mr.Big终成眷属，电影就是梦嘛……Sony中心是城中唯一放映Original版本的影院，其他均为德语版，超过两小时的电影，票价会加价。

从柏林热映的影片，看得出好莱坞的席卷力，到处是梅丽尔·斯特里普（Meryl Streep）出演的音乐大片《妈妈咪呀》（*Mamma Mia*，2008）的海报。美剧的势头也不小，打开电视，依旧在放《老友记》（*Friends*）。不过有一部令我略吃一惊，院线居然上映了《没有青春的青春》（*Youth without Youth*，2007），这是大导演科波拉（Francis Ford

2-3

2-3 《妈妈咪呀》和《没有青春的青春》，一个商业，一个文艺，好的是都有机会和大众见面

Coppola）实现多年心愿的第一部个人化影片，他种植葡萄园、销售葡萄酒，再用赚来的钱拍电影，自己投资的好处就是无需看好莱坞大佬的脸色，甚至无需看观众的脸色。《青春》就是一个被语言、哲学、政治、科幻多重包裹的爱情故事，复杂神秘难懂，这样的小众电影在中国上映简直不可能。

散场后，在酒吧叫了酒，遇到一位相当正点的日耳曼男服务生，简直像从“二战”电影中走出来的军官，于是我的小费也给得额外多了些……不过还是哈德森区酒吧的黑啤最美，露天座，有街头艺术家演奏 Jazz，人们聊着，或者只是啜一杯酒静静地听音乐。北京的酒吧很难呼吸到这样的自在和自由，要么很吵要么很大，所以即使在飞行了十几个小时后的第一晚，我依然喝到凌晨两点还意犹未尽，权当倒时差。

欧洲爱爵士。在 Cover Music 如愿以偿买到爵士钢琴 *The Koln Concert*，超值，7 欧元多，一般的 pop 与 rock 都要 17 欧元。如今全世界大概只有柏林买得到这张唱片了，它是爵士音乐史上的一个奇迹，完全即兴弹奏，甚至听得到钢琴家的沉醉吟叹。店员自豪地说，Oh，it's very famous。片刻又说，Oh，it's the best。对音乐的痴迷和在行，很像《失恋排行榜》（*High Fidelity*，2000）里那个开了一家小唱片店的男主人公，他和伙计每天的乐趣就是认真地跟顾客叫板音乐品位，假如你喜欢的恰好是他们的排行榜之外的乐队，那么他们不会跟你成为“一伙的”。

Cover Music 唱片的分类很细，也卖 T 恤和海报，大幅海报多是美国经典影片、歌星影星，《教父》、《好家伙》、猫王……好莱坞势力又见一斑，猜猜谁占据了最醒目的招牌？强尼·德普（Johnny Depp）！这位“加勒比海盗”差不多是欧洲现在最有人气的好莱坞明星，菩提树下大街，一家蜡像馆的橱窗里就站着一个真人高的德普蜡像；非但在德国，意大利、西班牙街头也看得到他，而他在威尼斯拍摄《致命伴侣》（*Tourist*，2010）时，几乎引来了全球媒体“探班”。

柏林是个充满活力的城市，艺术根本就是生活的一部分，各种活动眼花缭乱，大广告满眼可见，小宣传随手可取。它不似法兰克福那么宁静幽雅，更豪野放旷，前者像金融家，后者像艺术家。国家剧院的旁边，是奔驰赞助的一个 Fashion Show，白色与黑色，构成经典又现代的视觉组合，后来在 Fashion TV 上看到了这个活动。

除了艺术，柏林的多元化还体现在种族上。西班牙以黑人和墨西哥人居多，德国则多土耳其与中东人。战时德国男人被征去打仗，政府不得不从土耳其、印度、罗马尼亚等国招募外籍劳工，俗称“客工”。他们填补了战时就业并参与了战后重建，但是也遗留下一些社会问题，比如被歧视。事实上，移民问题差不多是当今欧洲社会最普遍、最为头疼的问题，法国也是由于“二战”、阿尔及利亚战争等失去了很多男性，因此引进大量外来人口进行重建，而 2006 年的巴黎骚乱无疑是一次震耳欲聋的移民

4-5

4　昨日传奇，玛琳·黛德丽：柏林优秀的女儿。“二战”爆发后，希特勒邀这位在好莱坞发展的红人回国，被拒绝，她还加入军队为抗击德国效劳，因此上了希特勒的黑名单

5　今日偶像，强尼·德普：欧洲现在最有人气的好莱坞明星，一张有性格的脸总是挡不住那股子忧郁和孤独

6

问题大爆发。我在巴黎乘地铁时是颇有感触，二环以内才叫巴黎，二环之外就不叫巴黎了，从机场到 Paris-City 的这段郊区火车，上下着许多黑人，这就是传说中的“双城记”，白人住城内，移民住城外，彼此之间有点相安无事又老死不相往来的意味，巴黎人对待移民的态度大抵如此：我不干涉你，但也绝不和你往来。我甚至见过很体面的一家黑人，爸爸西装革履身材精壮，妈妈丝袜高跟鞋，小女儿被精心打扮过，粉嫩的小裙子、黑色小皮鞋，头上的小辫子末梢挂满白色红色的小珠子。只是我在想，尽管他们干干净净、衣冠楚楚，但他们的肤色恐怕还是无法真正融入法国社会吧。2006 年的一天，巴黎郊区两名青少年受到警察追捕后逃入一所变电站触电身亡，移民青年遂组织了数百人走上街头，与警察发生

6 Benz-fashion week Berlin 2009

冲突，焚烧汽车、商店，据称是巴黎自著名的“五月风暴”以来最大的一场骚乱。参与其中的一个青年说，“我们不是流氓。但巴黎人不知道这里的真正情形，这里聚集着太多的失败。”有一次我住在离巴黎中心稍远的南部地区，*Lonely Planet* 上介绍此处多黑人，不安全，建议晚间少出门，果然一出地铁，游荡着不少“危险分子”，或许他们就是这些“失败者”中的一员吧。

德国新电影四杰之一的法斯宾德（Rainer Werner Fassbinder），早在 1973 年就拍摄了《恐惧吞噬灵魂》（*Ali Fear Eats the Soul*），描写一位德国老年女清洁工与一个年纪小她很多的摩洛哥劳工的爱情。这也是雄性荷尔蒙旺盛的法斯宾德手法最传统、情感最温柔并且他自认为最美的一部作品。两个人相爱，却不被外界接受，只好默默忍受着歧视与不解：不仅仅是对这一对忘年异国恋的歧视与不解，也表现了战后德国对外籍劳工的歧视。1990 年代，生长于德国的土耳其移民后裔在积蓄了多年力量之后，开始进入主流社会，自己拍片，讲述自己的故事，试图确立移民群体的话语权。

奶酪、火腿、面包、咖啡、果汁，各家旅馆只有细微差异，如是早餐

7 《恐惧吞噬灵魂》中的德国老年女清洁工与小她许多的外籍男劳工

陪伴了我二十天，吃到最后会变烦的。不过柏林有两种特色不错，一个是咸面包圈，一个是Duona——姑且用拼音读吧，多拿。这种类似中国肉夹馍的东西其实是土耳其的风味，像咖啡和汉堡一样，在街道上有寻常可见的外卖店，肉架子高高摞起，旋几片，加入番茄、橄榄、洋葱、青菜，3.5欧元就吃得心猿意懒。印度餐厅在柏林也相当受欢迎，瞧瞧开在黄金地段的这家，连棚子的颜色都充满了印度咖喱的热辣！

让我颇感讶异的是，作为奔驰和大众的老家，柏林大街上却甚少看到奢华跑车或高级轿车，比北京朴素低调得多。柏林跑着许多不起眼的小厢车，首当其冲是本着环保理念的，既节约空间又节省能源。所以看着那些样子cute甚至有点滑稽的小厢车，我反而生出一些敬意，招摇的中国豪车们反而显得煞有介事、虚张声势。

柏林的街巷设有自行车专道，常见戴着头盔的孩子呼啸而过。我住在本地一个中产社区，隔一段就有柱台，自行车夜间锁在旁边，安全、方便。有一晚更是邂逅了一个壮观场面，我正在一家冰激凌店买甜筒，忽然飞来一群头戴帽盔、脚踩冰鞋的速滑青年，一个满头大汗的男孩滑过来要了一只甜筒，忽然注意到我，歉意地说，“是不是抢了你的顺序？”想想看：夜

8-9

8　柏林的印度餐馆——不知这温暖的颜色，是佛陀的温暖，还是咖喱的温暖？
9《陆上行舟》。这是一部疯狂的电影，把几吨重的巨轮生生拉过了非洲热带雨林的山顶

晚 10 点多，大部队速滑，多到上百个！那情形让坐在露天酒吧的人们看得好开心，我也看得好开心。

运动就是生活的一部分。德国新电影运动四杰之一的赫尔佐格（Werner Herzog）就是个运动家——滑雪、徒步、登山。比起酗酒、吸毒、淫乱的法斯宾德，赫尔佐格无处排遣的原始能量全部用在了挑战大自然上。《陆上行舟》（*Fitzcarraldo*，1982）里，主人公野心勃勃的计划令人咂舌，他为了在南美修建一座剧院而购买了一艘旧船，然后驶入神秘恐怖的热带雨林收割橡胶，生生把几吨重的巨轮拉过山顶……这个异想天开的疯子有如赫尔佐格本人，他亦是狂热的旅行家：十九岁驾驶卡车去了雅典；在非洲拍片时被捕入狱并染上了寄生虫病；前往加勒比海一座即将爆发的火山下拍摄唯一一名留守家园的老人；六十五岁又亲自架着摄像机到南极……生态、环保、对自然的爱与敬畏，在彼时尚属新潮的概念，已是赫尔佐格的创作主流。而他对自己的历史的说辞是，“叛逆没有错，错的是没有更叛逆”。他以偏执狂般的能量拍出新电影，为的是唤醒德国文化中的精髓——正直。

柏林的城市交通非常发达，地铁像八爪鱼一样吸附着城市。同时，

10

10 柏林地铁站。赫尔佐格的意志的胜利，今天的德国年轻人是否还拥有？

地上巴士与地铁在时间上是衔接的，不会遇到像在北京过了晚上11点搭不上地铁也基本没了公交车的状况。柏林的地铁开到凌晨一两点，同时地面会有公交车继续把乘客送往各方目的地。德意志不愧是最严谨的民族，柏林机场也是我见过的指示最科学的机场，清晰简洁，一目了然。而在巴塞罗那的机场，光找出租车就得花半小时。有时，“发达”首先意味着以人为本。

× 历史的耻与辱

然而，当你来到柏林的市区中心，心情会沉重起来。这里铭记着一个民族的创伤和耻辱——威廉大教堂，在“二战”盟军攻克柏林时被炮火削掉了头，所以又称“断头教堂”。在斑驳沧桑的大教堂旁边，并立着现代感十足的奔驰大厦和新教堂。政府并不打算修复或者抹去那颗“断头”，不怕这表面的突兀和不协调，为的是记住伤口，是对照和警示。它就像德国前总理勃兰特双膝跪在波兰犹太人死难者纪念碑前的谢罪一样，有着深重的意义。

在《亲爱的安德烈》里，龙应台的德籍儿子对她说：我们始终觉得有罪，没有快乐的权力，只在赢得世界杯的那一刻，我们喊出来了。在历史的重压下，罪疚与沉默了许多年的德国，如今开始抬起头、挺起胸。卓别林曾拍过一部《大独裁者》（*The Great Dictator*，1940），对希特勒做了一次无与伦比的嘲讽和清算，但是若将六十年前的《大独裁者》与六十年后的《帝国的毁灭》（*Der Untergang*，2004）相对照，就可以看到某种变化。

11-12

11 新教堂里现代感的银幕背景

12 老教堂中古老的天顶壁画

与前者的嘲讽丑化相比，后者显得平和冷静多了，像一部纪录片，记录下希特勒在地下掩体里度过的最后时光。该片在德国取得了高票房，也引来许多争议，片中那个会流泪、会亲吻爱人嘴唇、喜欢吃巧克力蛋糕、经常牵着牧羊犬散步的孤独老人，被认为把希特勒塑造得过于人性化了，英国媒体甚至打出讥讽式的标题——“德国人要原谅希特勒吗？”但是德国人很坦然，认为影片对“二战”历史观不会产生任何影响。德国对待“二战”的心态日趋成熟，对那段历史的艺术表现更为自信：希特勒罪大恶极，但他不可以作为一个人被全面地展现吗？若展现了他作为人的某些本性，是否就是一种政治不正确？

由好莱坞大明星汤姆·克鲁斯担任制片人和主演的电影《刺杀希特勒》（*Valkyrie*，2008），向世界揭秘了一个不为人知的故事：在普遍的印象中，希特勒如同施展了催眠术，使全国上下一呼百应；然而很多人不知道，“二战”期间一些有着家国信仰的贵族军人，不认同底层出身的希特勒以及他手下只知效忠长官而非国家的职业军人，因此以命相搏，密谋刺杀希特勒。之前曾有一个2004年的德国版本，但辐射威力远远不及这一部。好莱坞的确让人爱恨交加，它既霸道地垄断了世界电影市场，规定了观众应该看

13-14-15

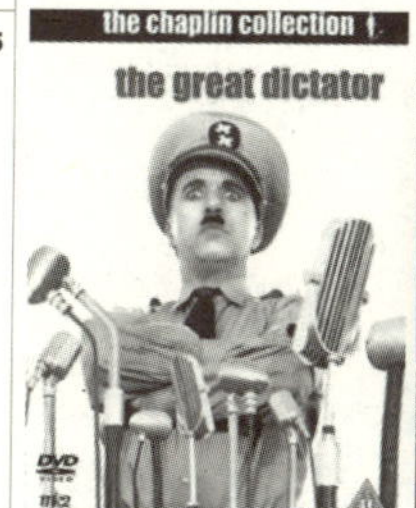

13 《大独裁者》中嚣张丑陋的希特勒
14 《帝国的毁灭》中人性化的希特勒
15 《刺杀希特勒》剧照

什么或者说得更极致些——不应该看什么；同时又以巨大的影响力使一些世人必须了解的真相得以大白。比如斯皮尔伯格（Steven Spielberg）的《辛德勒的名单》，他在片场流泪，不与德籍演员握手，不跟身着纳粹军服的演员打招呼，这位有着犹太血统的好莱坞导演的入戏与投入，使“二战”中的犹太人受难记跃上了历史和记忆的巅峰。不过《刺杀希特勒》的德国版本与好莱坞版本有着文化上的差异，执行刺杀行动的英雄斯陶芬伯格在临刑前，德版中喊着“神圣的德意志万岁”，美版中喊的却是“上帝保佑德意志”。在美国，普世价值至高无上；在德国，政治与哲学都有极权化倾向，当海德格尔的哲学信念——只有日耳曼人的复兴才能把西方从虚无主义没落中拯救出来——与希特勒的现实权力紧密拥抱时，灾难降临了。

随着情绪渐渐平复，关于“二战”的故事也越来越多样化，世界对那段历史的真相也有了更为饱满的认知。《生死朗读》（*The Reader*，2009）改编自同名畅销小说，作者本哈德·施林克（Bernhard Schlink）借此重振了德国文学。影片采用了人文主义手法，第一次塑造了一位普通的集中营女看守形象。在惯常的认知中，纳粹是某种恶的、千人一面的符号，但是女看守汉娜打破了这种刻板印象。在她身上，我们发现了一种叫做“羞耻”和“尊严”的东西，她沉默地隐藏着自己是文盲的秘密，甚至不惜背负上莫须有的罪名和二十载牢狱。很难说这种个体尊严在历史是非面前是否恰当，但它让人感到震撼：真理重要，还是个体拥有的人之为人的某种权力更重要?

“二战”后的柏林，十五岁少年偶然遇到三十多岁的公共汽车售票员汉娜，随后二人成为秘密情人。她喜欢他为她朗诵小说，他却不知汉娜是文盲。多年后，少年作为法律系大学生参加法庭实习的时候，才发现汉娜曾经做过集中营看守，正在作为战犯被审判。他为狱中的她寄去录音带与书，教汉娜学会了阅读。就在刑满释放的当天，汉娜自杀了。这是德国最沉重的一份遗产。与纳粹政权有关的人实在太多，从军人数一千五百万，法西斯妇女两百多万，集中营全面深入到整个国家的日常生活，被形容为“集中营宇宙”。本片导演史蒂芬·戴德利（Stephen Daldry）生于战后，他拍这部电影如同在为自己的同代人做一件事，因为这一代人认为他们生于罪恶。所以《生死朗读》也是一部隐喻，汉娜隐喻着纳粹时期的父母一辈，少年隐喻着战后出生的子女一辈。

汉娜一直叫他“kid”，即使彼此都老了；她的“kid”眼里不再有光，她看不到自己出狱后的希望，唯一的办法就是带着书在她的小房间里自缢。作者想用一种新思路来探讨旧命题：如何面对沉重的历史遗产和记忆？如何生活在一个后战争时代、后种族灭绝的社会？年青一代对父母一辈有着非常复杂的感情，他们如何能爱？这个社会如何向前？新一代德国艺术家厚积薄发，从非洲哲学中找到了答案：真相与和解——这就是这部电影想要说的。这个名字来自南非，它是一个现代名字。当有人抱怨新政权没有

16-17-18

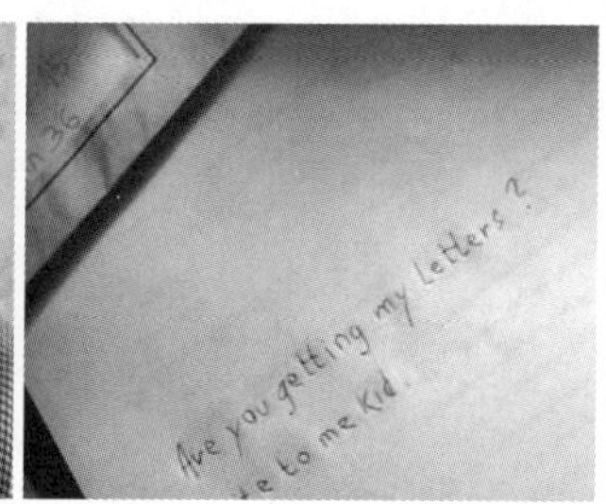

16 《生死朗读》中那个怀抱尊严与沉默的纳粹女文盲汉娜

17 长大后的少年在为汉娜朗读、录音

18 她学会了写字：你收到我的信了吗，我的孩子？

把所有的纳粹罪犯送上法庭时，南非黑人主教图图认为，如果使用纽伦堡模式，那么治愈南非民族的创伤将成为不可能；如果那些白人都被送入监狱，那么让他们参与南非的重建就会非常困难。自从南非创立了“真相与和解委员会”，世界上很多国家都选择了这种方式来严肃地面对自己的历史：韩国设立“过去事件真相与和解委员会”，处理韩国戒严时期的案件；加拿大政府设立“真相与和解委员会”，在全国各地举行公听会，为虐待原住民的历史正式道歉；利比里亚总统出席“真相与和解委员会”听证，对她在内战中所起的作用向利比里亚人民道歉。

尽管有评论家谴责凯特·温丝莱特（Kate Elizabeth Winslet）扮演的汉娜是个裸体纳粹——因为片中有性，且是不伦之恋，但温丝莱特凭借此片戴上了奥斯卡影后的桂冠。她奉献了一个影史中鲜见的角色：没有文化自觉的文盲女人——新奇的激情，激情隐藏的秘密，秘密背后的尊严，尊严之下的巨大沉默，最终的文化觉醒，觉醒之后的绝望。

柏林有耻辱，也有屈辱。如今，它终于把自己的女人们六十年来不为人知的伤痛，大胆地讲出来。“二战”时，希特勒的冲锋队在进攻波兰和苏联时，不仅强奸了很多当地妇女，还设立了妓院“慰藉”德国官兵。愤怒的斯大林开始了“血债要用血来还”的反攻，苏联红军强奸了两百多万德国妇女，其中柏林妇女十三万，有一些学校的女生集体自杀，也有人因感到羞辱而将被强奸后生出的孩子杀死。多少年里，可怜的女人们由于受惊过度，一直不愿触及往事；同时由于苏联红军被视为解放了世界的英雄，他们的罪行也就无人敢提。《柏林的女人》（*Eine Frau in Berlin*，2008）便取自一个女人的真实日记，她们的冤屈得以大白于天下。

事实上，柏林女人就像很多其他国家的女人一样，承受着双重屈辱。《西西里的美丽传说》（*Malèna*，2000）里的尤物玛琳娜，不得已做了德军妓女以换取食物，却遭到镇上男人们的意淫和女人们的殴打，多年后随丈夫回来的，已是一个美艳不再身心迟滞的女人。这个忧伤的美丽传说并非在讨论一个古老的母题：女人的美丽是否是一种原罪，在我眼里它意味着更加尖锐的疑问：如果为了生存别无选择，一个女人出卖肉体，是否该被唾弃？她能做什么？她该饿死自己吗？波兰斯基（Roman Raymond Polański）在《钢琴师》（*The Pianist*，2002）里，对犹太钢琴师为了生存而向纳粹军官弹琴充满了悲悯之心——钢琴师头上被投射了一道神圣的光，这一“苟活”形象几乎成了受难耶稣。那么，柏林的女人、意大利的女人、苏联的女人，或曰所有为了在男人发动的战争中委曲求生的女人，为什么没有被同等地塑造为受难的圣母玛丽亚呢？

摆不脱的梦魇，还有波兰。2010 年 4 月，波兰总统及八十多名高官乘坐的专机坠毁。这个现世灾难恰好发生在为历史灾难前去纪念的途中，而那个震惊世界的历史灾难被拍成了电影《卡廷惨案》（*Katyń*，2007）。1943 年，德军意外地在卡廷森林发现一个骇人的万人坑，苏联政府却断然

19-20-21

19 《柏林的女人》海报
20 《卡廷惨案》海报
21 《无耻混蛋》海报

否认，并将责任嫁祸于纳粹，卡廷事件遂在几十年里混沌为一个历史谜团。1992年，俄罗斯总统秘密档案第一卷解密面世，披露的真相令波兰举国震惊，时任总统的瓦文萨全身颤抖。波兰的男人和柏林的女人都是“斯大林主义”的牺牲品，因此有人说：若没有纳粹，前苏联就是纳粹。这些影片并不是单纯地讨伐，而是为了对历史说实话，这样才能对现在说实话。

半个世纪以来，“二战”电影何其多，各个国家以各种角度倾情拍制，使之几乎确立为一种电影类型。不得不佩服德国的胸襟，《无耻混蛋》（*Inglourious Basterds*，2009）正是在柏林电影节的德国联邦电影基金会的680万欧元资助下拍摄的，德国不介意一向无法无天的昆汀·塔伦蒂诺（Quentin Tarantino）在他的首部严肃战争电影中无法无天地“创造”了一段令人惊愕的历史、一个很解气的希特勒之死——并非自杀，而是被烧死在一个法国的小电影院里，且是由一个犹太小丫头一手策划，她的黑人助手将一根火柴点燃，轻轻一弹，飞上了银幕，然后一片火海！

昆汀将世界上各种不同的地理位置全部分析了一遍，最终把拍摄地锁定在德国，尤其是柏林。影片捧红了两位演员，克里斯托弗·瓦尔茨（Christoph Waltz）和黛安·克鲁格（Diane Kruger）。前者演活了一个复杂的犹太猎人，从欧洲各大电影节最佳男演员一直扫荡到奥斯卡最佳男配角奖。美人克鲁格，本人即是生在德国、会说德语的德国人。虽然时代变了，德国年青一代不再背负沉重压力，但是即使他们自己不谈“二战”，也总是被其他国家的人们提起。克鲁格每周都会收到一个“二战”电影邀请，她往往不愿意接那些戏，不想进入到那种状态。而接拍《无耻混蛋》是因为它与通俗的历史观不同，它用一种不同的角度来审视“二战”，她认为自己扮演的双料间谍、大明星布里奇特，可能加速了第三帝国的灭亡。

× 东柏林的爱与孤独

著名的布兰登堡门，曾与柏林墙一起，隔开了东西德。我乘了较长一段 S-Ban（城铁），来到气象与西柏林颇有差异的东柏林，空旷而富有前工业气息，是东柏林给我的最初印象。如今，柏林墙拆了不少，还有一段留在这边，涂鸦满布，辨不清历史和现在，它见证着分秒的政治变迁，从隔绝到骚乱，再到统一。涂鸦是欧洲多见的城市景观，除了柏林墙，在西柏林的酒吧街也有两面巨大的涂鸦墙，是市民自由表达的公共空间，索性也就变成了城市的野性装饰，释放着城市的激情与力比多。

这堵墙是苏联的“杰作”。“二战”后柏林成为冷战最大的争端焦点，社会主义苏联占据东柏林，资本主义美英法占据西柏林，由于生活所迫东柏林的人逃去西柏林，苏联不能容忍叛逃，一夜间筑起柏林墙。所以与柏林天然一体的电影题材，除了“二战”，还有“冷战”。1987 年，里根吁求戈尔巴乔夫，“请推倒这堵墙吧。”这一年，德国新电影运动四杰的另一位——文德斯（Wim Wenders），创作了《柏林苍穹下》（*Der Himmel uber Berlin*）。这段涂鸦的柏林墙在片中反复出现，两位天使还穿墙而过。“肯尼迪，斯陶芬伯格，柏林变了。”这句台词在喃喃自语什么呢？1963 年，美国肯尼迪总统（John F. Kennedy）站在柏林墙前发表了著名的演说：“两千年以前，最自豪的夸耀是‘Civitas Romanus sum’（我是一个罗马人），今天，最自豪的夸耀是‘Ich bin ein Berlner’（我是一个柏林人）……一切自由人，不论他们住在何方，皆是柏林市民。”

二十多年后，柏林墙被推倒。然而“二战”和“冷战”早已使柏林变了。如同海报上站在城市之巅的俯瞰，片中的两位天使一个冷眼旁观，一个悲天悯人，莫不是文德斯面对巨变的柏林的内心态度：一个声音在说，由它去吧；一个声音在说，不，我要拯救它。悲悯天使想感受一下脱掉鞋子光着脚的感觉，而冷眼天使认为还是独善其身、自持为好。即将倒闭的马戏团引来悲悯天使的同情，他爱上了扮演天使的演员，于是化为凡人，穿上花西装，戴上黑礼帽，享受着被铁皮砸伤后舔舐自己血的真实兴奋感。他的态度如同文德斯自己最终采取的态度：结束了八年的美利坚漂泊，停止遥远的旁观，回到创伤的故乡柏林，与同胞在一起。

不过，相比于施隆多夫（Volker Schlöndorff）的《铁皮鼓》（*Die Blechtrommel*，1979），政治并非文德斯所爱。他更是一个城市体验的散文大师，那部收集了各种声音的《里斯本的故事》（*Lisbon Story*，2004），令我冲动地跑去了里斯本，去触摸它充满海水味道和电车吱吱声的每一寸肌理。文德斯的主人公大抵都是孤独的，在人类被上帝一分为二的时刻，无法被拯救的孤独便如影随形。而文德斯为孤独寻找到的家园总是爱：《柏林苍

22-23

22 柏林墙的涂鸦
23 《柏林苍穹下》海报

24

穹下》的天使、《里斯本的故事》的收音师都选择了为爱停留，《里斯本的故事》直接说出了这句话：就算有很深的信仰，没有爱的话，我等于不存在。

虽然东柏林有东欧相对落后的气质，但拍摄于红桥的《罗拉快跑》（*Run Lola Run*，1998）却是相当前卫，它甚至宣告了21世纪的到来。主人公惊心动魄的红发、开放式的结局、电子游戏般的叙事逻辑，以及摇滚乐般的节奏感，让以往那些颇显沉闷和沉重的德国电影在一个愣头青面前打了个趔趄。

一对年轻恋人，男友闯了大祸，把走私来的十万马克弄丢了，而老大二十分钟后就来拿钱。他只好向女友罗拉求救，只有二十分钟。罗拉开始

24 红桥，因《罗拉快跑》而著名

快跑……《罗拉快跑》是电子游戏的产物，使用了无限“从头再来”的逻辑。每次主人公遇险身亡时即又复活，罗拉就从头再跑一遍，随着每一次的情形变化，故事的结局也不同。第一次，罗拉找老板爸爸求救，但被赶出来，男友去抢超市，两人遭遇警察，罗拉被击中。第二次，罗拉用枪顶着爸爸搞来十万马克，男友迎上前时被车撞倒。第三次，罗拉错过了爸爸，她进了一家赌场赢来十万，而此时男友已追回钱，两人手拉手离开。

相似的叙事革命同时现于另一部英国电影《滑动门》（*Sliding Doors*，1998）里。一个女孩被炒鱿鱼，搭地铁回家，就在滑动门关闭的瞬间，两种命运反向运行了：一个是，女孩误了地铁，因此错过了男友偷情一幕，但随后因得知背叛而跌下楼梯导致流产；另一个是，女孩赶上了地铁，却撞见男友偷情，伤心欲绝分手告终，但开始了新恋情和新事业。伍迪·艾伦的《双生美莲达》（*Melinda and Melinda*，2004）也模仿了这么一种假设叙事：穿着粉色衣服的乐观美莲达与穿着棕色衣服的悲观美莲达，各自拥有两样人生。也许正因为人生无法从头再来，人们才如此迷恋“从头再来”的叙事模式，咏叹人生的偶然性。《罗拉快跑》的前卫外表之下，有一颗认真的心：爱情是一种必然还是偶然？爱情是否值得全力以赴？罗拉不顾一切地奔跑找钱救男友，可是当她看到男友低三下四地巴结黑帮老大、对她百般辛苦筹来的钱不闻不问时，这一切又值得吗？可是，如果不值得、不相信，人生又有什么意义和意思？是爱使我们更加孤独，还是孤独才使我们一头栽入爱？这是电子游戏的逻辑所无法解答的。罗拉的跑，一次又一次，当她最终无言地被男友拉走时，我们和她一样，黯然神伤。

除了革命性的结构，《罗拉快跑》还玩了一些小花招——比如动画的介入，比如切割画面，比如向《铁皮鼓》致敬——小男孩奥斯卡，一旦对成人世界有所不满或不肯屈从，就会以大喊来反抗，高分贝震碎了玻璃窗，如同一种神奇的特异功能；而《罗拉快跑》中，当罗拉为了给男友筹钱而走进 Casio 下注时也拼命大喊，于是乎，震碎了人们手里的酒杯，骰子也乖乖落在命中的位置。

很难想象，这部后现代电影居然出自这个以深沉著称的国度。但事实上，《罗拉快跑》一点也没有背离德意志民族的哲思气质，像文德斯在《柏林苍穹下》反复呓语着哲学意义上的追问“为什么我是我而不是你？为什么我在这儿而不在那儿？时间的起点在哪儿，宇宙的尽头在哪儿？是否阳光下的勃勃生机不过是幻景？是否我看到的听到的闻到的只是海市蜃楼般的表象？”一样，导演汤姆·提克威（Tom Tykwer）在开篇也设置了苍穹俯瞰下的众生，喃喃呓语了一串古老的哲学命题：Who are we? Where do we come from? Where are we going? How do we know what we believe to know? Why do we believe anything at all?

25-26

:: **对照记**

25-26　10 年前，罗拉的快跑；10 年后，我的快跑

× 西柏林的邪与无邪

古老不止于罗马。在柏林住宿的旅馆，无声无息的红地毯、大理石台阶、厚重铜门把手，特别是那小得只容 1 人 +1 行李的老式电梯，令人猜想这里曾是贵族之家，如今改作商用。旅馆先生温文尔雅，哪里像旅馆先生，全然一个大学教授，于是我又顺理成章地为他杜撰了身份——吃遗产的子嗣。

圣火传递，始于 1936 年的柏林奥运会。彼时的德国不可一世，建筑样式诉说着跋扈的野心。我住的旅馆，屋顶极高；漫步柏林街头，高阔门廊需要仰视；地铁站、火车站统统大，旧虽旧，老虽老，但是威风。去看望旅居柏林的朋友，他们租房时特别指定要 1850 ～ 1950 年的房子，建筑内外不见得精致奢华——华丽是罗马帝国的风范，德意志重气势，它不要繁复的巴洛克或洛可可，阔门高顶就 OK！而战后德国变得谦逊内敛了，议会大厦首先平和起来。

长长的菩提树下大街，沿途有许多重要历史地点。洪堡大学校园不大，门口有个旧书摊，大厅亦不大，迎面墙上刻着金字语录，落款是“卡尔·马克思”。二层，360° 环绕着校友的肖像照，中央有桌子，摆着矿泉水和纸

Berlin

27-28

27 我所住的旅馆走廊

28 恢弘的柏林大教堂，老建筑式样

29-30

29 塞纳河畔的老火车站变成了今天的奥塞美术馆

30 昔日的老汉堡火车站，如今的现代艺术博物馆

杯，免费供人饮用。别看这个小又朴素的不起眼的地方，却培养出大批哲学家、政治家、科学家，最 popular 的当然还是马克思和爱因斯坦。

新国家画廊正在举办一个摄影展，摄影师天真得像个小孩，创作前先在心里来一个“ask and answer”——有天他突发奇想地问自己：如果像拍电影那样，长时间对准剧院的舞台，会是什么效果？于是他拍了纽约、伦敦各地的剧场演出，同一位置同一角度，结果，舞台一律呈现为曝光的白。但我的问题是，怎么把新国家画廊当成了贝聿铭作品呢……追随贝大师而来，却错过了他的德国历史博物馆和军械库。对于学习建筑设计的人，欧洲是天造课堂。环保意识渗透进各个方面，很多大型公共建筑都采用玻璃，自然光不仅节约能源，也利于艺术欣赏——避免了灯光反射，在中国美术馆参观时，我就常因灯光反射在画框玻璃上而小小懊恼。不知贝聿铭的设计理念原本如是，还是被国际业主调教而成，法国卢浮宫的玻璃金字塔只以一点鬼斧神工的人工光成功逃过业主的犀利眼睛，德国历史博物馆同样是通体玻璃。北京长安街上的中国银行总部亦是他的作品，亦秉承了相同的设计理念，光线是第一位——惊人的巨大的玻璃穹顶，几层楼那么高，阳光如神迹般气贯而下。

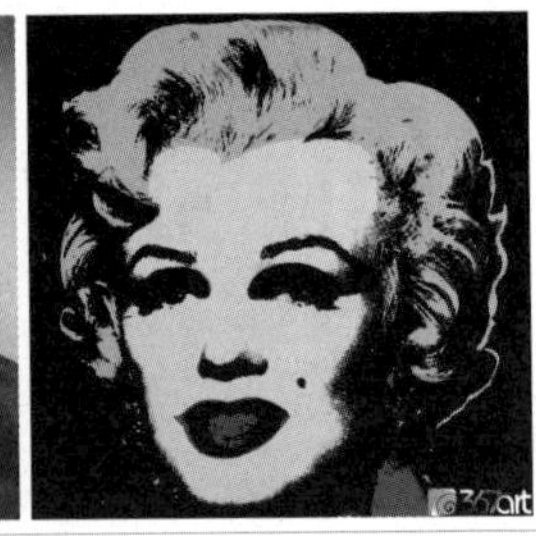

31-32

31-32　安迪·沃霍尔最著名的两张波普肖像

博物馆是一个城市重要的文化参数，光柏林就有五十多家，柏林大教堂周围甚至有一个博物馆岛。老汉堡火车站被改造为现代艺术博物馆，巴黎塞纳河畔的奥赛美术馆前身也是一座火车站。简洁的白墙大窗，由黑色金属线分割了空间，典型的包豪斯风格。“二战”后柏林的包豪斯开启了现代设计新纪元，此间博物馆也主打现代艺术，收藏了不少安迪·沃霍尔（Andy Warhol）的作品，最标志性的两幅波普就面对面：Chairman 毛和玛丽莲·梦露。我想拍一张彼此叠加的照片，可是来来去去总有人逗留，玻璃画框里总是不干净，只好悻悻离开。过了一会儿，博物馆的工作人员，一位中年德国男子，忽然挥手向我示意，意思是：过来吧，可以拍啦，现在没人啦！多可爱的人，看得懂我的心思。

返程的飞机上翻看报纸，《汇报》的头版便是安迪·沃霍尔这张 Chairman 毛的画像。较之于国内各种被花花绿绿的图片占据主要版面的报刊，《汇报》决不允许出现太多图片。事实上，除了媒体自律，老百姓也很“较真”。《汇报》曾用图片迎合时代，结果遭到了民众批评，复又回归严肃品质，硬性规定“一版只许一图”。不过，同样是《汇报》，北京奥运会前夕的版面上却是一幅极度醒目的黑口罩——外国运动员一出北京机场就戴上了它，暗示着北京的空气质量很可怕，意识形态是不是过激了？

而在另一个火车站，柏林火车站，上演了天雷地火的一幕。1928 年 10 月，人们涌入柏林火车站，急着一睹一位美国女演员的芳容，她将在德国导演巴布斯特（Georg Wilhelm Pabst）的新片中扮演女主角。这位女主角曾令巴布斯特满世界寻觅，应征者无数，包括葛丽泰·嘉宝（Greta Garbo）和玛琳·黛德丽（Marlene Dietrich）这样的绝代佳人，后者还因木被青睐而耿耿于怀了好久。那么，这个光芒盖过冷美人嘉宝和雌雄同体黛德丽的人，究竟是谁？“露露终于找到了”——这就是当天德国报纸的标题。在柏林火车站，布鲁克斯（Louise Brooks）现身了。

《潘多拉的盒子》（*Pandora's Box*，1929），讲了一个既具有诱惑力又具有杀伤力的美貌女子的故事，契合了其原型含义：潘多拉的盒子一打开，美人来了，极乐来了，祸患也来了。除此之外，还有一部《堕落少女日记》（*Tagebuch einer Verlorenen, Das*，1929），讲了一个未婚先孕的少女的故事。巴布斯特与布鲁克斯仅仅合作了两次，却成就了影史经典。若论艺术性，两部影片并不惊天动地，戏剧痕迹划破了现实的纸，诸多不幸怎么那么凑巧地撞上了“露露”与“堕落少女”？此时，巴布斯特的表现主义同辈茂瑙（F.W. Murnau）已经拍出了大题材《浮士德》（*Faust*，1926），并将黑白片的光影实验与视觉造诣推上巅峰。那么巴布斯特两部电影的奥妙何在？我觉得就在于布鲁克斯。看着布鲁克斯，我会对自己身处的这个时代提不起精神，那些惊世骇俗的人儿，早把我们远远丢在屁股后面，带着一身的无畏与彻底，走了。她塑造的那个取法天然和本性的放荡女孩，无人能及，因为那就是她自己。情人数不胜数，从导演卓别林到演员鲍嘉，

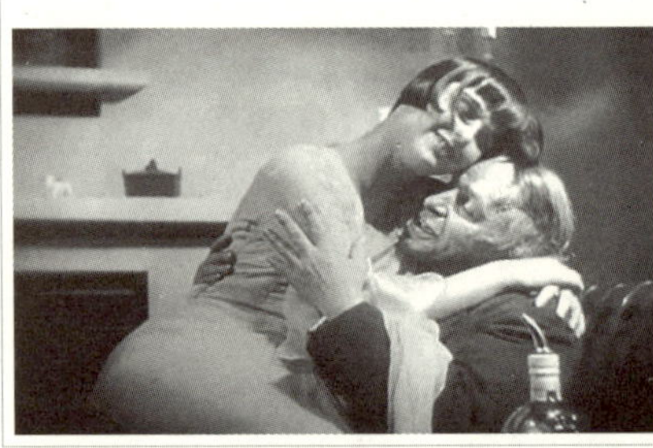

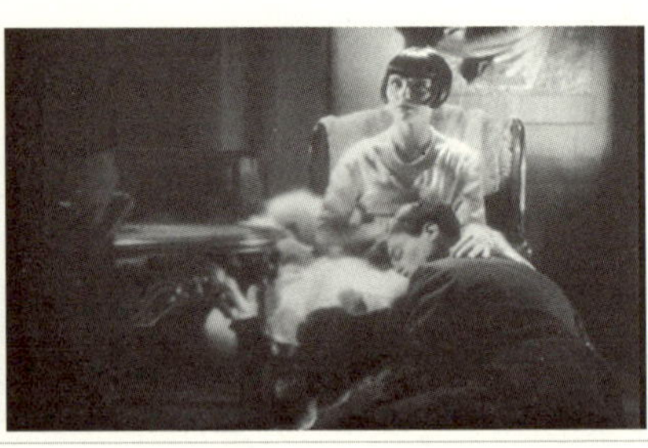

33-34

33-34 《潘多拉的盒子》剧照。她把男人们抱在怀里，使他们走向毁灭，当然也包括她自己

从染指有妇之夫到自己红杏出墙，从被富商老头子包养到与小白脸厮混，她就这么无论幸福或毁灭都毫不在乎地滑下去滑下去滑下去……两部巴布斯特电影如同一句谶语：露露死了，而布鲁克斯回到纽约后卖淫。

她是个不一样的美人，因为不自知。虽然脸蛋不见得美到黄金分割，但天真与无畏却使那张脸过目难忘。《堕落少女日记》的英文名是 *Diary of a Lost Girl*，但布鲁克斯的 lost 不是《迷失东京》（*Lost in Translation*，2003）里斯嘉丽的 lost，后者是衣食无忧下的迷失，前者是命运无法掌控下的迷失。一个美丽少女被迷奸后生下孩子，家人厌弃地将其送往少女劳改所，刻板、压抑的环境使她逃出来又沦为酒吧女，孩子也死了。没人拯救她，直到父亲死后将财产留给她，眼看着新生活要开始，她又善心地将遗产转给继母和两个小妹妹。一位伯爵把她带回家，她巧合地被请去指导曾经待过的少女劳改所，最后，不惜冒着暴露过去的风险，也要把昔日的朋友带出冰冷世界。伯爵说，多一点爱，世上就不会有人迷失堕落了。同样地，布鲁克斯也生活在一个男人掌控的世界，在欧洲不会说德语、法语，在美国又不肯乖乖听好莱坞的话，最终没戏可拍，男人也都离她而去，只好随波逐流做了妓女。她为率性付出的昂贵代价，就是堕落。

35-36

35-36 《堕落少女日记》中的布鲁克斯。看，如此无邪的堕落少女

不过有谁比她更有种呢。往往是这些无所畏惧的家伙，让人觉得带劲。你不能把她与道德拴在一起，如果照硬汉侦探小说家钱德勒的话说，她的道德感不比一只小猫多；如果照洛丽塔之父纳博科夫的话说，“深感亨伯特同洛丽塔的关系不道德的，不是我，是亨伯特自己。他关心这一点，我不。”布鲁克斯后来当了作家，她的自传据说有着其他好莱坞明星所无法企及的深刻。著名的“恶棍”作家亨利·米勒，也是吸食着放荡生活的精华而成为文学圣徒的，他打响世界的第一部自传性作品《北回归线》被自己的国家美国拒之门外，只好在法国出版，这个情色“孩子”的老爹后来隐居大瑟尔，麾下信徒无数。如果他们有幸相识，说不定会是好朋友。

在柏林，巴布斯特遇到了他的黑色精灵布鲁克斯。也唯有巴布斯特，才使布鲁克斯作为布鲁克斯而存在，之前是小角色，之后是小角色。记得十年前在《新闻调查》的时候，制片人想做一个未婚妈妈的报道，彼时这个选题还很敏感，当事人难找。我带着一股英勇之气准备大干一番，一早跑到北京妇幼医院“蹲点”，不怀好意地盯着来检查的各色女性，特别想盯出一个一看就是娃娃脸的准妈妈，一小时、一上午、一天过去了，我的那位不知是谁的“少女妈妈”终未出现。看了这部电影，我在心里任性地嘟囔了一下：七十多年前，布鲁克斯就已经在银幕上无所顾虑地扮演少女妈妈啦……1920年代，是柏林的黄金年代，纳粹甚至批评说，柏林是堕落的避风港。玛琳·黛德丽在《蓝天使》(*Der blaue Engel*，1930)里戴着黑礼帽、穿着燕尾服、抽着香烟于夜总会出场的一幕，不知激起多少骚动，男人的，女人的，身体的，心理的。事实上，当代裸体主义风潮亦兴起于1920年代的德国，后来才传入美国。1920年代不仅是柏林的全盛时期——

欧洲大陆工业化程度最高的城市，也是德国电影的巅峰时期——以柏林为基地的德国出产了世界上最好的电影，比如弗里兹·朗（Fritz Lang）的《大都会》（*Metropolis*，1927），就是后世科幻片鼻祖。

柏林的勃勃生气，终于1930年代，纳粹来了。他们拉拢过弗里兹·朗，朗不仅拒绝为其效劳，还和倾向于纳粹的妻子离了婚。然而，就像邪与无邪集于一身的布鲁克斯一样，巴布斯特曾是最伟大的默片导演，也曾与戈培尔合作。柏林又何尝不是？有最正直的灵魂，也有最堕落的恶之花；出过马克思，也出过希特勒。是不是，正因了这样的难以定义，柏林才叫人着迷？

Vienna

优雅维也纳

×《茜茜公主》《钢琴教师》《伪币制造者》《维也纳复仇》《莫扎特传》

× 皇室与悲剧

维也纳一直在下雨，冷得我发抖，在 H&M 买了件厚风衣，才缓过来；又挑了一件渐变色的蚕丝连衣裙，一套湖蓝色比基尼——为布达佩斯泡温泉而备。维也纳如同罗马，是购物的好地方，奢侈品牌应有尽有。

进了王宫，奥匈帝国的荣华即刻领略。奥地利最大的招牌是茜茜公主，2010 年上海世博会奥地利馆日的活动就是“听爱乐乐团，看茜茜公主”。电影《茜茜公主》（*Sissi*，1955）曾让德国女演员罗密·施奈德（Romy Schneider）红极一时，不过有趣的是，这位德国演员出生于维也纳，而那位维也纳皇后却出生在德国慕尼黑。王宫里各种纪念品上的茜茜与施奈德并不相似，正牌公主多了柔和与淑雅，后者更活泼现代一些。

事实上，就连命运，真正的茜茜与电影里的茜茜也不相同。她的人生可以三等分：在巴伐利亚度过了无忧无虑的童年；少女时代与奥地利的约

1-2

1 茜茜公主原型

2 电影《茜茜公主》中由罗密·施奈德演绎的童话

瑟夫王子一见钟情，很快在维也纳举办了盛大婚礼；但是婚后的茜茜并不快乐，她讨厌繁缛的宫廷礼仪、森严的等级、复杂的权力斗争，拒绝扮演传统的皇后及大帝国形象代言人，以致老皇后剥夺了她对爱女的抚养权，儿子的自杀又使她整日躲进黑衣面纱里。像戴安娜王妃一样，茜茜的婚姻也有些“拥挤”，当约瑟夫和一个女演员的暧昧关系被公开后，她开始周游列国，在风光中寻找慰藉；茜茜也如戴安娜，遭遇了意外的陨落，在日内瓦被一名无政府主义者杀害。与当年行刺约翰·列侬的凶手如出一辙：“杀一个默默无闻的人能有什么名望可言？”这位刺客的动机亦很简单：杀死一名皇室成员就可以“一鸣惊人”了。

了解了历史真相后，就明白那部著名的电影不过是个烂漫童话。真实的茜茜，是传奇，不是童话。她爱写诗，会多门外语；她喜欢爬山、骑马，是个自由奔放的姑娘——这正是电影所张扬的部分，湖光山色间，策马扬鞭去。经过两次世界大战，庞大的奥匈帝国分崩离析，而茜茜公主的传奇一生无疑是最好的振奋剂，唤起人们对昔日帝国的怀旧。彼时的奥地利需要一个正面积极的形象来鼓舞民众，因此，茜茜灰暗苦痛的那部分自然被电影剥离了，那只会使满目疮痍、百废待兴的奥地利变得更低迷。

3

3 《绝代艳后》中的“奥地利的小女儿”由克里斯滕·邓斯特（Kirsten Dunst）扮演

除了茜茜，奥地利还有一个最著名的“小女儿”：奥地利皇帝弗兰茨一世的公主玛丽·安东内特。历史的跷跷板总是这样：先是西班牙送公主远嫁奥地利，下一世纪又轮到奥地利送公主去讨好法兰西。十九岁的玛丽做了法王路易十六的王后，电影《绝代艳后》（*Marie-Antoinette*，2006）就是美国大导演弗朗西斯·科波拉的女儿索菲亚·科波拉（Sofia Coppola）献给她的。

热爱法国、与一位法国男人结婚生子、长期旅居巴黎的索菲亚，显然对这位声名狼藉的法兰西皇后有着自己的解读——若不是奥地利与法国之间的险恶政治，若不是嫁给一个不懂风情只会摆弄铁锁和钥匙的木讷夫君，若不是天天被生子的皇室压力所迫，玛丽也许不会放浪地度过她的人生。此时的法国宫廷腐败糜烂，民间酝酿着一股反皇室的气氛，而法国人把账全部算到了挥霍无度的玛丽头上，称她为“赤字皇后”。当法国大革命爆发、君主制被推翻，民众愤怒地要把那个“奥地利的女人”赶出去。于是，玛丽被送上了断头台。

维也纳王宫里，宫廷餐具展就像玛丽的生活一样奢华。刀叉碗碟，从大到小，各种材质，绿水晶，白水晶；蓝瓷，花瓷；金、银、铜。繁复的烛台由小天使高举，长长的国宴餐桌更是惊人。这哪里是在吃饭，根本是

4-5

4-5 “奥地利的小女儿”的奢华生活

在品尝艺术。德国的刀具非常著名，WMF，双立人，产品丰富得超越想象力，我只好揶揄：吃得那么简单，厨具倒是复杂得不得了。不过这也是一种认真的生活态度，即使喝杯下午茶，一样要隆重地请出一套器皿，配上精美甜点，度过一个神仙下午。也许正因为如此，我才总觉得欧洲的时光是有韵律的，走过的每一秒，都充满色彩与形状。

× 女性与权力

来一个小小三段论——

我喜欢优雅，维也纳是优雅的，所以我喜欢维也纳。

维也纳大学是最意外的礼物。本没有什么期待，去了之后才觉得震撼。它是奥地利历史最悠久的大学，1365 年建立；也是奥地利最大的大学，欧洲最大的大学之一；出过二十七位诺贝尔奖得主，有科学的“麦加”之称。有一个关于遗传学家孟德尔（Gregor Mendel）的小故事：早年有个和尚，在教堂的后园种豆，种了很多年，他把自己的研究成果写成小书，寄给当时欧洲知名的科学家，没人理会他，和尚继续种豆，到死为止；死后多年，一位科学家无意间买到和尚的手抄本，惊为天书，这就是遗传学里的孟德尔三大定律。如果没有这位仅仅出于好奇就一辈子在后院种豆的“和尚”，今天的生物学家可能还不知道 DNA 这回事。

维也纳大学还是总统和艺术家的摇篮。穿过前厅，有一个卓尔不群的中庭，长长两排走廊，立满卓越校友的塑像。欧洲喜欢用人物做卖点，难道是源自对人的关注与重视？在街心广场、大学长廊，常有人物的雕像。

吸饱了雨水的中央草坪和红色花树，色彩清新而浓烈。白色的帆布椅沿阶摆放，上面有赞助商的Logo，想必品牌们会为自己的形象出现在维也纳大学的一只平凡的椅子上而荣耀。暑期放假，零星两三个学生在大厅的长椅上低头温习，这样的环境，能这样读书，让人羡慕。诺贝尔经济学奖得主哈耶克也是维也纳大学的校友，作为自由市场主义的坚定捍卫者，他反对极权，认为如果不限制权力，就会严重威胁自由而通往奴役之路，这使他更像一个拳拳心的社会学家而非冷冰冰的经济学家。是不是正因为这美丽幽静的草坪与花树，令他呼吸到了自由的空气？

必须一提的，是这群男人中的一个女人。她曾在维也纳大学学习艺术史，还获得过管风琴硕士学位。这个被艺术熏陶得理应是个优雅淑女的人，却是盏极不省油的灯。作为奥地利历史上第一位诺贝尔文学奖得主，她永远在写“性”，且永远在用双关和隐喻写性，比如描写婚姻的色情小说《情欲》里充满了“小铲车”之类的词，弄得评论家们非常头疼。在她看来，“性关系”首先是一种权力关系，于是她高举“性”，挑衅着男权和权威。她的座右铭语惊四座：不做任何人的战利品。这个女权主义斗士就是艾尔弗雷德·耶利内克（Elfriede Jelinek）。

6-7

6 维也纳大学前厅
7 中庭立满的校友像

8

耶利内克最负盛名的作品莫过于被奥地利导演迈克尔·哈内克（Michael Haneke）拍成同名电影的《钢琴教师》（*La Pianiste*，2001）。电影一举囊括了戛纳电影节评审团大奖、最佳男主角和最佳女主角，小说也成为耶利内克卖得最好、获得阐释最多的一本书。维也纳的钢琴教师艾莉嘉，四十年来一直和控制欲极强的母亲生活在一起，没有父亲没有男友没有丈夫没有婚姻。她遇到一位年轻学生，开始了一段制衡与反制衡的性战斗，年轻学生最终用暴力征服了她，并厌弃了她。

《钢琴教师》是部自传性作品，耶利内克自己就有一个与之终身生活在一起的专制母亲，她们之间的关系充满了矛盾而激烈的挣脱与依赖，这本

8　中庭的红色花树

书可以说是她对母亲的一次总清算，这部电影也恰好在她母亲去世的那一年拍摄。母亲的专制使艾莉嘉产生了一种反向力，她将这种专制又施加到年轻学生身上。人们说女主角是由于心理变态而和男学生玩SM，我觉得不够准确，必须深入耶利内克小说的灵魂，这不是《教室别恋》（*All Things Fair*，1995）里的不伦师生恋所能解释的，也不是《钢琴课》（*The Piano*，1993）里哑女对性爱的自我解放所能比拟的，亦不是简单的性变态所能概括的——比如艾莉嘉平静地用刀片割破自己的下体以享受快感，在汽车影院偷窥别人做爱而自慰，独自去男人才去的色情录像店看录像，然后拾起男人扔掉的纸巾，嗅闻残留在上面的精液……

当然，如果耶利内克的学长弗洛伊德在世，很可能会对这个案例感兴趣，尤其是两人展开第一回合的卫生间，其白色冰冷基调就被津津乐道为非常符合精神病院的环境。事实上，本片已经成为一个经典案例，各种心理学、性学研究都会把它请回家，中国性学家李银河就不认为这个钢琴教师有病，割阴蒂源于她的虐恋倾向，而虐恋的经典定义就是把快感和痛感连在一起。也许遥远的弗洛伊德会持“虐恋有病”的看法，在现代社会，它已登堂入室为一种亚文化，虐恋者们甚至拥有自己的玩具商店和俱乐

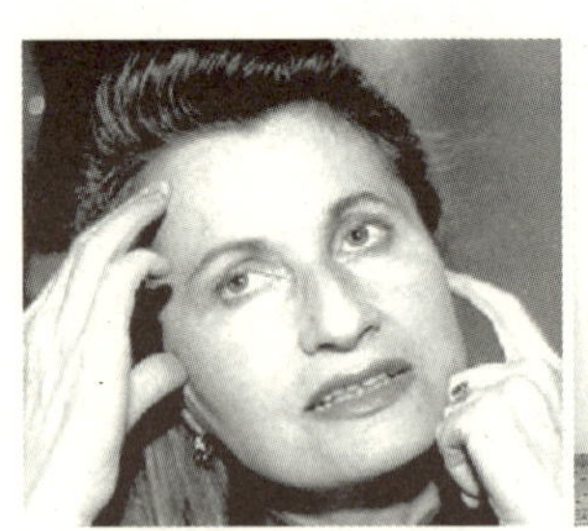

9-10

9 女“性”作家耶利内克
10 《钢琴教师》海报

部。无论如何，这是一部惊世骇俗的虐恋电影，导演哈内克也由此声名大噪。但耶利内克的终极目的，不在于为世界贡献一份虐恋经典，倒不如说是试图进行一场强悍而倔强的权力易位。耶利内克的重点在于，“连偷窥也是男人的特权，女人只能成为被看的对象，从来就不是主动观看的人。”所以，她让她的女主角做了男人才敢做或者男人才被允许做的事：偷窥，看色情录影带，掌握性的控制权，告诉男学生——一切要照她的游戏规则来。

另一位女权人物、意大利女导演丽娜·维尔特米勒（Lina Wertmuller），不仅进入了被男性垄断的政治题材领域，还是第一个在男性垄断的奥斯卡导演奖中获得提名的女性。她常以政治隐喻处理两性关系，《踩过界》（*Swept Away*，1974）就借助了孤岛漂流的真空情境，使无产阶级船员与上流社会贵妇有机会成为一对欲仙欲死的世外鸳鸯。之前，她是不可一世的女王，嘲讽他、使唤他；之后，乾坤逆转，他是孤岛上的国王，揍她、饿她，以原始的男性雄风臣服了她。有天望见一艘小船，他天真地以为他们情比金坚，即使回到“社会”也能经受住考验；但她央求着不要登船，显然早已预见了悲剧。上岸后，他倾囊买了一枚钻戒准备向她求婚，而她最终与乏味自大的上流丈夫登上飞机，在他的凝视中痛苦地离去。

11

11 《踩过界》剧照

相较之下，《踩过界》隐喻了两性之间的权力关系由阶级决定，《钢琴教师》则把权力关系系于“性”之上，可能因为时代变了，阶级不再是问题。较之《踩过界》里的贵妇含泪走不出阶级局限最终未能“踩过界”，《钢琴教师》里的男学生被女教师的“强权”所激怒——“你不能这样侮辱男人”，最终依靠男人的力量把权力关系扳回来，女权主义者艾莉嘉也未能“踩过界”。不过，影片的最后一个镜头是骇人的：艾莉嘉将刀刺进自己的肩膀，完成了某种暴力化的抗争。暴力，正是耶利内克的密码。这个会弹钢琴同时又热爱侦探小说的女人，几乎所有的作品都是在暴力中达到高潮的；也可以说，她在语言中抵抗。她还以“人群恐惧症”为由，成为继萨特之后第二位拒绝到场领奖的诺贝尔文学奖得主，不知这算不算另一种姿态的抵抗。

《钢琴教师》是迄今为止小说改编成电影最成功的一例，至少是“之一”。它的解读空间很大，如果从男学生的视角看，他被以虐恋的方式完成了性启蒙，也完成了从“我爱你”到“爱其实没什么大不了”的爱情的幻灭。就像基斯洛夫斯基（Krzysztof Kieslowski）的《情诫》（*Krótki film o milosci*，1988）：一个十七岁的年轻人偷窥并爱上对面公寓里的女画家，想办法接近她，给她打匿名电话，为她送牛奶。有天被发现，女画家问：你想要什么？他说，什么也不要。阅尽世事的女画家以为他和其他男人没两样，于是把他的手带进自己的下体；他抽搐着，回家后将那只手砍伤，待女画家幡然醒悟来看他时，他再也不是那个相信“纯洁爱”的男孩了。这个男孩同样被以一种“残酷”的方式完成了性启蒙，同样悲哀地，不再相信爱情。

另一种解读关乎幻想。男学生起初抗拒女教师的变态指令，随后含着复仇之意一项项完成了她的“指令”，好，那就来吧，关起她母亲，打她，强暴她。“跟想象中一样吗？”女教师没有回答，她流着鼻血，忧伤地躺在地上。这正应了另一位精神分析大师拉康的弟子齐泽克的观点，女教师要求男学生做的一切，其实都得自幻想，正因为在现实中欲望得不到满足她才幻想，但是真到了那一刻，女教师非但没有得到想象中的快感，反而伤痕累累，所以齐泽克称《钢琴教师》是最为压抑的一部电影。幻想的虚无性，在库布里克的电影《大开眼戒》（*Eyes Wide Shut*，1999）里被重度描绘过：乏味的中产阶级夫妇爆发了性幻想，两人沿着各自的幻想冒险走下去，走过之后才知愚蠢，看看上流社会假面舞会的群交场景多么冷漠、无趣，于是影片结尾时他们说——“我们应该做点什么”，“我们应该上床，做爱。”所以女王般的钢琴教师艾莉嘉，其实又是个小女孩，因为她还没有参透这一点。

艾莉嘉由法国新浪潮时代的文艺片女王伊莎贝尔·于佩尔（Isabelle Huppert）扮演，这是艾莉嘉之幸，也是于佩尔之幸。于佩尔有一句传神的比喻：如果住在精神病医院，那么我在分裂症病房。弗洛伊德在世的话，说不定也会对她感兴趣。这个令人瞠目结舌、百年不遇的复杂角色，与于佩尔丝丝契合。于佩尔最擅长的就是将极端的痛苦与冰冷不可思议地结合在一起，下巴高昂、面无表情，一副cool模样，内心其实惊人，活脱脱是另一个耶利内克。当记者面对一个五十七岁的女演员提出了想当然的问题时，“人们总认为当一个女演员变老后，能演的角色便越来越少了，您怎么看呢？”于佩尔还击了一个极具耶利内克风格的回答：我觉得这更像是男性的言论，而非真实的言论。

因了耶利内克，维也纳的优雅在我眼里多了一层桀骜。

× 咖啡与哲学

另一件偶得的礼物，也是悠久的。维也纳是音乐之都，还是咖啡之城，若不享受音乐和咖啡，亦是荒废了维也纳。

王宫后面有一家著名的Cafe Center，等候的客人已经排到门口，我只得放弃。但与百水屋距离几个街区的Acot足以弥补，有些显然是常客，白衬衣黑领结的侍者直接报出他们的习惯。有一位老绅士，发丝不苟，面容整洁，西装考究，坐定后，打开当天的报纸翻看。他就是维也纳，有种从容不迫的低调、优雅、内敛。

奥地利是德语国家，但维也纳市民能在德语与英语之间自如转换，因此交流起来很方便。维也纳的咖啡馆很安静——社会发达到相当的程度，市民的整体素养都很高，文明、舒适、安静，以至不仅有耶利内克这样的先锋女权作家的小说被搬上银幕，还有一位维也纳出生的哲学家也被拍了

12-13

12 Acot咖啡馆
13 墙上的大屏幕播放着各种体育比赛的实况

传记电影《维特根斯坦》(*Wittgenstein*, 2005)。哲学家的电影最难拍，因为他的闪光之处无疑是思想，而那看不见摸不着的思想怎么拍呢？开头一段舞台剧味道的自白，奠定了这部电影的表现主义手法，戴着眼镜的小神童维特根斯坦像个老成的先知：有的时候，人们如果不做些愚蠢的事，就没什么有意义的事可做。

这位特立独行的哲学家，有一个可与洛克菲勒比肩的钢铁大王父亲。这个家族富有又怪异：母亲疯狂热爱音乐，把孩子们扔给保姆，自己去招待马勒和勃拉姆斯；兄弟五人，夭折了三个——一个离家出走而失踪，一个在战场上被俘后自杀，一个在酒吧喝下氰酸钾，唯一幸存的兄长还在战争中失去左臂，日后成了名噪一时的独臂钢琴家。有了这些哥哥做“榜样”，维特根斯坦的人生也平淡不了，曾多次想自杀，也曾参军。这位在战俘营写下《逻辑哲学论》的逻辑学家却感叹着“逻辑即地狱”，他最著名的一句话是：凡不可说的，应当沉默。

然而，凡可说的，不当沉默。透过这座咖啡之都的优雅，触摸它的内里，会发现一些不堪回首的历史。13世纪，瑞士的哈布斯堡家族夺取了权力，奥地利成为其子嗣的世袭封地。哈布斯堡王朝兴盛的时候，奥地利曾

14-15

14-15 舞台剧般华丽的《维特根斯坦》

一度是德意志各国的领袖，后来被崛起的普鲁士取代，直到普奥战争又被逐出德意志。从此奥地利向东扩张，建立了奥匈帝国。“一战”战败被瓜分，还为原来的小国。“二战”时德国将其占领并纳入自家版图，这竟得到许多奥地利人的支持，奥地利人一夜间变成了德国人，民众为其效忠，军人加入党卫军。奥地利对纳粹的疯狂负有一定责任，事实上，希特勒最早接触极端民族主义思想就是在维也纳。但是“二战”后，讨伐德国纳粹的声浪淹没了其仆从奥地利纳粹，奥地利也因此疏于反思。

另一方面，人们也习惯了以简单的二分法定义“二战”中的参战国：要么是邪恶轴心国，要么是同盟国。奥地利曾经被侵略的历史，使它位列反法西斯阵营，许多奥地利人就以受害者自居。如同天皇至上的神道教国家日本，战后因美日利益交换使其天皇免于问罪，因此在日本人的普遍感情中，“二战”的历史教育只有原子弹受害国的概念，至今不肯认罪南京大屠杀。到了第二代第三代第四代，日本年轻的政治家对战争的记忆淡薄，更无法像德国人那样反省战争的责任。大导演黑泽明的《八月狂想曲》（*Hachigatsu no rapusod?*，1991）即张扬着大和民族的受难心境：长崎县的一个老妈妈，与儿孙回忆起1945年8月的那个可怕日子，以至风雨交加、电闪雷鸣的夜里，老妈妈不知是梦中惊醒还是被回忆击中，一边喊着“原子弹来了”，一边跑出门在风雨中狂奔……

不过，近年来奥地利开始勇敢面对自己的罪行，总统菲舍尔对一些文献里掩盖奥地利在“二战”中的不光彩历史做出谴责，称奥地利不仅是纳粹德国的受害者，也是同案犯。这两个国家其实很像，都有君主专制传统，都以德意志人为主，都比较严肃刻板。有年夏天，我乘大巴从威尼斯前往

16-17

奥地利的萨尔茨堡（电影《音乐之声》的拍摄地），那里有德国式的大片绿，有许多大型方块建筑，有巨大的卡通画广告，还有巨大的梅赛德斯—奔驰店。起初新鲜，看多了便觉乏味，萨尔茨堡新城里千篇一律的方正“大厂房”，毫无老城的娇小灵动。到达时已经很晚，按照 Hostel 附上的精确地址顺利找过去，一路上除了汽车再没半个人影，更别提意大利、西班牙那种活色生香的夜生活了。

Hostel 不具备 Hotel 的 24 小时服务，acception 小姐将房间钥匙交给我后就下班了。我下楼去找热水喝，不小心把房门撞上了。钥匙在房间里，而旅馆的门、acception 的门、客房的门、所有的门统统紧锁，出也出不去，进也进不去，我站在空荡荡的走廊里一时没了主意。试着敲了两间房门，有礼貌地简单说明情况，想借用一下电话，先是一个睡眼惺忪的中年妇女，不等我说完就摇头摆手关上门；再是一位睡眼惺忪的年轻男孩，听完了情况依然摇头摆手关上门。这事若发生在西西里，绝不可能沦为此种情形，那里也许乱糟糟，但是通人性，我宁可要一个激情四射、古道热肠的西西里坏蛋，也不要一个独善其身、事不关己的奥地利木头。第二天早上还有更好笑的事情：Hostel 提供的早餐不像 Hotel 那么充足，我坐下来

16-17　萨尔茨堡的新秩序与老风貌

时，看到眼前一个盘子里有四个面包，先吃了一个，还想再吃一个，岂料看到了旁边的桌牌，上面写着：每人只有一个面包，多吃一个付 0.3 欧元。这就是萨尔茨堡事事有序亦事事刻板的讨厌样子。

奥地利一直想摆脱曾经的纳粹阴影，导演斯戴芬·卢佐维茨基（Stefan Ruzowitzky）的祖父就是一位亲纳粹者，他一直想拍一部纳粹题材的电影，他执导的《伪币制造者》（*Die Fälscher*，2008）一举夺得了奥斯卡最佳外语片奖。该片讲的是一个鲜为人知的故事，也是一个真实的历史事件："二战"时，花天酒地的萨利被关进集中营，因他的独特才能，纳粹命令他和一组专家大量伪造外国货币，以此来破坏英国的经济。母亲死于纳粹集中营的波兰斯基拍出了受难者形象的《钢琴师》，同样，《伪币制造者》中也展示了小人物为了生存而挣扎的两难处境。纳粹肆无忌惮地开枪，为纳粹打工的犹太假钞制造者如履薄冰，他们跪着打扫厕所并承受纳粹的尿液。那么，是苟且偷生还是坚持尊严道义？

人性拷问，是这两年奥地利电影的共性，概因"不洁"历史始终未得到"清洁"？继《伪币制造者》之后，再获奥斯卡最佳外语片提名的《维也纳复仇》（*Revanche*，2009）讲了一个现代故事。维也纳的一个妓女，有

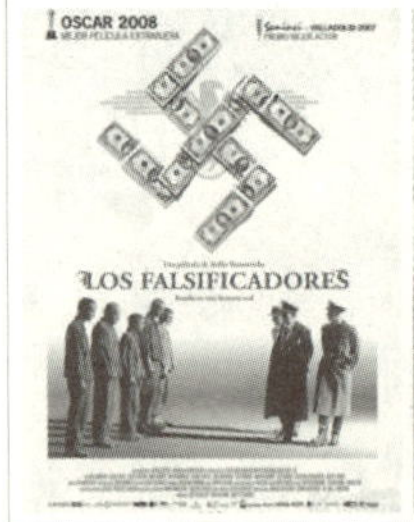

18-19-20

18 《伪币制造者》海报
19-20 《维也纳复仇》中的两种生活

一个在妓院工作的男友，为了过上幸福光明的生活，男友决定抢银行，妓女不幸被警察意外打死。男友回到维也纳郊外的父亲家，巧遇警察妻子，他在所有人都不知情的情况下，开始了复仇。因为流产，警察和妻子的婚姻蒙上一些阴影；又因为误杀妓女，警察陷入了烦恼自责之中并被解职处分，他常常酗酒不归。这给了妓女男友一个乘虚而入的机会，警察妻子把他请回家，他“强暴”了她。但警察妻子因得不到丈夫的性满足，所以未觉察出妓女男友对自己的行为里有暴力的成分。妓女男友携枪等待警察，警察的告白却使他没有举起枪：警察原本瞄准的是轮胎而不是妓女。就在警察妻子欣喜地告诉丈夫怀孕的消息时，她从照片上认出了这个给自己带来孩子的男人就是那个银行抢劫犯。

表面看来，这是一个复仇的故事，但其实是一个裹着复仇外衣的社会故事，多棱镜般映出了现实的很多面：妓院老板以更好的公寓和收入诱惑妓女，而公寓是为一些政界大佬准备的，他们不愿在妓院公开露面，这个妓女很有些平等观，她认为应当和其他夜莺一样站在街头，而非单独享受优待，因此拒绝了；妓女男友的父亲独自住在郊外，家里破败简陋，儿子沉默地回来避风头，每天用电锯锯木头，父亲拉起了多年废弃的手风琴，手风琴很破旧，但父亲的心情很好；同在一个地区，警察的家显然是一副富裕的中产生活，宽敞整洁，井井有条——处于底层的妓女男友，抢银行就是为了获得这样的生活，可是到头来又被这样的生活激怒了；无法生育的警察夫妇得到了一个孩子，得到的却是在荒谬的“被复仇”中仇人的孩子……这个世界，这座人性的迷宫，到底有没有出口呢？

因了不雅的历史与现实，维也纳的优雅在我眼里多了一层雾霾。

× 音乐与建筑

欧洲一些学校，会在假期将一些空出的房间 booking 出来，并与附近大旅馆合作，将早餐包给它。我就是早餐后在大旅馆的前台订到莫扎特乐团音乐会的票，当晚，音乐厅还附送了一张莫扎特乐团的 CD。

莫扎特乐团在音乐厅上演了一场学院派交响乐，技艺一流，丝滑如绸。席间有不少来自台北、日本、韩国的客人，也许是要照顾慕名而来的各国人民，所以安排的是非常 popular 的乐曲，众人热烈鼓掌，我却强烈不满足。我更想听一些结构复杂、变化多端的冷门，就像听了太多的 Beatles 后，只有 Queen 的华丽摇滚才能喂饱你。

对，奥地利的另一个招牌就是音乐，就是莫扎特。在王宫里，他的头像被印在小小的心形巧克力盒子上；在大型超市里，他的头像又被印在各种包装精美的巧克力盒子上。大概音乐家比哲学家更适合拍成电影，至少有美妙的音乐可以调节，曾有一部伟大的传记片献给他，然而，这部电影里音乐不再是作料，而是深深地嵌在了叙事里，天衣无缝地缝合起剧情。《莫扎特传》（*Amadeus*，1984）以平行主角和对立视角，讲了一个庸才嫉妒天才的故事，影片的第一个声音便是“原谅我，莫扎特，是我杀了你。”莫扎特在父亲死后，写下最黑暗的一出歌剧，后来穷困潦倒混入市井，甚至在《魔笛》的指挥现场昏倒。嫉妒莫扎特的宫廷乐师萨列里，正是受莫扎特父亲之死的启发，想出了杀害他的方式——萨列里戴上莫扎特已逝父亲的面具，逼迫莫扎特写作《安魂曲》，莫扎特开始虚弱而狂热地写作绝唱，最终被这首绝唱杀死。萨列里自杀未遂被送进精神病院，以

21

21 国家歌剧院在修缮，当年莫扎特的歌剧在此上演

“庸才的英雄”自居，甚至张开双臂宽恕全世界的庸才，他的确疯了。这个在整个影史中都可谓独特的视角，被证明是成功的，《莫扎特传》获得八项奥斯卡大奖，其中，是扮演宫廷乐师萨列里的演员而非扮演莫扎特的演员拿走了影帝大奖。

莫扎特吃过的苦头不比贝多芬少，但从不悲怆，他的音乐无忧无虑、无拘无束。《莫扎特传》打破“神圣”逻辑，把莫扎特塑造成了一个有着猴子般怪笑和粗俗举止的人，比如当主教让他多学些礼节时，他便当着观众的面这样致礼：背对主教，撩起礼服，撅起屁股。七岁写出交响曲，十二岁写出歌剧，尽管萨列里嫉妒、陷害莫扎特，但他实在懂得欣赏莫扎特的才华。而国王起用莫扎特，其实并非基于其自身的音乐鉴赏力，他也是一介庸才，莫扎特只是他的一张牌，用于一场政治较量：意大利派坚持使用意大利语写歌剧，因为“德语不够优雅，不适合歌剧”；奥地利派则主张该有一部国语歌剧。莫扎特是个单纯的人，他憎恨政治，只在乎音乐本身。在钩心斗角的宫廷中，他是个童言无忌的异类，开创性地用德语写歌剧，还惊骇地选择了妓院题材，并取笑意大利歌剧的高音尖叫和肥胖演员不适合表现爱情；他还重写了禁演的《费加罗的婚礼》，这出怕挑

22-23

22-23《莫扎特传》中的“后宫诱逃”与“费加罗的婚礼”

起阶级冲突的法国戏剧，被他以“二重唱变二十重唱”的天才想象说服了国王。宫廷贵族劝莫扎特多写些崇高主题，他则讽刺那些崇高的人“连大便都是大理石”。

相较之下，同是艺术家的传记电影，为京剧名伶而作的《梅兰芳》，展现京剧唱段的场景就太少了。首先，演员的选择没有遵循“适合”而是投靠了“明星”，让黎明来唱京戏显然不会好，那么只有删减唱段。而为音乐家而作的《莫扎特传》，就以莫扎特的经典作品为脉络，行云流水般通过音乐来转场，比如前一刻国王在看彩排，后一刻便是正式首演，同一首乐曲滑过两个场景。而且两部人物传记片的差距还不仅在于演员，还在于剧作。《梅兰芳》的前三分之一亦是精彩的新老对峙，与《莫扎特传》里“德语VS意大利语、创新的歌剧VS传统的歌剧”异曲同工。但后三分之二完全泄了气，变成“高大全”式的沉闷：梅兰芳如何面对日本人挺起脊梁、如何在美国大获成功，但无论如何，我们始终无法通过梅兰芳的作品来感受他的魅力。

《莫扎特传》已成为经典叙事的典范，对白勾连、延续性线索，综合了传统电影和艺术电影的技巧。由于戏剧冲突一以贯之，三个小时绝不沉闷。

24-25

24-25 《莫扎特传》中的“唐·璜”与“魔笛”

它不仅好看，还有着一般传记片难以企及的深度，那就是萨列里与上帝的关系。萨列里从不忏悔自己对莫扎特的嫉妒与谋害，因为他认为是上帝错了，而不是自己错了——萨列里一心虔诚，想歌颂上帝，但是上帝给了他欲望却没给他才华，又偏偏把才华给了一个嬉笑怒骂像猴子一般的怪物。萨列里钟爱的女孩，爱的是莫扎特；萨列里钟爱的音乐，爱的也是莫扎特。他甚至怀疑上帝是在测试自己，让他了解“宽恕”的意义。因此他从爱上帝到恨上帝，烧了耶稣像与上帝彻底决裂，最终以谋杀莫扎特而战胜了上帝！他认为莫扎特的才华全拜上帝所赐，而非后天勤奋所得，所以杀了上帝派来的音乐使者，就等于战胜了上帝。

捷克出生的导演米洛斯·福尔曼（Milos Forman），执著地在布拉格拍摄了本片，莫扎特的《唐·璜》就是在那里首演的。满墙的猎物头和猩红窗帘，处处带着他想要的中世纪风情。导演甚至甘冒公众批评之险，让演员们使用现代的言辞和手势，因为演员不曾生活在历史的情境中，造作难免会变得木讷。不过出于“好莱坞制造”，影片使用了英语而非德语；在这一点上，不如昆汀·塔伦蒂诺的“二战”电影《无耻混蛋》（*Inglourious Basterds*，2009）做得好，一群戴罪立功的美军囚犯前往法国捉拿纳粹，遇到精明狡猾的犹太猎人，便分别使用了英语、德语、法语、意大利语，以增强真实感。

《莫扎特传》影响至深，以至2009年巴黎舞台上出现了一部关于莫扎特的摇滚歌剧。电影里的叛逆莫扎特给了制作人灵感——一个反抗条条框框、英年早逝的浪子——因此莫扎特不再是音乐神童，而成了摇滚天王。维也纳的“摇滚天王”不止莫扎特一个，从叛逆的角度讲，百水屋也是一

26-27

个肆无忌惮的顽童，不知深浅地冲撞着维也纳的悠久与优雅。20世纪初，原本已有“分离派运动”来与传统的宫廷建筑划清界限，百水先生仍嫌不够，于是，这位画家出身的建筑师直接把建筑当成了画布。

巴塞罗那有个高迪先生（Antonio Gaudi i Cornet），维也纳有个百水先生（Friedensreich Hundertwasser），两人是观念上的孪生兄弟。维也纳的百水屋（Hundertwasser House）如同巴塞罗那的圣家族大教堂，成为游客必到之地。百水先生反一切传统，反一切常规，拒绝横平竖直，拒绝规矩方圆。百水屋没有一间房子相同，奇形怪状的不规则结构、彩色的卡通柱、随心所欲的曲线、大量的动物造型、自由的草长莺飞……一切都是童话式的，比如屋顶没有瓦，花草就从窗口里长出来。奥地利人说，因为上帝觉得世界上的房子太千篇一律了，所以让百水先生画出一幢房子，然后再由建筑师照着盖出来。

这个童话城堡并非中看不中用的摆设，它曾是维也纳市政府提供给低收入者的福利公寓，现在的住户多是一些艺术家，为了保护隐私，内部不

26-27　百水屋

向公众开放。百水先生还把童话“写”进“垃圾焚烧厂”里，高耸入云的大烟囱顶着一个大球，上面“画”了很多歪歪扭扭的红苹果、蓝窗户。由于采用了世界最先进的净化技术，垃圾焚烧厂虽然承担着维也纳三分之一的垃圾处理工作，却几乎没有任何噪音或臭味。百水先生不仅主动请缨，免费设计了这个建在市中心且成旅游景点的垃圾城堡，还漂洋过海在日本大阪复制了一座“维也纳的垃圾城堡”。

因了莫扎特和百水先生，维也纳的优雅在我眼里又多了一层童趣。

Prague

布拉格之恋

×《布拉格之恋》《柯利亚》《我曾伺候过英国国王》《失翼灵雀》

× 政治与小资

布拉格被世人记住，大概因为两件事——1968年，苏联入侵捷克，镇压了“布拉格之春”；被中国文艺青年追捧的米兰·昆德拉（Milan Kundera），其小说《生命中不能承受之轻》被改编成电影《布拉格之恋》（*The Unbearable Lightness of Being*，1988）。初到布拉格，我便感受到了这样两种气质：政治+小资。

捷克、匈牙利这些传统东欧国家虽已加入欧盟，但还不是欧元区。1欧元=23克朗，不要以为这样一来你手里的1欧元就可以干不少事，也许在其他城市确实可以，比如买一张明信片、一个面包圈或者一瓶矿泉水，但是在布拉格几乎买不到什么。

在火车站兑换货币，这一带乱糟糟，人也蛮有意思。如果问路，对方要么提防，要么不知；提防是真的，不知也是真的，更何况，这里英语的普及度远不及德国和奥地利。也有人不躲闪，却不了解自己的城市，连警察也懵懂！这种状况在其他城市很少遇到，他们怎么了？这应该不是民众自身的问题，应该是这个民族曾经受过的创伤至今没有愈合吧。另一个挥之不去的问题是：为何见不到米兰·昆德拉？

走在布拉格才知道卡夫卡（Franz Kafka）才是这个城市的文化品牌，书店里他的书被放在醒目位置；来到布拉格的城堡区，钻进“黄金巷”，

No. 22 最为聚众——卡夫卡曾住在这里，他在城堡写《城堡》，也是一种意趣。“黄金巷”蛇一般蜿蜒，在头顶狭耸出一块蓝天白云，配着淡蓝、浅绿的小房子，金合欢的向日葵，灵气逼人。这里原是工匠居住地，后来聚集了许多为国王炼金的术士，遂称黄金小巷。尽头是观景台，可以俯瞰整个布拉格，满眼红房子层峦叠嶂铺陈开去。

历史上，德语民族曾是捷克的敌人，“二战”结束后，捷克政府还把在这里世代生活的二百多万德裔驱逐出境。但是，这里却有用德语写作的卡夫卡，而没有昆德拉，想起昆德拉的话：“我很悲观。我不相信还有回到捷克去的一天。永远不可能。即使能回去，我也永远不想回去了。”

布拉格弥漫着它所象征的小资情调——等一等，昆德拉“小资”吗？虽然小资们追捧昆德拉，可生命只能过一次的选择焦虑与终极悖论，是否也曾折磨过她们的神经？昆德拉像猎人对待猎物一样，对某种真理永远追问，难道是这份气质比较“小资”？因为它最终给不出一个方向，因而显得迷茫或忧郁。布拉格的小资情调或许可以回溯到历史，如今作为捷克一个省的波希米亚平原，long long ago 生活着一支放荡不羁、欢歌欢舞的吉卜赛民族。大约十年前，美国的一本 *Bobos* 宣告了一种新人类的诞生——布尔乔亚和波希米亚的混合、嬉皮与雅皮的杂交。布尔乔亚是沉闷乏味的、中产的，而波希米亚是自由浪漫的、无产的，因此布波族们富有但不物质主义，不乖但要坏得适度，可以来点大麻但坚决不用毒品，用吉卜赛的无拘无束来调和中产阶级的审慎魅力。

《布拉格之恋》中的外科医生托马斯是个中产阶级，但灵魂不羁；画家萨宾娜最具波希米亚精神，永远戴着一顶黑色男式礼帽。托马斯风流成性，

1-2-3

1　俯瞰布拉格

2-3　No.22 卡夫卡的小屋和城堡区的黄金巷

从不承诺爱与婚姻，甚至不允许女人在自己家里过夜。人生这趟列车，只售单程票，你不可能在中途不满意了任性地要求回到原点再来一次，因此，选择变得格外两难。拥抱了一种生活就意味着必然放弃另一种，谁又知道那另一种是不是更绚烂？萨宾娜最懂托马斯，所以她不索要承诺只享受欢情。纯真的特丽莎不懂这个，在小镇邂逅了托马斯后，她义无反顾地来布拉格找他，命运就这样把责任、承诺“漂”到了托马斯家门口。但是结婚后，托马斯的风流本性令特丽莎十分伤心……1968年“布拉格之春”，托马斯因指责当局而遭到迫害，逃亡瑞士，再次返回捷克时被开除公职。他和特丽莎从此隐居乡村，却不幸在车祸中双双丧生。身在美国的萨宾娜听到噩耗时，泪流满面。

昆德拉曾被诟病为“沉溺于日常生活，犬儒一般躲避政治”。大概这是他为风流成性的托马斯所付出的道德代价。然而同样经历过南斯拉夫政治风暴的斯洛文尼亚学者齐泽克（Slavoj Zizek）就曾鸣不平，认为昆德拉的深刻在于他告诉了我们，那种非政治的日常生活，提供的并不是单纯的性享乐，还有一种令人沮丧的、幽闭恐怖的绝望，所以作为对极权主义统治的反应，玩世不恭地遁入快乐的私人生活还不够，还应该有一种共享的聚

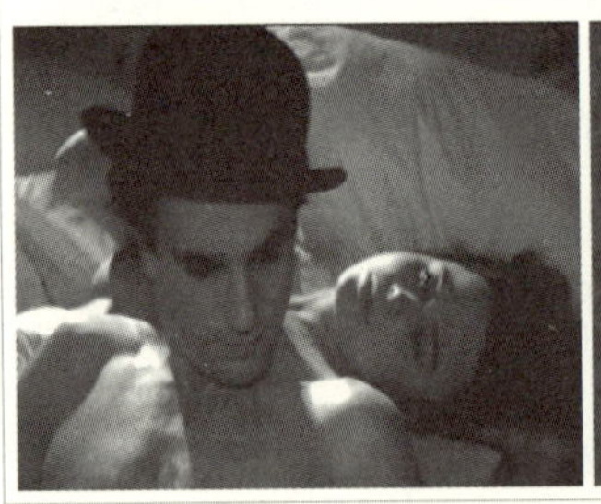

4-5-6

4 《布拉格之恋》剧照
5 纯真的特丽莎
6 田园乌托邦，美丽的叠画镜头：一个开着拖拉机锄地，一个满手泥巴地种菜

会、充满热情的智力会话，昆德拉恰恰就参加了“布拉格之春”的民主改革运动。捷克平稳的政治变革原本给了苏联希望，以为可以在这里有效推行苏联模式，哪知1968年捷共发起的运动显然有脱离苏联控制的倾向，于是，老大哥怒了。

苏联出动坦克和战车，镇压了“布拉格之春”。这次镇压导致了之后的十万人的难民潮，其中包括许多精英，昆德拉当然也逃不了干系，不仅作品全部遭禁，还因批评苏联的野蛮入侵而被列入黑名单，1975年流亡法国，1979年失去了捷克公民身份。也许这就是为什么我在布拉格见不到昆德拉的原因，也是他不能亦不想再回捷克的原因。他曾加入捷共又退出，法国的杜拉斯也是加入法共又退出，前者是失望于信仰，后者是失望于体制。

遗憾的是，《布拉格之恋》性有余而力不足，这一改编结局有点类似《挪威的森林》。导演菲利普·考夫曼（Philip Kaufman）向来钟爱情欲戏，美国电影协会曾专门为他的作品创造了一个NC17的分级，以情色片区分于色情片；他还拍过讲述美国作家亨利·米勒与妻子、情人间三角性爱、同性性爱的《情迷六月花》（*Henry and June*，1990）。考夫曼特意选了两位欧洲演员而非好莱坞明星，因为欧洲在性爱观上比较放得开——想想帕索里尼《索多玛120天》（*Salò o le 120 giornate di Sodoma*，1975）里各种惊世骇俗的性名堂，戈达尔《芳名卡门》（Prénom Carme，1983）里女孩安之若素地赤裸下体，还有日本大岛渚的《感官世界》（*Bullfight of Love*，1976）里奇女子阿部定的性爱传奇乃真实出演……这些都是清教美国难以消受的尺度。然而，考夫曼选择了欧洲演员却没有选择欧洲语言——讲英语的捷克人，这也是好莱坞制作的通病。对于两个大明星丹尼尔·戴·刘易斯（Daniel Day Lewis）和朱莉叶·比诺什（Juliette Binoche），此片都不算各自杰作。刘易斯在《纽约黑帮》（*Gangs of New York*，2002）里饰演的“屠夫”比尔、在《血色将至》（*There will be Blood*，2007）里饰演的乖戾孤绝的石油大亨，都比这个风流医生更精绝。

在捷克，眼前的身姿与面庞都变了，完成了视觉上从西欧到东欧的第一次过渡。捷克女孩立刻小了一圈，脸瘦瘦尖尖，眉眼紧凑，身材紧致。捷克、匈牙利这些东欧国家的女孩子，比起德国多见的“大块头”女生，要漂亮苗条得多。1968 年苏军入侵布拉格的时候，捷克女孩们穿上性感的衣服站在苏军的坦克面前，试图用美丽“救赎”武力，虽未成功，但这样的“性诱惑”比片中那些性爱似乎更有味道。有趣的是，《布拉格之恋》后来在俄罗斯公映，虽然只有午夜场，但场场爆满。那段著名的苏军坦克入城的资料镜头吸引人们趋之若鹜，因为在过去的电影中，人们看到的祖国当然是正义的伟大形象，如今他们想看看硬币的另一面是什么样子……

× 从男孩到男人

2010 年初夏，中国美术馆举办了一场捷克雕塑艺术展，都是 1960 ~ 1980 年代的作品。从艺术看政治和历史，不乏趣味。1960 年代，“布拉格之春”的清新沐浴了各个角落，政治、思想、创作也充满大胆的艺术实验，玻璃、金属以及综合材质，信马由缰。到了 1970 年代，无独有偶地，题材狰狞起来。一把杀人尖刀、一双邪恶爪子，也许就是“坦克来到布拉格”留在艺术家心中的印象，当时苏军坦克曾被愤怒的人们涂上纳粹标志。1980 年代，苏军撤离，捷克获得独立。“我”心里出现了色彩鲜艳而浓烈的光。一下子轻盈了，纯净的形象，透明的材料，与光与影的结合，诞出一种跳脱、雅美的新感觉。

“布拉格之春”之后的故事，由《柯利亚》（*Kolya*，1996）来讲，这是苏军占领捷克的二十年。《柯利亚》将一个亲情故事置于时代风云中，既适应了全球观众又未失捷克风味，最终获得了 1997 年奥斯卡最佳外语片奖。这固然有其政治分量，但影片开头那个“MIRAMAX”字样也不可忽略。它是美国著名的独立发行公司（后被迪斯尼收购），创始人为温斯坦兄弟。哥哥哈维·温斯坦是一个有着卓越艺术眼光的混蛋，他会为一部真正的好电影落泪，把被忽略的偏门电影和艺术电影送入人们视野，也会擅替导演剪辑而被称为可恶的“剪刀手”，还会把制片人锁进房间直到在合约上签字，以及无所不用其极地公关奥斯卡评委。他最爱讲的故事是奥森·威尔斯在《阿卡汀先生》（*Mr. Arkadin*，1955）里讲过的：“蝎子恳求青蛙背它过河，青蛙不肯，担心蝎子蜇自己而这无疑将是致命的。蝎子启发青蛙，这怎么可能，蜇了青蛙，蝎子自己又怎么活命？青蛙遂背蝎子过河。行至一半，忽然感到背上火辣辣地疼痛，青蛙怒问蝎子为何食言，蝎子说，我不想蜇你，可是没办法，我本性如此。”好莱坞体制外的无名小子哈维就是凭着蝎子本性登堂入室，成为美国独立电影业的传奇人物。被他送上奥斯卡领奖台的，虽然不乏平庸的《莎翁情史》与平庸的格温妮丝·帕特洛，但更有《英国病人》、《低俗小说》等佳作。总体说来，哈维的口味偏向古典、温情。

好像捷克的男人都不愿长大，都不愿承受“生命中不能承受之重”，《柯利亚》与《布拉格之恋》的男主人公时隔二十年也没什么变化，依旧是一把年纪自由身，没有女人，没有孩子。比起托马斯的“单程人生说”，五十五岁的大提琴师 Louka 的理由可谓张爱玲式：最恨天才女人结了婚。所以他选择了与柏拉图、牛顿、康德、贝多芬、叔本华、安徒生、尼采、卡夫卡……为伍——这只是单身大哲学家大科学家大艺术家的冗长名单之一小部分。

Louka 其实挺吸引女人，常有年轻貌美的女子主动投怀，女歌手甚至为金宵一刻等了整整两年。Louka 的样子，酷似意大利传奇时装设计师范思哲（Gianni Versace），一样的络腮胡，一样的脸庞……但范思哲的络腮胡是罗马皇帝的络腮胡，一生以奢华著称的他从不掩饰帝王的气魄与野心；而 Louka 的络腮胡，只有脚上破了洞的袜子来陪衬。Louka 有过光辉岁月，曾随交响乐团出访美国，于卡内基音乐厅获得雷鸣掌声；后来落魄到靠给葬礼伴奏和写墓碑来赚取生活费，至于为什么丢掉金饭碗又卖掉小汽车，片中未表。朋友给 Louka 介绍了一个想通过假结婚而获得捷克国籍的苏联女人，不过她并非想当一个捷克人，而是有了捷克身份就能去找她的西德情人了——冷战时的法律规定，苏联人不准去西德，因为那是英法美的地盘。为了一笔可观的酬劳，Louka 结婚了。与托马斯一样，Louka

7-8-9

7 《柯利亚》海报

8-9 Louka 与孩子从陌生到亲密

在婚姻上的选择也并非主动或自主，当他们还没想明白时，责任就被命运托着小篮子漂来了。女人假结婚后立刻飞往西德，把五岁的儿子留给姑妈，姑妈又中风去世，于是，某天一个拖着鼻涕、散着鞋带、低垂着头的小男孩和一个小行李箱被放在了 Louka 的门外。

对于一个常在演奏中顽皮地摸女歌手的屁股、朝大街上的超短裙姑娘吹口哨、挨个儿打电话约包括有夫之妇的女人回家过夜、平日里对小狗小孩一概懒得理睬的男人，这显然不是件好差事。语言不通、情感陌生还不是最要命的，要命的是，这是一个苏联小孩。Louka 非常倔强，坚决不挂苏联国旗，不讲俄语——借《柯利亚》，我第一次目睹了捷克被苏联控制的那个时代，捷克人民需要表现出某种形式上的认同，比如悬挂苏联国旗，“乖”的话，可以得到不错的职位、夏日度假之类的好处。Louka 被房东逼得挂上国旗时，说自己是懦夫，恰好有漂亮女生来学琴，他赶紧用窗帘遮羞一样遮住。影片结尾时捷克独立，而 Louka 也重新衣冠楚楚地回到了交响乐团工作。苏军来时，他丢掉了体面工作；苏军走时，他重获了体面工作。如是，大概可以猜到他潦倒的原因了——“不听话”。苏联撤军二十年后，我来到了布拉格。而此刻，我似乎能够理解在火车站问路时那些布拉格市民的警觉与躲闪了。捷克人可能曾为自己的顺从行为感到不耻，同时又默许了这种能让自己幸存的行为，由此他们难以相信谁，因为他们都难以相信自己；或者被“高压”了太久，以致需要更久的时间来松弛……

电影以小男孩的名字命名，讲了他如何从一个不说话不吃饭、过马路也不让 Louka 拉自己手的柯利亚，变成一个过马路时主动拉起 Louka 的手、睡觉前会热烈地抱着“爸爸”的脸亲一口的柯利亚。Louka 为柯利亚找出尘封已久的木偶，用锯木做陀螺，一口气买了五张票包场陪柯利亚看动画电影，带他骑车、晒日光浴、到照相馆拍照，给他买新鞋、为他过生日、送他小提琴当礼物……他们就这样渐渐亲密起来，以至于某次在地铁的走失吓坏了彼此。但亲密并不妨碍Louka当着柯利亚的面说苏联坏话，反正他也听不懂，比如他唯一会讲的俄语单词是“行李”，因为他在苏联丢过行李，“苏联人不管土地还是手提箱都偷。”挂上苏联和捷克国旗时，柯利亚说，“我们的，你们的。”Louka却说，“我们曾经满怀感激地挂起它，因为那时还不明白你们苏联人都是恶棍。”片中另一些人比Louka更激烈，苏联士兵想洗手，Louka的妈妈骗他们停水了；她还对捷克人的不讲原则深恶痛绝——苏军入侵时他们声称连烂面包和水都不会给，如今又跟苏联人做起生意来。Louka的一位老朋友讲了一个故事，许多苏联共产党员买了金条跑回俄国，戈尔巴乔夫下令“金条留下，人回去”，但捷克人把他们赶了出去，这个梦在结尾时眼睁睁变成了现实。

托马斯与Louka都是通过上帝抛来的一个意外而接过了责任，那么《布拉格之恋》和《柯利亚》是不是也可以看做捷克这个“男人”的成长史？在巨大的历史动荡来临之前，它也是一副不做选择的样子。1989年，

10

10 《柯利亚》中的布拉格大游行

布拉格终于爆发了十万人大游行，要求结束捷共统治，推崇赞成民主的剧作家哈维尔（Václav Havel）当选总统。苏联时代画上句号时，柯利亚的妈妈来接他了，不得已，柯利亚向Louka告别，“再见爸爸”。

戏里戏外，这都是一个温馨的故事。戏里，Louka与柯利亚是动荡时代的一对“敌我”父子；戏外，德内克·斯维拉克（Zdenek Sverák）与扬·斯维拉克（Jan Sverák）是布拉格最著名的一对电影父子：父亲编剧、主演，儿子导演，他们还一起创作了《布拉格练习曲》（*Vratné lahve*, 2007）。而布拉格唯一一座电影制片厂的创始人，正是哈维尔的父亲和叔叔，当时的布拉格可是欧洲三大电影基地之一。“布拉格之春”后，捷克电影光芒不复；东欧剧变后，资金更是捉襟见肘。反讽的是，支撑捷克电影渡过难关的，正是几十年来被禁的一百多部影片，于解禁之后贡献了票房。

捷克语里“茶”的发音与俄语一致，与印地语的发音也一致，翻成汉语拼音可作“chai”，与中国的“cha”近似。或许茶从中国传出，发音也漂洋过海只稍稍变了形。东欧国家都是相像的，经历过相似的创伤：苏联控制，对社会主义的狂热，冷战带来的孤立以及颜色革命。欧洲教堂的玻璃彩绘非常绚烂，这些美丽的彩绘可曾对历史中的血雨腥风、千回百转有

11-12-13

11　圣维特大教堂，以罗马式开端，以哥特式改建

12-13　神秘布拉格

14　世界上唯一打广告的玻璃彩绘

所感知呢？捷克有世界上唯一的一块打广告的彩绘玻璃，这个广告由保险公司赞助，大意是：人死后的灵魂安息交给上帝，人在世的生命保障交给保险公司。但是它无法解决另一个重要的问题：在现世，人的灵魂又如何安置呢？或许这个一直困扰昆德拉的难题，永远不会有答案。

× 夜油画与女体宴

我 8 月来到布拉格，却被冻得够呛。蓝天白云如此清透，想不到在高耸的哥特教堂外面排队等候时却被背阴处的风吹得浑身战栗。欧洲的夏天比亚洲好过，除了意大利、西班牙这些南欧国家需要吊带裙和凉拖之外，德国、法国已像初秋，我的裙子夹杂在当地人的风衣、牛仔裤、大皮鞋中，委实有些突兀。

布拉格的建筑，中古而多样。哥特式、罗马式、巴洛克式、洛可可式、文艺复兴式，应有尽有。大概就是因为这种包罗万象，每一面都折射出一种性情，最后归于谜。在童话布拉格、小资布拉格、古典布拉格、政治布拉格之外，还有一个神秘布拉格。夜色映衬下的城堡，营造出似真亦幻的氛围，常常有电影为了寻找古典欧洲而到此取景拍摄。

布拉格几乎成为好莱坞特工片的后花园，《谍影重重》（1996）、《碟中谍》（2002）、《007 皇家赌场》（2006）……都是在这儿拍的。作为东西方的交会处以及与前苏联的关系，布拉格在两次世界大战中都承担了“间谍之都”的角色。冷战期间，间谍活动中心移至柏林；冷战之后再度回到布拉格。有一种形象的说法：布拉格的间谍多到在街头掷一块砖，能砸中两个半，其中两个是外国间谍，半个是情报贩子。恰逢一个摄制组在河边拍摄，我站在桥上观望了好一阵。

在布拉格，餐馆的窗户很特别。大，却没有玻璃，就像墙上简单地开了一个大方块，与空气亲密无间。窗边摆着大花盆，美丽而有生气。教堂依旧熏黑，像德累斯顿，有的是历史感。有一个著名的天文钟，每天傍晚6时，教堂钟声敲响，钟表上方的小窗口便会打开，耶稣十二门徒的活动木偶会轮流转过。在马德里的时候，有次傍晚从Thysen美术馆出来，途经一座豪华酒店，再次遭遇了布拉格的这一幕：6点的钟声敲响，旅馆的一座阳台打开了门，转出一群小木偶，唱着歌跳着舞。

无意中发现，我每到一地，享受到的总是它的夜景——总在早晨或中午起程，搭乘飞机或火车，从一个城市摆渡到下一个城市，再转乘地铁或公交车摆渡到旅馆，check in、短暂休整，因此出门已是傍晚或夜晚，虽是夜景，然而布拉格的老城广场夜晚最瑰丽，深蓝色天穹涂上金黄色灯光，像极了梵·高的油画。以生命捍卫真理的宗教改革先驱胡斯的雕像下，生长着紫色薰衣草。鸽子在广场点点落落。游客穿行在胡同里，两边是晶莹剔透的水晶店、木偶店、礼品店，剧场演出捷克特有的黑光剧。一直走，来

15-16-17

15《007皇家赌场》海报

16《谍影重重》海报

17《碟中谍》海报

18-19-20

到河边，在连接古城与城堡区的查理大桥上遍布雕像。2010 年，“幸运”青铜浮雕就作为捷克馆的镇馆之宝，第一次离开家乡，来到了上海世博会。三十座圣人雕塑都有典故，一位叫约翰的教士长，因为拒绝向当时的波希米亚国王透露王后的告解秘密，被投到河里，四百年后，他被尊奉为圣者，在投河处，人们为他修了雕像。

说到国王，近年有一部《我曾伺候过英国国王》（*Obsluhoval jsem anglického krále*，2006），创下捷克电影票房的最高纪录，是《达·芬奇密码》的两倍。影片就呈现了一个金碧辉煌、纸醉金迷的梦幻布拉格，每个场景都极尽奢华。

迪特是个小个子的机灵鬼，从一个在火车站卖烤肠的小贩子，一路奋斗到饭店服务生、大堂领班，乃至布拉格最豪华酒店的老板。但这并非一个励志故事。“二战”结束后，迪特一落千丈，财产被没收，还被关进监狱。影片出自上了年纪的伊利·曼佐（Jirí Menzel）（彼时已年近七十）之手，是不是只有一个雄风不再的人，才能把欲望拍得那么诱人？光影设置简直美艳绝伦，感官挑逗更是欲罢不能。《大卫·戈尔的一生》（*The Life of David Gale*，

18 布拉格的天文钟
19 查理大桥
20 布拉格辉煌的夜

2003）中，凯文·斯派西（Kevin Spacey）扮演的大学教授大卫·戈尔为了废除美国死刑制度而甘愿献出自己的故事，在某种程度上并不如他在课堂上飞扬的那段拉康理论更令人印象深刻："你要的不是'它'本身，而是对'它'的幻想……不然我们怎么会说'猎比杀更为有趣'。所以拉康给我们的教训是，心想事成的人绝对不会快乐，最符合人性的真谛是，尽力活在你的想法和理想中。"也许就是因为欲望的客体无法达成，老曼佐才搞出如此妙的镜头。

事实上，迪特从没伺候过英国国王。他人生中的制高点不过是个非洲王室，这荣耀来得还不怎么荣耀，原本是要颁给领班，怎奈非洲酋长和迪特都是小个子，趁着酋长够不着领班的当儿，迪特出溜一下钻进了勋带。而伺候过英国国王的正是那位领班，他在片中担任次要角色，但为什么把他的荣耀作为全片之名呢？因为这位领班才是作者心中的理想人格，他没有蹲下身去配合小个子酋长，即使这样会失去一枚勋章；也没有在纳粹到来时像其他所有人那样做出"嗨，希特勒"的敬礼，即使随后被捕。这个经验丰富、懂得从细节处判断客人身份与喜好的绅士，会说好几门外语，身板与内心永远笔挺。而迪特呢？他在火车站卖香肠的时候，常趁着火车

21-22-23

21-22-23　曼佐在片中爱用镜子

即将开动之际逃避找零钱；他不讲立场地和一位德国女兵结了婚；还为希特勒的“纳粹新人类实验场”效劳；战后，靠妻子在犹太战场上扫荡来的稀世邮票发了财；当捷克建立社会主义国家时，他又为了和其他富翁关在一起而主动要求入狱。

伟大的民谣诗人鲍勃·迪伦（Bob Dylan）有一句著名的歌词：一个人要走多少路才能被称为男人？迪特，与托马斯和Louka不一样的是：懵懂。但《我曾伺候过英国国王》与《布拉格之恋》、《柯利亚》相似的是：都是在讲一个人如何成为一个真正的人，捷克这个“男人”是如何长大的。作者嘲讽的那个捷克，就是“迪特”；作者期望的那个捷克，就是“领班”。迪特左右逢源而不自知地走向成功和落魄，似乎叠合了“二战”以后捷克自身的命运；迪特喜欢用一个小游戏做人格测试——随时将一把硬币扔在地上，无一例外地，穷人和富人都贪婪地扑上去，就像西方国家给点好处就会扑上去的捷克一样。有人说，近千年的捷克史，就是强权面前的臣服与周旋史，只不过强权来路不同而已。1920年代，由于捷克是工业化国家，于是倾向于承认苏联政权，而南斯拉夫、罗马尼亚这些农业国家对与苏联合作毫无兴趣。后来赫鲁晓夫要控制巴尔干，罗马尼亚联合南斯拉夫反对

24

24 豪华女体宴，纳粹的欧洲新人种实验：曼妙美女+优质精液

苏联的大国沙文主义，捷克则隐忍了很久。小国的存在意义是捷克的一个主流命题，昆德拉就曾说，小民族时刻处于被吞并、消亡的悬崖边，小民族要创新。

中国人都知道米兰·昆德拉，但可能没几个知道赫拉巴尔（Bohumil Hrabal）。这部电影就改编自他的小说，他与导演伊利·曼佐是银幕知己，合作过多次，他声称这本自己最爱的书只交给最懂他的曼佐。昆德拉的《生命中不能承受之轻》、《玩笑》都被拍成电影，反响都不大；而赫拉巴尔十部小说搬上银幕都获得了成功。这反差的缘由也许在于——比起昆德拉的迷茫，赫拉巴尔没有让“答案在风中飘荡”。十五年后，出狱的小老头迪特，被流放到偏僻森林里，他终于在传奇一生的沉浮与沉思中，于某天偿还了“道德”债务：很多年前曾在车站被他揩油的客人，来到家里喝酒，他把当年没找的零钱，找给了他。由此看来，昆德拉小说改编为电影的不成功，未必出于它的“不可改编性”——所以昆德拉尊赫拉巴尔为“捷克最伟大的小说家”。

是因为捷克出美女，还是因为用性来隐喻政治比较方便？或是性与政治本身就不可分？齐泽克喜欢用黄色笑话来阐释哲学，赫拉巴尔也喜欢用

25-26

25 《我曾伺候过英国国王》剧照。布拉格最奢华的巴黎饭店，上流社会以转盘上的美女佐餐

26 老迪特将破屋翻新，也放置了许多镜子，也许是赫拉巴尔提供给捷克的镜子

“性”来佐餐政治。相较之下，年轻的曼佐拍摄的另一部改编自赫拉巴尔小说的电影《失翼灵雀》（*Larksona String*，1969）功力更深厚、情感更深沉，亦比《柯利亚》胜一筹，也难怪，在片中有份参演的柯利亚的“父亲”德内克·斯维拉克，当时还是个没有络腮胡的年轻人呢。《失翼灵雀》的上映却是1990年了，看看它逗人发笑又令人心酸的反讽，就知它何以遭禁二十一年。历史坐标停在1950年代的社会主义捷克，一群“资产阶级”被送到废旧钢铁厂暨共产劳动营接受再教育，有点像我们国家的上山下乡。除了几个资产阶级男人，这里还有一群未经允许擅自离开捷克的“叛国”女犯人。教师带着小学生来“参观”工人时，指着女犯人告诫孩子们，瞧那被资本主义熏陶的脸，离她们远点。白天男人们谈论着犹太天才玩转世界的话题：“除了基督和马克思，还有爱因斯坦统治着物理学、弗洛伊德统治着艺术和医学”，晚上则躲在栅栏外偷窥女犯人换衣服。有天雨夜，一对媾和者被巡逻警察惊散，一个还没来得及提上裤子的白花花的屁股落荒而逃……

哲学教授因为不放弃资产阶级文学而被下放到这里，法院检察官因为坚持“被告有权利自我辩护”而被下放到这里，生产浴缸的家伙因为雇了四个工人有资产阶级欲望而被下放到这里，萨克斯管演奏家因为萨克斯管是资本主义乐器而被下放到这里，然而在摄制组前来拍摄时，他们被冠冕堂皇为“自愿劳动者”。更讽刺的是，这几位“资产阶级”都穿着破烂工人服，唯一一位根红苗正、巴不得看到巴黎商人扫大街的工人却西装革履、大腹便便地很像资产阶级。一位厨师想和在服刑的女犯人结婚，而女犯人觉得不可能，这时，工人阶级头头发话了，“怎么不可能，在我们国家不可能就是可能。”也正是这个“权威”的工人阶级，以政府照顾新人的卫生需要为由，热衷于给美丽少女洗澡……他也有人性需要嘛。

与昆德拉一样，赫拉巴尔由于支持“布拉格之春”而被列入禁书作者名单。这位当过铁路公司员工、旅行社业务员、邮差等来自底层的男人，在克拉德诺炼钢厂的工作经历使《失翼灵雀》无比贴近大地。他说，这世界并非越来越坏，而是越来越不那么纯真了。《失翼灵雀》里看得到纯真以及对纯真丧失的痛惜，厨师把自己的婚礼日选在复活节前，因为春分时太阳与地球离得最近，要在它们的荣耀下结婚，多么纯真美丽的心意啊。看管女犯人的老实讷言的典狱官，娶了一位美丽的吉卜赛女郎——有赫拉巴尔的影子，他自己就曾与一位吉卜赛女郎相恋。新婚之夜女郎与典狱官在家里开灯关灯玩着捉迷藏游戏，在典狱官求欢之际女郎像猫一样跃上大衣柜，典狱官只好递上枕头和被子，看着她像猫一样蜷缩在上面睡觉。担心被戴绿帽子的典狱官某天发疯般冲回家却感动地听到女孩在独自唱歌，他们终于依偎在一起，依旧像猫一样蜷缩在墙角……无拘无束、自由放旷的吉卜赛人啊，也纯真。在捷克的大炼钢铁“拔苗助长”时代，男人们罢工了，牛奶场主说上面没和大家商量就擅自定下工作量，他很快就不见了。哲学教授鸣不平，拒绝小学生给自己戴红领巾，说社会主义退化了人，真

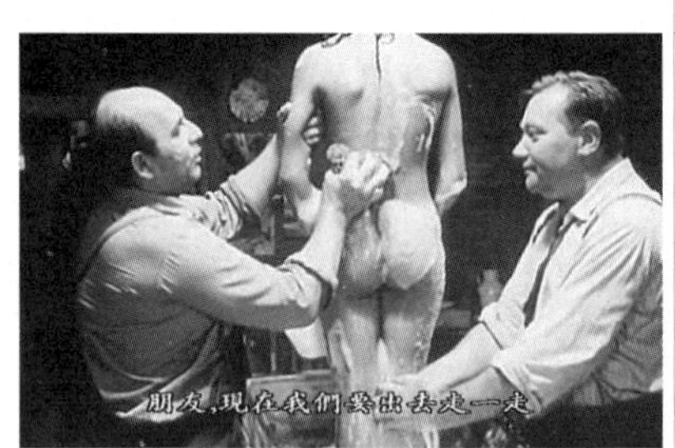

27

27 《失翼灵雀》中热衷为少女洗澡的工人阶级

正的人消失了，很快哲学教授也不见了。有天大领导来视察，“面包会有的，黄油会有的，但是音乐哪去了？”厨师也异常诚恳地问大领导，“牛奶场主哪去了？哲学教授哪去了？过去那些相互尊敬相互爱慕的好日子哪去了？”很快厨师也不见了。他们不过说了句纯真的话，就被判刑当了矿工。

灵雀失去羽翼还能飞吗？人失去纯真还成之为人吗？在巨大冰冷锈迹斑斑的废旧钢铁厂里，被下放的男人与被判刑的女人站在雨地里的炉火边围成一圈烤火的温柔一幕，异常动人，纯真与爱似乎就是人们从这个刚硬荒谬的世界飞翔而出的羽翼。在矿井里，牛奶场主说：“我的真理是让膝盖休息，是桌上的面包，但他们夺走了我的真理，现在真理在哪里？”哲学教授说：“我的命运让我的哲学得到升华，我找到了自我。”最后一个镜头是逐渐拉远的升降机降入井底，似乎遁入了黑暗，但即使是黑暗，恐怕也无法使赫拉巴尔放弃纯真。

赫拉巴尔被誉为“捷克新浪潮的发动机”，他的小说滋养过伊利·曼佐，也滋养过早期的米洛斯·福尔曼，如《金发女郎之恋》。昆德拉做过布拉格电影学院的教授；就是这个电影学院诞生了捷克新浪潮，诞生了享誉世界的大导演米洛斯·福尔曼，《飞越疯人院》、《莫扎特传》、《性书大亨》、《戈雅之灵》都是他的作品。这里甚至还诞生了南斯拉夫最天才的导演库斯图里卡。福尔曼与昆德拉一样，在1968年“布拉格之春”后流亡欧洲，后来一直在好莱坞拍片。他出生在布拉格，父母在“二战”中死于纳粹集中营；多年后他回到布拉格拍摄了《莫扎特传》，这部获得八项奥斯卡大奖的电影像《甘地传》一样成为传记片的巅峰之作。按说莫扎特不关布拉格的事，人家是维也纳金童——维也纳最大的两块招牌就是莫扎特和茜茜公主。但福尔曼选择外景地时毅然放弃了维也纳，投奔布拉格，因为他对自己故乡布拉格的中世纪风情情有独钟。而且，据说莫扎特常到布拉格，说布拉格人最了解他。

过了桥，弯弯水流绕过的小房子，让人有置身威尼斯的恍惚错觉。河上停着摆筏，筏上停着白色水鸟。亮出营业执照的街头画家和商贩悠然经营，我中意了一款小饰品，恰逢8点店主收摊，“Close”，说什么也不卖了，打烊第一生意第二，佩服他的超脱淡定！在德国，不存在逛“夜店”，晚8点一律关门，除了餐馆和影院哪儿也去不了。乍到甚不习惯，一直纳闷当地人如何挨过漫漫长夜？这里的夏季，晚上9点窗外还是昭昭一片天光啊。罗马也是，到点关门。西班牙的商店会开到晚上10点，但超市周日关门。西班牙延时是正常的，因为晚上10点还天光大亮呢，12点还车水马龙呢。

温习布拉格无需交通工具，一双舒适的鞋子便可。布拉格的夜，很热闹。累了，坐一会儿，椭圆形大石礅很像维也纳大学的花树根。回到老城广场，居然更加热闹。应该是来度假的学生团体，带队老师喊口令，学生们在中央空地上做游戏，跑啊跳啊追啊找啊，旁若无人，开心至极。我打开Video，特意录下这些昂扬欢乐的笑脸和声音，周围聚起密密的旁观者，

28-29

28-29 布拉格的中世纪风情。这一边，是老城；那一边，是城堡区

30-31-32

30 老城广场
31 如威尼斯的水和桥
32 皇帝街

一圈，两圈，开心极了。而在广场另一边，停着老派的观光马车，这在欧洲城市中很常见。牛仔帽黑马甲白衬衣的老绅士在吹萨克斯，马夫也是牛仔帽黑马甲白衬衣。高头大马很乖，静静等待：今晚，将与谁共游？

从老城广场到查理大桥，中间这条布拉格人气最旺的皇帝街，五彩缤纷地绽放着各种小店。捷克曾想从美国引资对这条历史名街进行改造，将凸凹的石子路改建为平整的柏油路，结果因居民的投票表决而夭折。对于欧洲来说，没有什么比历史更重要，即使被炸为平地的德累斯顿需要重建一座城，他们也执拗地将簇新的建筑熏黑——因为这才是当时炮火下的样子。

夜风很凉，凸凹的石子路，干净，清幽。丽江也是石子路，但风与貌都不够，在布拉格面前，也许她会羞涩地低下头。夜深了，我却因为贪恋夜景还未进晚餐。寻觅旅行手册推荐的著名餐馆，发现离旅馆煞是近。这家的披萨与意大利和美国的都不同，点了 mushroom 的，配料相当丰富，好吃还不贵。欧洲的餐馆都不大，但十分重视设计，风格各异，往往反映着主人的美学喜好。好比这间，主人一定喜欢马，每一面墙壁都有画，每一幅画几乎都是马，火红色的、深褐色的，抽象写意，奔腾叱咤。而在我心间，也会永久地挂着一幅抽象浪漫的夜火油画，名字就叫——“布拉格的夜”。

33

33 布拉格的夜

Budapest

布达佩斯的壮阔美学

×《地铁风情画》《布达佩斯之恋》《命运无常》《撒旦的探戈》《吸血女伯爵》

× 双子之城

多瑙河纵贯全境，从中分割了布达与佩斯，美丽的双子之城。连接它们的有裴多菲桥、伊丽莎白桥、链桥……共八座！乘轮船夜游，饱览两岸美景，布达的王宫城堡与佩斯的议会大厦，斑斓的星火层次难以纤毫毕现地收录在镜头里，只好把它放进无边无形的心里。多瑙河磅礴过莱茵河，航线长，尺幅宽，水流汹涌。如果布拉格小资，那布达佩斯就是壮阔，它美得令我意外！

我住在佩斯，旅馆不包早餐但提供厨房，颠簸多日后终于可以自烧开水，喝上了自带的大红袍——还是最爱中国茶。欧洲最让人不习惯的是没有热水喝，除了咖啡，几乎找不到热的东西。坐车去对面的布达，古老王宫如今做了画廊和博物馆。里面正在举办现代摄影展，一男一女，两幅巨大照片挂在博物馆的外面，前日夜游多瑙河时，只见高举橄榄枝的女神

1

1　那一边，佩斯的议会大厦；这一边，匈牙利典型的马赛克装饰风格

2-3

塑像，被左右两支射灯激亮在夜空，两张巨幅笑脸在黝黑的山幕上粲然生华！游船一路，看到的全是这样没有着力点的奇幻景观，悬浮在夜的黑之上。而谜底，到白天揭晓。

奥地利的茜茜公主一生最爱匈牙利，奥匈帝国建立时，奥与匈两个民族之间的矛盾还要靠她从中调停，布达佩斯多瑙河上的伊丽莎白桥便以她的名字命名。因其欧洲中部的内陆位置，匈牙利自古就是众雄逐鹿之地，布达佩斯的罗马剧场废墟与清真寺，就像西班牙塞万提斯的故乡托莱多一样，有穆斯林、犹太教、基督教、罗马式、哥特式各种风格的建筑，刻画着历史的痕迹。

可能由于匈牙利人的血液里充满游牧民族的彪悍，常见对鹰的喜爱。布达城堡的渔人码头有鹰，身边是扮了鹰手的人，造型上有些凶猛的快意，招揽着游客拍照留念。买了一张链桥的明信片，坐在王宫花园的绿荫里，写下几句话，寄给远方好友。这一天阳光灿烂，白云悠然，我躲在斑驳的树荫里望向天空，忽然心里好静。不远处一位男子正对着皇宫花园这

2　最雄伟的链桥
3　王宫花园

只飞翔的苍鹰雕塑拍照，一直在拍，不知是找不到好角度，还是找不到好光影……

布达佩斯的壮阔可谓深入细节，这里有我见过的最惊心动魄的地铁电梯，几近垂直，长得叫人绝望，也因此加快了速度，恍惚间有飞鸟坠落的幻觉，吓得赶紧集中注意力！布达佩斯的地铁检票员数量之多，也在我经验里创下了纪录。欧洲城市的地铁打卡，有时是可以做些小手脚的，比如你在电影里看到的——从闸口下面钻过去或者从上面跳过去，我亲眼见过找乐子、寻刺激的年轻人纵身一跃。但即使有逃票的可能，也着实用不着那么多"把关人"吧——每一入口处，有三四个人检票；出口处，又有三四个人查票。柏林根本不设检票员，全看你的自律。当然，侥幸逃过算好，一旦被查到，五六十欧元的罚款，会疼得你再不敢乱来。从某个角度看，这似乎暗合了"东方"式与"西方"式的思维分野：前者来自"熟人文化"，先不信任你，日久见人心；后者来自"陌生人文化"，先信任你，你若辜负了信任，对不起，铁面无私惩罚你。那么，布达佩斯的地铁把关人之多，是源于匈牙利人的秉性不可靠，还是为了解决就业问题？这个现象不仅我一人纳闷，有一位匈牙利导演就执导了一部全部在布达佩斯地铁站里拍摄的电影，讲述了一帮对生活已然麻木的地铁检票员——确实会麻木的，在那种岗位多过功能的情形下，谁不会呢？还不如这无名教堂前的光影流动来得斑斓呢。或许尼莫洛德（Nimród Antal）正是怀抱着某种艺术敏感，将一种不合理制度所导致的无聊状态植入了一部惊险刺激的电影。

《地铁风情画》（*Kontroll*，2003）奇异又恐怖。影片始于主人公进入地铁，终于主人公走出地铁，"恐怖角"的故事全部发生在其中。摇滚乐、锐舞派对、动作、爱情，伴随着一系列无因亦无果的谋杀和死亡。后生可畏，作为尼莫洛德的处女作，一出手便入围当年奥斯卡最佳外语片。这位匈裔青年导演出生在美国洛杉矶，受好莱坞浸染，将商业片元素与青年亚文化符号内化于胸，一改匈牙利电影一贯的慢节奏和长镜头——比如贝拉·塔尔，他可以十分钟只拍一群羊，他们二人更像匈牙利电影的一老一少双子座。

这是一群大男人的故事。在车厢里跟姑娘搭讪，吃着早餐啪就倒下睡着了，种种荒谬不过是用来排遣无聊的人生。开篇有一位醉酒女人，在疾驰而来的列车进站后，镜头转到了丢在站台上的一只高跟鞋，暗示了她的死亡。触目惊心的红色高跟鞋下，Why\Who\What 却一律不详。这样的处理贯穿了全片，所有的迷局到最后也没有大白，包括那个戴着连衣帽、连杀两人的神秘黑衣男子究竟是谁。

其实《地铁风情画》的译名有失妥帖，无论是影片的色调还是弥漫的气息，都没有字面上那么抒情写意。最让人窒息的是熟谙地下世界的检票员玩的一种游戏——在地铁隧道里赛跑，幸运的话，于列车驶入站台的刹那，跑出隧道跳上站台；慢一秒就会被卷入车轮。这可是要命的游戏，看

4-5

4《地铁风情画》的开篇中，我见过的最长的地铁

5《地铁风情画》中，莫名睡在地铁里的男主人公

谁更快更强。一位傲慢的检票员输给了主人公，亡命奔上站台之际，吓得尿湿了裤子。而戴着耳机听着摇滚、与地铁检票员玩猫捉老鼠游戏的淘气男孩就没那么幸运了，在追逃中被黑衣杀手悲惨地撞进铁轨。所以当主人公踏上通往地上世界的电梯时，我长长地出了一口气。

在片头，布达佩斯地铁公司的总裁特意出面发表了一个声明，“电影里的人物和情节属于象征性虚构，真实的布达佩斯地铁不是这样的。”起初很多人劝他不要出借场地，但他被导演打动了——尼莫洛德说，这是一部关于“善恶”的电影。事实上，观众一旦进入影院的漆黑中，已经先验地认同了银幕上的虚构性，就像认同摄影机的存在一样，说白了——他不会当真的。吕克·贝松也在地铁里拍过一部电影，名字就叫《地下铁》（*Subway*，1985），也挺惊悚，为什么没有来一段“厘清”声明？大概尼莫洛德的地下世界更多“地下”感，他的戏剧性所激起的不只是观影乐趣，还有对现实中的荒谬与恐怖的警觉。因此，若不是总裁有言在先，也许观众真的真伪难辨，今后不敢再走进布达佩斯的地铁了。

尼莫洛德在这部拍摄于匈牙利的电影一炮打响后，转而闯荡好莱坞，以《针孔旅馆》（*Vacancy*，2007）让人温习了希区柯克式的传统惊悚风范，不靠成吨的血浆搞视觉冲击，而是致力于心理震慑——一对感情破裂的夫妇夜晚投宿一家汽车旅馆，陷入了一场恐怖真人秀的包围和致命追杀。色情录影带、针孔摄像头、变态狂杀手、暗夜小客栈，被尼莫洛德信马由缰地像玩杂耍一样抛起来又接住，节奏依旧漂亮，恐怖依旧肆虐。于是好莱坞一再青睐，又投资他拍摄了明星云集的《装甲车》。

尼莫洛德的经历有些类似印度的米拉·奈尔（Mira Nair），在美国长大或接受教育，以国际通行的电影语言，将民族国家的题材绽放给世界看。之后，米拉坚持民族电影，尼莫洛德开始玩大投资＋大卡司的好莱坞商业片。克里斯托弗·诺兰何尝不是，这个凭借《追随》（*Following*，1998）一鸣惊人的英国小伙子，前往好莱坞执导了横扫票房与口碑的《蝙蝠侠前传 2：黑暗骑士》（*The Dark Knight*，2008）与《盗梦空间》（*Inception*，2010）。但真的希望，他们能够将最初的无畏与自由，无论如何保护好。

× 忧郁之城

尼莫洛德的现代酷，无法消弭布达佩斯的历史痛。中世纪时，西欧各国掀起了排犹浪潮和反犹屠杀，因此大批犹太人迁徙到种族环境相对宽松的中东欧，许多都在波兰和匈牙利定居下来，匈牙利成为欧洲犹太人第二大聚居地，“二战”中的种族清洗之劫也就可想而知了。

电影《布达佩斯之恋》（*Gloomy Sunday*，1999）或许不如《布拉格之恋》名气大，后者其实沾了小说的光，前者才真正好。“二战”中三男一女的奇异爱情交织着一支传奇曲子的前生今世，影片原名就来自这支“自

6

6《布达佩斯之恋》

杀圣曲”:《忧郁的星期天》。布达佩斯的一个餐馆里，美丽的伊洛娜与餐厅老板和钢琴师的三人行，以一种奇特的平衡对抗着艰难的时局，直到德国人汉斯的出现。他也爱慕伊洛娜，但是求婚被拒，后来成为纳粹军官的汉斯风光无限地重回餐厅，将灾难带给了伊洛娜的两个爱人。多年后，老年汉斯再次来到这家餐厅庆生，倒在伊洛娜投进香槟的毒药里。

餐厅老板与钢琴师，是一个人不可或缺的两面。没有忍辱求生的现实主义老板，三人将无法活着；没有纯粹的理想主义钢琴师，三人也将活得屈辱。纳粹军官汉斯为了炫耀自己的权威与强大，把客人不被允许的事情全做了一遍：进厨房、弹钢琴，餐厅老板默默忍受着。汉斯逼他讲笑话，他战战兢兢地表达着微弱的心声：一个德国军官左眼瞎了，他让犹太人猜是哪只眼，犹太人猜左眼，军官问为什么，因为那只眼看我的时候，似乎仁慈一些。当汉斯充满气焰地说，柏林是世界上最具活力的城市，德国觉醒了，德国在扩张，德国太小了，钢琴师立刻反唇相讥，其他小国也没有因为小而发动战争！他把无法与诉的情怀写进那首为自己和餐厅赢得声名的钢琴曲里，布达佩斯乃至整个欧洲听了这首《忧郁的星期天》后有数百人自杀。当无法抱有尊严时，钢琴师自杀了；一直默默忍受着的餐厅老板也无法再忍受脏东西了，他也选择了赴死。

犹太教堂的外观很独特，更多承袭了匈牙利特有的马赛克装饰风格，构成了某种温暖感。教堂内部有犹太人墓地，门未开，只能透过栅栏看进去，树荫下一块块黑色大理石墓碑，不大，平铺着叠在一起。受难的许多生命。不屈的许多灵魂。我默默地与他们待了一会儿。很奇怪，好像我们彼此认识，好像我们的心很近。在电影《轰炸德累斯顿》里，德国即使面

7-8

临被轰炸的厄运，依然顽狠地高举种族主义——犹太人不准进入防空洞。一千年前莎士比亚就借《威尼斯商人》发出了痛彻之问：难道犹太人没有眼睛吗？没有手吗？没有五官四肢？没有知觉、没有感情、没有血气吗？难道他不是同样吃着食物，同样地，武器可以伤害他？冬天同样会冷，夏天同样会热？如果你胳肢我们，我们就不会笑？如果你用刀刺我们，我们就不会流血？

匈牙利作家伊姆雷·凯尔泰兹（Imre Kertész）写作自传体小说《命运无常》，也许就是为了与墓地里那些沉默的灵魂交流。纳粹占领布达佩斯后，少年卡维被送进集中营，他挨过一个个难关，最终被美军救出，可是回到家乡后，没人关心他的遭遇，他只有孤独地咀嚼着往事。这部处女作令这位出生在布达佩斯的犹太人、曾被纳粹投入奥斯威辛集中营的作家凯尔泰兹一举获得诺贝尔文学奖，改编自这部小说的电影《命运无常》（*Sorstalanság*，2005）由他亲自操刀剧本——经历过大屠杀的他绝不允许这个题材被制造成一个哗众取宠的“景观”商品。

7 佩斯的建筑
8 犹太教堂

在《美丽人生》的“童话集中营”之外，还有《命运无常》的“幸福集中营”：能获准平躺下来，不被殴打；能获准吃饭，不被饥饿折磨。它走出了宏大的政治拷问，停留在最纯粹的生命感受上，那些最卑微最细小的感受。就像在罗本岛被关押了三十年的纳尔逊·曼德拉，他最珍爱的是我们不在意的小事情，比如想什么时候出去走走就什么时候出去走走，到楼下商店买份报纸，与朋友喝杯茶，都是人之为人的基本自由。

这是少有的一部表现大屠杀幸存者的生活的电影。从集中营回到布达佩斯的时候，没人来接卡维，只有一个大腹便便的男人猎奇地问，“你真的见过毒气室吗？”他上了公交车，检票员根本不管他一望即知的身份，只顾催他掏钱买票，一位好心人替他买了票，也好奇地问，“你一定有很多可怕的经历，回到祖国有什么感想？”他回到家，房子住了别人，厌弃地赶他走。他敲开邻居的门，邻居劝他忘记过去，想想未来。没人能够理解卡维的心境，他并不害怕开始新生活，对于死过一次的他，未来没有任何事是不能忍受的。但他以前的生活呢？卡维独自走在阳光下，回忆起往事，有折磨和烧尸烟囱，也有救过他的人。“如果人们再问我，我会谈谈集中营里快乐的事。当然，如果他们问的话，如果我还记得的话。”这场全然从少

9-10

9 《命运无常》海报

10 胸前戴着犹太人标志“黄色星星”的少年，进了集中营后胸前戴着匈牙利标志的“U”

11

年的视角展开的个体讲述，其实是一种集体记忆，不能因为过去了就过去，遗忘亦是耻辱。有一种回忆属于全人类。

犹太民族是个神奇的民族，失国之后散居世界各地却高度凝聚，捍卫民族文化的纯洁。当年犹太起义者被罗马军队围困时，他们烧光了一切甚至杀死自己的孩子，以避免孩子将来沦为奴隶；唯独留下粮食不烧，好让敌人明白他们并非由于无法活着而死，而是因为不愿当奴隶而死——这是犹太民族所以卓越而持久的秘密吗？欧美精英阶层中的犹太人比例相当高，仅美国，影视界有斯皮尔伯格，金融界有格林斯潘，兴风作浪的游资大鳄索罗斯就出生在布达佩斯一个犹太律师家庭。

匈牙利的犹太人在“二战”中惨遭洗劫，匈牙利自身也有不可逃脱的

11　布达佩斯的城堡

罪责。它在两次世界大战中都站错了队，“一战”战败，痛失三分之二的领土，被周边的捷克和罗马尼亚等国分割。匈牙利人体内游牧民族的血性再次爆发，试图重振大匈牙利，德国便成了它飞向梦想的翅膀。德国在东欧进行扩张，通过向匈牙利进口粮油而使其在经济上依附于自己，同时在政治上造就亲德派。“二战”初期，德国强迫捷克把一块土地让给匈牙利，这似乎使匈牙利人尝到了甜头，更坚定了亲德信念。而波兰在短短的一个月里被瓜分，又让匈牙利感到恐惧，德国亦对匈牙利没有清洗犹太人大为不满。渐渐，对德不满，亲苏的情绪爆发。“二战”末德军占领匈牙利后，大规模取缔反德政党，逮捕犹太人，“匈牙利的纳粹党”——箭十字党的领袖出任政府总理。随后苏德在布达佩斯展开激战，直到这个忧郁之城被苏军占领。

自由广场，是匈牙利为了纪念推翻法西斯而建。花草精致，长椅上随处是怡然市民。MTV 电视台就坐落在此地的一个恢弘而古老的建筑里，法兰克福的证券交易所亦然。推门而入，很安静，没有我曾经熟悉的央视大楼里的喧嚣与骚动。

12-13

12-13　匈牙利的纳粹与箭十字

× 红色之都

穿过链桥，从布达来到佩斯。宽阔的链桥不行车辆，只做商品与艺术的贸易地，两边布满各种摊贩，首饰、画、工艺品、食物、衣服、鞋子……热闹得紧。有一种粗犷风格的牛皮腕带，很酷，不少店家有卖，但是细节和品质有异。我中意的一家，卖主是个年轻可爱的姑娘，我对她说，“我喜欢这只腕带，我喜欢你，便宜点卖我，OK？”她腼腆地笑笑，算是默认了我的“恭维”，最终以 10 欧元成交。

佩斯的市区多广场，蓝天白云，青铜雕塑，一对新人穿着礼服在树下拍照，年轻人随便往草地上一躺，四仰八叉好不自在；广场正在举办音乐会，著名的四季酒店就在旁边。这怎么可能是想象中那个灰扑扑的城市——但为什么会是这样的想象？因为它曾是不发达的第三世界，是动荡的东欧一分子？诗人裴多菲（Petöfi Sándor）写过一首赤子之诗：你简直做不了一个厨师，匈牙利我亲爱的祖国！你让一边的肉烧焦了，还有一边却半生不熟。有些你的幸福的公民噎死了，因为吃得太丰富；而你的很多穷苦的孩子却饥饿着，走进了坟墓。

14

“二战”后匈牙利选择了社会主义，复制斯大林的计划经济，也复制斯大林的专制政治。1930年代，斯大林开始了苏联大清洗，镇压一切“疑似”反对自己或其体制的人，一种说法是：一百万人被枪决、两百万人死于古拉格劳改营。1948年，由于铁托不听话，苏联与南斯拉夫决裂，斯大林的“弟子”匈牙利随即也在国内开始了大清洗，二十万人被捕被杀。女导演梅萨罗什（Márta Mészáros）的“匈牙利历史三部曲”——《留给女儿的日记》、《留给爱人的日记》、《留给父母亲的日记》，就以匈牙利的政治大清洗为背景。到了1956年，受同年“波兰事件”的影响，大学生和群众在布达佩斯举行示威游行，反对苏联模式和苏联控制。老大哥两次出兵，“匈牙利事件”沦为另一个“布拉格之春”，约二十万匈牙利人逃往西方。1989年，匈牙利变了颜色。几十件社会主义时期的“红色雕塑”原先矗立在布达佩斯各个街道，现在由一个主题公园承载——东欧剧变时不少国家都拆掉了与“红色”有关的雕塑，只有布达佩斯把它们收集起来，成为世界上独一无二的红色典藏，曾被推倒的斯大林像，按原比例复制了两只靴子。

匈牙利传统上是个农业国，“二战”结束前还有大量土地和无地的农村人口。社会主义匈牙利进行了土地改革，给了无地农民小块自留地，后又强迫农民加入集体农庄。直至1980年代末，集体农庄的管理者控制了资源，市场被政府接管，农业从此停滞不前。堪称20世纪最伟大的匈牙利电影《撒旦的探戈》（*Sátántangó*，1994），讲的就是集体农庄的事。影片有个极具神秘性的开场白：弗塔基被一阵钟声吵醒，然而小礼拜堂远在八千米之外，钟塔也在战争中被摧毁，钟声根本无法到达这里。可偏就是这杳渺隐晦像是为谁而鸣的钟声，成为影片最重要的配乐，预言着1990年代初匈牙利共产主义的终结。

索德伯格（Steven Soderbergh）执导的《切·格瓦拉》（*Guerrilla*，2008）已属疯狂——上下两部，四小时二十分钟。这要如何在影院放映呢？索德伯格丝毫不在意自己嚣张的反商业姿态，比如一心一意痴迷在展现格瓦拉在南美丛林组建游击队，对单一空间、平凡时间、功能性蒙太奇的使用，几乎是与观众的一场决裂！当然，索德伯格有这个勇气和底气，他是典型的为市场拍一部、再为自己拍一部的导演类型。在带着乔治·克鲁尼、布拉德·皮特等大明星向着票房裸奔的《十一罗汉》（*Ocean's Eleven*，2001）系列之后，又以七年的潜心研究回归到对格瓦拉的致敬之作。戏剧界也有这样的“疯子”，台湾导演赖声川的话剧《如梦之梦》，采用圆形环绕的形式，观众被包围在中间亦长达七小时，好在赖导体恤地安排了中场休息并提供了可口的晚餐。然而，是什么给了贝拉·塔尔（Béla Tarr）如此卓绝的勇气？十二章，七个半小时，前无古人后无来者。他不仅不具备索德伯格用一部商业片票房换取一部艺术片资本的履历，更有六部作品五部被禁的高“失业率”。这种孤注一掷的代价是：2005年开拍《伦敦来的男人》，没几天就花光了制片人费尽心力筹来的数百万欧元，致使绝望的制片人自杀。

15 《撒旦的探戈》海报

事实上，《撒旦的探戈》的疯狂不仅在于令人“发指”的长度，如果节奏够快、情节够密，长度并不致命。但贝拉·塔尔动辄五六分钟一动不动的长镜头，创下时间最长、事件最少的影片纪录。这让我想起新浪潮女导演尚塔·阿克曼（Chantal Akerman）作为实验电影与女性电影里程碑的作品《让娜·迪尔曼》（*Jeanne Dielman, 23 Quai du Commerce,1080 Bruxelles*，1975）。若没有杀人，这根本就是平常的三小时。中年女性让娜，从早晨闹钟铃响就开始忙起来，给儿子做早餐叫儿子起床，再与他吻别目送他上学。收拾儿子的床铺，收拾自己的床铺，吃早餐，洗漱化妆，出去寄东西、买东西，把儿子的皮鞋送去修理……三小时全部是这样的流程，事件如此少，何以如此长？因为导演几乎等比例复制了那些琐碎的日常生活，擦一双皮鞋要多久，电影中的让娜擦一双皮鞋就要多久；吃一顿饭要多久，让娜母子吃一顿饭就要多久。大部分人看电影为的是逃避琐碎的生活，希望在电影里看戏剧看梦幻看不切实际，但尚塔与绝大多数的电影理念背道而驰，偏要将她热爱的琐碎生活拍给观众看。

苏珊·桑塔格曾动情地评价《撒旦的探戈》：每一分钟皆雷霆万钧。尚塔·阿克曼的每一分钟并不雷霆万钧，但是杀人，给了这平淡琐碎的三小时一个雷霆万钧的结尾。每天下午让娜会在家中接客，这也是一个寡居的家庭主妇的生活来源。但她为什么杀了一个嫖客？毫无征兆，我们一路被琐碎涣散掉的神情突然打了个激灵，但是瞪起眼睛准备好好看看时，没了，完了，让娜坐在餐桌前，看不出是喜是忧。二十五岁的尚塔极具掌控力地“调教”着四十多岁的大牌演员德菲因·塞里格：你可以加东西，但我不要心理上的东西。于是我们连最后的线索也失去了。不过，若说哪里有些不对劲，就是在做完某个家务的时候，让娜在沙发上坐了一会儿，问题就出在她唯一一次坐下来休息时。

让娜陷入了思考，生活一下子坍塌了：咖啡坏了，头发乱了，扣子没扣好，杀人。哲学家汉娜·阿伦特说：思考是一个中断，中断所有的日常活动。康德说，我们的心智均有一种自反的倾向。思考中断了让娜的秩序世界，她实在是个秩序典范——家里一尘不染、井井有条，擦完皮鞋后盒子摆齐、报纸收起、归入橱柜；优雅地在男客进屋时接过礼帽和大衣，优雅地在他们离开时递上礼帽和大衣。沉思时，她突然发现身后跟着的是一串千篇一律的日子，每天都和昨天一样，每周都和上周一样。让娜代表了战后欧洲人的某种共同心态——害怕改变，大概不希望好容易到手的宁静与平安再次被夺走，她在丈夫死后不想再嫁，不想适应别人，不想适应变化。让娜也代表了那个时代的女性，生活没有选择，一直被忽略，男人们不会拍这些，更不会在意一个女人每天都在厨房和起居室里做了什么。在尚塔的长镜头里，她们的时间，第一次被郑重其事地放到眼前，我们被迫与之对峙，终于，感到了存在。尚塔的先锋性就在于对时间的重启，“时间不仅在场景之中，还存在于对面看着它的观众之中。即使他们不耐烦，也会等着下一个场景。等待下一个场景，已经是感知生活，感知存在。”

贝拉·塔尔的前辈、出生在布达佩斯多瑙河畔的扬索（Miklós Jancsó），同样是长镜头爱好者，《红色赞美诗》（*Még kér a nép*，1972）只有二十六个镜头。但不同的是，扬索处处爆发着戏剧性和舞台感，19世纪的农民起义被他演绎成一群青年在荒野上的歌唱、朗诵、反抗、就义。而贝拉·塔尔的长镜头，其实与尚塔·阿克曼更有相似的精髓，十分钟只拍一群羊，是为了不让剪辑和蒙太奇打断生活本身的流淌，所以他的电影是反电影的。他曾把几乎一小时都放在一个小女孩身上：她和哥哥把妈妈的钱埋在树林里，她的梦想是住进一个漂亮的房子。是哦，这个与世隔绝的小镇农场，房子的墙皮全部剥落，简陋，凄冷，一直在下雨，一下雨就泥泞，沼泽封了路，谁也出不去。以至有个叫弗塔基的男人的天大愿望是：去一个南部的地方，晚上洗个热水脚、喝点热汤。小女孩的妈妈不让她进家，她只能坐在外面。她钻进废墟跟猫玩，小猫忽然跑了，她追来追去费了些周章，这显然惹怒了她，捉到后警告它，我想怎样你就怎样你，我比你强。她把它揉在手里，不厌其烦地在地上滚来滚去。她干脆把猫装进一个网兜吊起来，猫可怜地挣扎着，她又回家取了老鼠药倒进牛奶，把小猫的头按进去，然后退到墙角看着，它慢慢探进碗，过一会儿彻底趴在里面了。小女孩抱着她的死猫跑去树林里藏钱的地方，哥哥骗了她，把钱拿走了。她站在雨夜的窗外，看着男男女女在里面群魔乱舞，烂醉的医生赶走了她。她抱着她的死猫开始走啊走，镜头一直迎着她奇怪而狂热的眼神和她的走，走到一个残败角落，她吃下老鼠药，不忘理了理头发、整了整衣服，抱着她的死猫平躺下来。

画外音开始了，此时才意识到前面长长的一大段几乎没有言语。“她轻轻告诉自己，天使看到了，天使知道了，她的内心平静了。树、路、雨、夜，一切都安静了。”我终于理解了苏珊·桑塔格的“雷霆万钧”之意，当“她知道她并不孤单，她知道她的天使已经为她出发”结束了这一段时，我忽然在心里哭了。这就是贝拉·塔尔长镜头的力量，摄影机看着小女孩一个人在家门外坐了好久，站在窗外看大人们看了好久，抱着小猫在路上走了好久，若不是那么长的时间，她的孤独不会像附着在你身上一样被你感知到。她为什么恶狠狠地对待唯一的玩伴小猫？那只小猫就是她自己。这个与世隔绝的让人发疯的小镇，那些只知醉酒狂欢的大人，没人管她的死活。当咀嚼变成痛苦，吞咽变成怒火，然后慢慢平静，然后最可怕的事发生了：无路可去。对准她的那么长的时间，就是她的痛苦与怒火；最终躺下来的时刻，就是她的平静与绝望。

小女孩是农庄的星星，耶稣基督般的伊里米亚斯，在葬礼上决定把绝望的人们团结起来，去别处建立一个模范农场，人们于是背上行李走啊走。事实上，这部电影一直在走，小女孩在走，医生在走，伊里米亚斯在走，或者说，这个风雨飘摇、满目泥泞的匈牙利无名小镇在走，地上随风翻卷的纸屑、树叶，使情形更迷乱。一个解体后的集体农庄，人们的出路何在？酒馆是贝拉·塔尔用力的另一个地方，醉鬼歇斯底里地重复着疯话；校长搂着跟谁都上床的女人跳舞，对未来报以复辟的期望，如果他还是校长就带女人进城；酒馆老板总是惶恐，连拿自己的东西都紧张，因为不再鼓励私有，他可怜地说，总有一天这里会有秩序；两个男人准备私自分钱走人，于是救世主伊里米亚斯来了的消息被奔走相告。他的确来了，但这个救世主或许是个骗子？他收了大家的钱，义正词严地谴责因困苦而抱怨的人们，但影片在他为三户人家安排了些工作、发了点生活费中结束，模范农场的梦，显然还早得很。

贝拉·塔尔曾拍了一部吉卜赛工人要求离开匈牙利的纪录片，结果被当局列入黑名单；又拍了一部因无处可归而侵占他人屋舍的纪录片，又被当局关进监狱。流亡国外后，回到祖国拍了《撒旦的探戈》，依然没有红色，只有黑色。片中伊里米亚斯的话更像是贝拉·塔尔自己的良知：如果你们认为不幸被统治，那么怎么不想办法纠正？这是无能，罪孽的无能；这是脆弱，罪孽的脆弱；这是怯懦，罪孽的怯懦。

× 古典之都

旅行会让人验证一些常识，比如向女性问路不如求助于男性效率高。对于怎么去 Art of Palace，一个女孩很热情但是讲得糊涂，旁边一位等车的男子按捺不住，清晰地告知了方位、路线、站名，连乘车地点在大桥下面都有提醒，我按图索骥，稳准狠，这位指路人也是我全程遇到的最帅的一个小伙子。

Art of Palace 是必须去的——如果你想了解布达佩斯的现代到什么程度。它的内部设计比德国新国家画廊还富现代感，每层楼都有标志性艺术品，二层是一个巨大的八音盒，表明这里可以听音乐会；三层是一个全部用报纸叠层的一人高装置艺术，表明这里是画廊。在一楼书店，买了一张链桥的透明明信片，3 欧元，虽然不便宜，但是清新淡雅有创意。

16　布达佩斯的 Ziggurat

Art of Palace 与歌剧院之间有一个米黄色螺旋状的“Ziggurat”。Ziggurat 源自古巴比伦的金字神塔，古时主要供祭司用，神塔的高度可以使烹饪祭祀食物、焚烧动物遗骸所燃烧的烟被吹走，不致污染城市。如今这成了一种时髦的建筑风格，据说迪拜有一座 Ziggurat 可容纳一百万人。布达佩斯这座 Ziggurat 仅一个入口，绕着螺旋上升的地面来到最高点，壮阔的多瑙河就在眼前，河畔的年轻人偶尔在橘色夕阳里接吻，令古老的制高点变得甜蜜起来。累了可以坐下来，处处有雕塑，或是一位沉思的“男子”在身边，或是一双“大皮鞋”在脚下。来到大桥，躺在宽厚的木凳上，闭上眼睛，任壮阔的车流声纵贯我的身体。如果灵魂可以飞翔，那一刻，我也许真的飞了起来。

布达佩斯另有美名——温泉之都。我去了著名的 Gellert Hotel，享受了 Gellert Bath。一位正在看书的中年女性，竟热心地以东道主姿态带我参观了 Gellert 酒店内部所代表的 20 世纪典型的匈牙利建筑风格，以及户外的露天温泉池。都是东欧国家，都有历史创伤，布达佩斯与布拉格对待外人的态度为何如此不同？ Gellert Bath 气氛典雅，天顶有雕花，阳光从浴池的圆形穹顶长驱直入，投在清澈水面，激起耀目的光。泉口温热的水流抚慰着颈和背，不愧为全世界最好的矿泉水温泉，第二天，第好几天，身体都特别光滑，一路的奔波中非常想念它。

布达佩斯最著名的一道菜 Goulash——古拉什，有游牧民族的粗犷遗风：牛肉、青椒、洋葱、番茄、土豆和面条炖制，味道不错。吊锅下面点着酒精灯，这是不是以前匈奴人为了御寒而发明的菜式？在伊丽莎白桥边，随时髦的当地姑娘排队买冰激凌，还有一种夹着朱古力即时烤制的甜点，有点像华芙饼，装在纸袋里边走边吃，真喜欢这样无拘无束地淹没在一个城市的生活里。

在书店看到了阿尔·帕西诺的图文传记，在意大利也见过，可惜没有英文版。这本亦是匈牙利文，一位书卷气的年老女店员推荐我去另一家，那边有英文版。等泡完温泉再去却为时已晚，书店周日下午两点就关门。印象中并不发达的东欧匈牙利，电影书籍却很丰富，在现代艺术中心买到 Movie Icons 系列的英文版 *Wells*，很多图片，铜版纸，黑白，装帧漂亮，极有质感。到不同的国家，我喜欢浏览一下它的电影书籍，大致能从中嗅出各自的口味。在印度德里国际机场也遇到了 Movie Icons 这个系列，摆放的是阿尔·帕西诺、罗伯特·德·尼罗、玛丽莲·梦露、詹姆斯·迪恩；欧洲多见杰克·尼克尔森、奥森·威尔斯、约翰·韦恩。是不是可以说——印度人更喜欢大明星，重视视觉；欧洲人更喜欢怀旧，重视历史？

中国与印度算是较为接近的国度，不乏蓬勃的电影产业和电影市场，为何北京不见这套许多国家都可见的漂亮丛书，印度却有？在罗马和威尼斯，我见到了我钟爱的昆汀·塔伦蒂诺的书，在巴黎的蓬皮杜中心，更是邂逅了一件“奢侈品”——16 开本、上百欧元、比几块砖头还重的《〈教父〉家庭相册》，我抱着它，站着从头看到尾。结果，回到家唯一后悔的事就是：为什么没有把它买下来？这样的“巨著”不可能出现在中国了。比较起来，国内的电影书市场不及许多国家，说明中国的电影文化还不够多元和成熟。

东欧初变颜色的几年，匈牙利电影遭遇了寒流。政府、商界大大减少了对电影业的投资，又因在匈牙利拍片的成本高于周边国家，外国投资者也少光顾。新千年后，政府开始实行新电影政策，鼓励用现代手法拍摄符合新一代口味的电影，前面述及的那位年轻凶猛的尼莫洛德可能就是新政的受益者；同时给予来匈投资的外国电影人以税收优惠，匈牙利电影业开始回暖。这样的举措值得中国参照——虽说中国自身的庞大市场让它对国际输出及国际合作不怎么在意，但这的确在振兴电影业的同时对经济发展也有益，比如英国，随着《贫民窟的百万富翁》的全球成功，英国也对世界上最大的电影工业宝莱坞展开公关工程：在英国开办印度表演学校；成立宝莱坞基金，为那些没有拍摄经验的印度以外的印度人提供资助；印度电影人在英国拍摄可以节省 20% 的成本，目前已有近四百部印度电影在英国拍摄，几乎对英国经济贡献了 1 亿英镑……

新政的成果之一是使许多国际合拍片选择在布达佩斯拍摄。电影里的布达佩斯常常扮演着“著名的欧洲城市”，有好事者梳理过它的多重身份：在麦当娜主演的《贝隆夫人》里，它“是”布宜诺斯艾利斯；在布拉德·皮特和罗伯特·雷德福主演的《间谍游戏》里，它“是”柏林；在斯皮尔伯格执导的《慕尼黑》中，它“是”伦敦和罗马；2010 年又在改编自莫泊桑小说的《漂亮朋友》里“成为”巴黎……除了制作费用低廉，布达佩斯多元

17

17　布达佩斯的古典建筑使其颇具中古风情

18

18 皇宫城堡的门

的建筑风格与中古风情也是它的魅力所在，皇宫，城堡，迷人得很。

当然，布达佩斯也扮演它自己。最著名的恐怕是《女伯爵》，讲述了匈牙利历史上一位吸血女伯爵的骇人故事。影片有匈牙利和法国两个版本，才女朱丽·德尔比（Julie Delpy）一手包办了编剧、导演及主演的法国版《女伯爵》（*The Countes*，2009），将其血腥归咎于爱情受阻。自从丈夫战死沙场，美丽的女伯爵一直寡居在阴暗城堡里，一次舞会上与英俊的贵族青年坠入爱河，不料遭到对方父亲的反对和阻挠。女伯爵以为是年老色衰令她痛失爱情，为了留住青春和美貌，她开始吸食处女的血——据说历史原型曾杀害了六百多名处女。罪恶昭白后，她被终身监禁在一间小黑屋里。德尔比显然对女伯爵充满了同情与辩护之心：男人为了权力和财富而发动战争、杀人，与女人为了青春和容颜而杀人，性质相同，但男人却没有因此被定罪。历史是赢家的故事，而赢家作史，会将凶手塑造为英雄，至于女伯爵的真相，也许永远埋葬在那个小黑屋里了……

斥巨资拍摄的匈版《女伯爵》（*Elizebeth Bathory*，2008），厚重大

19-20-21-22

19　法版“女伯爵”
20　匈版“女伯爵”
21-22　匈版《女伯爵》的瑰丽视觉

气、史诗格局，更符合匈牙利壮阔的美学风格。它不满足于爱情大过天的法式浪漫，而是发力在宏大复杂的历史背景上，不仅关乎领土，还关乎宗教——在哈布斯堡家族统治匈牙利时期，信奉天主教的哈布斯堡家族与信奉新教的匈牙利贵族展开了战争，另一些新教贵族又与信奉穆斯林的外侵者土耳其展开了战争，国家处于危难的十字路口。女伯爵推崇新教，加之有人虎视眈眈于她的财富，因此“吸血女伯爵”完全是被编造出来的一个谎言。最终，匈版女伯爵以一个男权社会牺牲品的正面形象得以确立，不像法版中的女伯爵那样残忍。

我更喜欢匈版，大概复杂动荡的历史只有他们自己能够参透。影片的视觉浓郁而瑰丽，许多镜头的色彩和构图堪比油画效果。阴森的古堡，诡异的巫术，魔幻色彩，哥特音乐，一派纯正的中世纪风味。看来，无论形式或内容，只有匈牙利人自己，能够“从心所欲不逾矩”。

Rome

性感，雄强，你会轻易爱上罗马

× 《罗马》《罗马妈妈》《墨索里尼的情人》《大牌明星》《口是心非》《甜蜜的生活》

× 当古老遭遇现代

关于罗马，还没见到它的时候，就已经认识它了。太多的影像宣告了它的复杂魅力，可真正来到这儿，大脑里的存储全都哑然不做声了。浩瀚，古老，豪迈，它拥有真正的伟大。

先是好莱坞电影《罗马假日》（*Roman Holiday*，1953），用一个甜美又略带伤感的童话将罗马一炮打响，让许愿池、西班牙广场和冰激凌成了烂熟于世的“朝圣标的”。后有费里尼（Federico Fellini）这样的“土著”，大门不出二门不入地在罗马城的摄影棚里一部接一部地拍电影，《甜蜜的生活》（*La Dolce Vita*，1960）让“狗仔队”从此成为一种现象，让罗马从此成为令人蠢动的享乐天堂。尤物般的大明星，凌晨逃离记者的追踪，一身曳地礼服跳进许愿池，把一点酒意、慵懒和泉水，撩拨在妖娆长发上，撩拨在男主角头上，在我们胸中溅起水花。以至扮演者安妮塔·艾克伯格

1-2

:: 对照记

1 我镜头里的许愿池

2 《甜蜜的生活》里的许愿池

自负地说：是我让费里尼成名，而不是相反。“王子那桌点了什么？”“蜗牛”——在餐厅买通经理、专访名流八卦的男主角，开着敞篷车载着男主角在老鸨的地下室里销魂的富家女，高旷古堡里的圆形纱幕罩着的烛光餐桌和踢掉鞋子起舞并被举过头顶飞翔的大明星，恰恰夜总会里高抬大腿的艳舞女郎，吹萨克斯的小丑，威士忌，统统把罗马的狂欢推向荼靡……

不。寻欢作乐，要从尼禄讲起——罗马历史上最著名的暴君。公元前80年，他一声令下，修建了圆形竞技场，其内部多已残缺，石块的横断面露出时光的厚度。很快下起小雨，雨丝很细，扬在发梢上，忽然间我就与两千年前的空气相触，历史的血腥顿时穿越静谧的时空：闸门打开，角斗士与角斗兽涌入中央，厮杀！血肉横飞！五万人的沸腾！这就是尼禄的欢乐……尼禄的欢乐是任性的，高兴了，来一场人兽大战；不高兴了，直接把人喂了兽。《暴君焚城录》（*Quo Vadis*，1951）讲过这个故事，罗马信仰天主教，但尼禄手下的将军爱上了信仰基督教的人质公主，他就把他们送给狮子当了点心。民众愤怒了，群起反抗，尼禄放火烧了整座罗马城。

不过在另一层意义上，圆形竞技场又是尼禄的创举，竞技场采用了古罗马建筑最基本亦最经典的拱圈结构，至今都是罗马的象征，国家的名片，

3-4

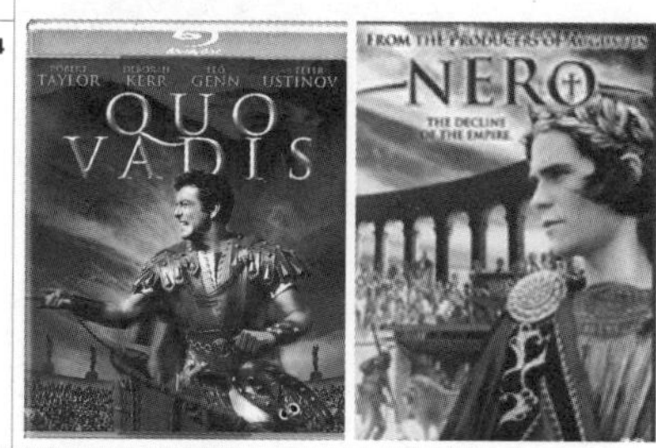

3 《暴君焚城录》海报
4 《尼禄大帝》海报

5-6

5 圆形竞技场

6 罗马的“凯旋门”

Lonely Planet 旅游指南之《意大利》的封面便是它。所以这又是一个复杂胜于简单的暴君，在《尼禄大帝》(*Imperium: Nerone*，2004)里，一个眼神迷茫、孤独忧郁的小男孩如何被推上王权之座，又如何成为宫廷斗争牺牲品的故事，让人怀疑这个小男孩就是那个曾经暗杀了兄弟、妻子、母亲、老师并一把火烧了罗马城的魔鬼。还有屋大维，在我心里他一直是个正直、坚毅、果敢的男子汉形象，直到看了《罗马》(*Rome*，2007)——那是一个从小目睹着母亲与别的男人乱搞、目睹着宫廷里的人都在乱搞、乱搞阴谋与丑闻的小男孩，长大后异常冷漠，靠着过人的聪慧很早为恺撒谏策，直到自己夺取权柄，还把冶艳、不可一世的克里奥帕特拉带回来示众……历史就是罗生门，全看你的角度。

圆形竞技场旁边，有一座纪念康斯坦丁皇帝战胜另一位暴君而建的拱门，比拿破仑的巴黎凯旋门还要早1500年，公元300年左右建成，至今雄伟、完好。旁边的帕拉蒂诺山，残址空旷沧桑，松树在顶端连成一脉，苍郁浑厚。这里藏着罗马城的祖先——一匹母狼在这座山上喂养了两个被遗弃的男孩，名叫Romulus和Remus，这两个男孩就是后来罗马城的创始人。

环绕整整一条石板街的是古罗马遗址，帝国广场、恺撒广场……经过

7-8

7　帕拉蒂诺山
8　埃马努埃莱二世纪念堂

四幅地图的演化，意大利变成一只高跟靴。在静穆的帝国广场里漫步，看着残缺的石雕、柱廊、神庙、会堂、群落，不禁飞向罗马的旷世辉煌。忽闻一片欢呼，循声望去，原来是教堂正在举办婚礼；后来从林荫山路穿行时，正撞上新人从教堂正门出来，那个时刻非常超现实——在千年帝国的遗址上举办婚礼，多么刺激，多么带劲！随即，又看到千年竞技场前停着一辆漂亮跑车。这种组合罗马人或许司空见惯，但对于我来说，不惊不诧是不可能的。

罗马很吵，很乱，夏天很热。这里有我见过的最老旧也最疯狂的地铁，上面满是涂鸦。北京也吵，也乱，夏天也很热，但缺乏一种粗野而迷人的劲头；北京的地铁很新，没有一处涂鸦，只有大幅的商业广告。罗马是个豪情万丈的“老爷”，天成一副享乐、大气、岿然不动的派头。它知道自己，街头到处矗立着千年雕塑，百年老店的披萨和撒着橄榄油的意大利面、卡布奇诺与提拉米苏飘散着诱人的气味，范思哲、阿玛尼垄断着从奢华性感到简约清淡的世界时装风尚。所以它不怕“现代”的冲撞，骄傲地拒绝着“麦当劳”、“星巴克”这些跨国公司的入侵。在法兰克福，三步五步就会见到一家星巴克，但是在罗马一家也找不到；至于麦当劳，零星点缀在不起眼的街角，看上去有些寄人篱下的落寞。而北京，红色的“M”到处招摇，在闹市，在社区，在火车站，在机场，随便哪个繁华之处。我一直不明白费里尼为何那么爱他的罗马，对于他，离开罗马城不啻为一种痛苦，除非不得不去奥斯卡领终生成就奖。现在我知道了，因为我也爱上了罗马。

不过另一方面，意大利也因现代化程度不够而被诟病。两年后，在反

9-10

身扔向许愿池的一枚硬币的召唤下，我再次来到罗马。火车站突然如此敞亮，配备了许多自动售票机，手指轻触就能吐出一张火车票，堪比法国卢浮的博物馆门票自助系统。一座轮船样子的 Café 吧旁是一个通体的玻璃大书店，上下两层，兴奋地买到 *Into the Heart of the Mafia*，在黑手党的家乡买黑手党的书，应当算地道了吧。在去往庞贝的火车上翻阅时，才从书里得知，原来这两年罗马已成意大利城市改革的典范，因为不能躺在过去上面睡大觉，于是规划市容、改善交通、引进现代事物、力争申办奥运会，新近还推出一个“千年计划”，其中之一是清洗城市涂鸦。转天早晨，我洒上香水、穿戴漂亮去搭地铁，站在来来往往的人群中，等候了好多趟列车驶入、停靠、离开，但是再也没有等来那种疯狂的涂满涂鸦的“老爷”地铁。特尔米尼火车站依然热闹，但是干净整洁了。那个岿然不动的罗马哪去了？我多少为这位千岁“老爷”的一点点“失守”而怅惘……

像德国这样的发达资本主义国家，英语普及程度非常高，几乎人人双语。意大利不是，到了南部自成一体的西西里，更是遇不到几个会说英语

9 人民门
10 圣三一台阶，赫本曾在这里吃冰激凌

的人。一些小镇脏乱差，不像奥地利的城镇那般绿草红花小白别墅的童话。但是有一小故事，让这一切别的好都比不了。我从巴洛克三角之一的诺托前往阿格里真托，火车晚点了——在意大利，火车晚点是常态，就像印度。由于要转乘，因此一趟延误可能演变成滞留，正在着急，这时火车司机非常镇定地过来了，don't worry，don't worry，他已经与我们要转乘的那趟火车的司机通了电话，让对方等着我们。到站后，他不仅帮我拿行李下车，还把我带到下趟车的司机那里，确保一切稳妥……好吧，它晚点，它不先进，So what?!

× 当历史遭遇好莱坞

过了人民门，就算到了罗马城。商业的打烊时分，也是艺术的开张时分，傍晚，人民广场中央设了钢琴、麦克风，有艺术家献唱。白衬衫牛仔裤，自然而然地唱；观众站着或坐在地上，安静地听，真心地鼓掌。这样亲切的方式，使艺术存在于生活的毛孔里而不是表皮上。

西班牙广场的圣三一教堂，不如说是以138级的圣三一台阶而著名；而圣三一台阶，不如说是因为吃着冰激凌的赫本站在这里而著名。傍晚也有免费的露天音乐会，台阶上蔓延起浩荡人群，大家坐在那里歇息、看风景、发呆、等待歌剧开幕……脚下是破船喷泉，人们纷纷用瓶接水，那水山泉一般清凉。罗马所有的喷泉都能喝，都好喝！传说罗马皇帝想修一条运河，经一位少女指引，士兵们找到了源头，于是在运河末端筑了城中最后一件巴洛克杰作。

文艺复兴艺术的发源地意大利，同时也是华丽巴洛克艺术的发源地，只不过在当时，人们认为巴洛克风格是对文艺复兴风格的贬低。它与取而代之的洛可可都是贵族社会的趣味，也确实曾经走火入魔，繁复到歇斯底里。但是在今天，巴洛克已经被公认为一种伟大的艺术风格。罗马街头就是一座巴洛克，或者说，贝尼尼（G.L.Bernini）把罗马装点成了一座巴洛克。我急着在晚上8点打烊前赶到一家书店，奔跑中经过了人鱼海神喷泉，走着走着，又见他到的方尖碑，这都是巴洛克艺术的杰作。

“完美的奇迹”、“天使的设计”，是万神殿的别称。殿外柱廊为希腊庙宇风格，殿内圆形大厅为罗马风格，历经1800年完整如初。长与宽等高的球体，没有任何柱子支撑，唯一的采光点在穹顶上，宇宙之光，夺孔而入，所以叫“天堂之眼”。那么雨水会不会同时倾泻而下？地上有许多不易觉察的小洞，可以排水。这座最古老的教堂，内有拉斐尔墓，在罗马大量取景的《天使与魔鬼》自然不会错过它。

罗马帝国攻占了希腊，在肉体上是征服者，在精神上是被征服者。但是吸收了希腊文明与文化、曾是全世界最强大的罗马，何以没落？历史上令人费解的两件事正是罗马的兴与衰。希腊宁静、无邪的优美，逐渐被罗

11-12

:: **对照记**

11 《天使与魔鬼》中万神殿俯瞰图

12 我镜头下的万神殿

马的宏丽奢华取代，有夸耀而无真纯，有占取而无静观。若巴洛克象征的终极华丽是罗马趋于荒淫腐败的部分原因，那么贝尼尼会吃惊吗？会痛惜吗？当然，不只我，早在殖民地时期美国就对古罗马产生了兴趣。古罗马对美国的吸引力，可能超过了世界上的其他国家，美国人其实是借用罗马在不同的时代的故事说不同的事情，或曰“揽镜自照”。1907 年，好莱坞出现第一部罗马题材电影，后来“剑与凉鞋”（sword-and-sandal）电影高涨，“剑与凉鞋”是古罗马的着装风格，指代以角斗士和神话传说为主题的古装剧。1930 年代好莱坞拍了《罗宫春色》（*The Sign of the Cross*），以期振奋遭受经济大萧条重创的美国人，传递的信息是：回头看看我们的祖先吧，我们要尝试在困境中取得胜利。另一方面，古罗马对基督教美国人的诱惑还在于——放荡的生活，所以电影里会有角斗士和纵酒狂欢的戏，来填补美国人的想象与缺失。

1950 年代，《宾虚》（*Ben-Hur*）借罗马表达了冷战时期美国对苏联、法西斯主义和国内麦卡锡主义的恐惧。1960 年代，鸿篇巨制《罗马帝国沦亡录》（*The Fall of the Roman Empire*）更是承担起某种隐喻的功能：恺撒不打算权力世袭，意欲提拔指挥官，不料被儿子毒死；骄奢王子治国无方，

13-14

13 安东尼与妖后情人克里奥帕特拉的娱乐：箭射真人

14 HBO 的暴力与情色的古罗马

征税无度，令困苦的外族群起反叛，恐慌中他倾出国库黄金漫天散发；皇帝疯了，士兵疯了，人民疯了，元老院也疯了，罗马的良心坏了，一个帝国的衰落就是这样开始的。所以，罗马的政治结构和对腐蚀民主进程的应对，也会出现在美国，比如美国人认同一个正直道德的共和体制，同时又担心会滑向罗马式的堕落、腐败、物质主义和帝国体制。晚期，好莱坞放弃资助罗马题材，多半因为制作费太贵，《埃及艳后》(*Cleopatra*，1963) 险些让制片厂破产。进入 21 世纪特别是在“9 · 11”后，古罗马又成了热点题材，如《角斗士》(*Gladiator*，2000)、《亚历山大》(*Aleksandra*，2007)。现代美国人被一种集体焦虑所笼罩，他们希望回到过去，向历史寻找文明或文化之间的冲突范例。在这个意义上，也许亚历山大的故事充满启示，因为他征服了东方，并为被波斯人夺取了帆布的雅典复了仇。

2007 年的美剧《罗马》是个新的里程碑，不仅是因为它创下了单季成本 1 亿美元的投资新高，更在于暴力和性几乎成了该剧的大字标题（当然，也因为 HBO 是一家不依赖广告所以敢于突破的有线电视台），内战血洗了元老院，贵族荒淫了生活。《罗马》以足本和洁本卖到全世界，当它来到意大利，引起了是否删除正面全裸镜头的激辩，最终登上罗马电视屏幕的是——无裸体，无暴力。但罗马人还是给了《罗马》一个拇指朝下的手势，因为他们不想看到自己的历史被盎格鲁—萨克逊们描述，并对起用英国演员出演《罗马》甚不买账，其实事实是缺乏讲英语的意大利演员。

美国人再次反省：古罗马人是一群完全不受束缚的人，他们缺乏一个世俗化的上帝来敬畏，不知道什么该做，什么不该做。言外之意是，信仰上帝的美国人不会落得如此下场……罗马可能曾是一个残忍放肆的城市，

HBO 通过剑喉、砍头、剁手，两点裸露、背面全裸、正面全裸演练了一把历史执照，罗马人也许不应感到震惊，毕竟观众可以“条条道路通罗马”。至于我这个观众，不得不承认《罗马》还是很好看的。

罗马当然有自己的“上帝”，圣母玛丽亚是天主教的神，但是被费里尼在《甜蜜的生活》里好好讽刺了一回——第一个镜头就说明来意，直升机吊着耶稣像在城市上空盘旋，几个比基尼女郎对着飞机上的男人们搔首弄姿。费里尼和布努艾尔有些同病相怜，都生在一个信奉天主教的国家，从小都受天主教禁欲之苦，可为什么意大利和西班牙反而比别的国家更 sexy 呢？有年北京皇城艺术馆展出毕加索的版画，小尺幅上的女郎“毫无廉耻”地张开腿露出阴部，有人悄悄说：他怎么画这个呢？罗马亦有庞贝古城残留的妓院春宫壁画，各种体位包括男与男。也许物极必反，越禁止，越反叛；越是对宗教狂热，越会惹来费里尼的戏谑。比如《甜蜜的生活》里圣母显灵一段：罗马郊外的小村庄，一对小兄妹说是看到圣母了，大批记者涌来，还有生病的人、残疾的人、困苦的人，都要在当晚七时迎接圣母。小兄妹一会儿指东一会儿打西一会儿又向南北跑去，天公还做美地泼下大雨，整个场面乱成一团，闪光灯爆了，被警察围挡的人们疯了，跟着小兄

15

15 《八又二分之一》中的大乳房巨型女

妹乱跑，撕扯着那棵圣母显灵的树，似乎扯下的是圣母的衣襟。最后，想来一定是这场闹剧的策划者，向大家转述圣母通过小兄妹传达的话——如果不在村子里建一座教堂，她再也不会来了。比起圣母，费里尼要的是大乳房巨型女，这个看似古怪的情结通过《八又二分之一》（*8½*，1963）彻底清算了一下。他的罗马是肉感的、享乐的，尽管他的男主角常常眉头深锁在矛盾里：放浪还是不？恐怕这个问题困扰了费里尼一辈子。

× 当政治遭遇艺术

西贡是摩托车上的城市，罗马也是摩托车的天下，不知是摩托车的风驰电掣契合了罗马人的热情，还是这座多山的七丘之城适合摩托车。五十年前的《罗马假日》里，赫本骑着摩托车；五十年后的《口是心非》里，茱莉亚·罗伯茨也骑着摩托车。

1950年代末，“二战”结束，百废重兴，意大利的经济奇迹使罗马蒸蒸日上。但是帕索里尼（Pier Paolo Pasolini）这位离经叛道者，在费里尼沉浸在“甜蜜生活”里的时候，拍了一部“极不甜蜜”的《罗马妈妈》

16-17

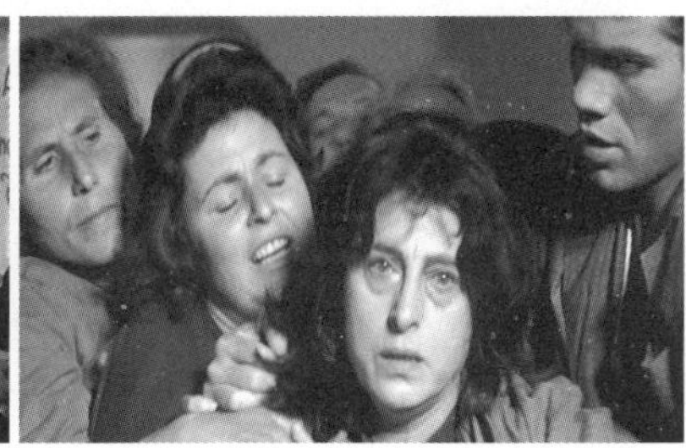

16 风情的罗马妈妈
17 悲伤的罗马妈妈

（*Mamma Roma*，1961），这是一封写给妓女妈妈的“情书”——可能因为他本人就来自底层，母亲曾是妓女。电影里的这位妓女妈妈，人们都叫她“罗马妈妈”，她在罗马的集市卖菜过活，攒够了钱就把住在乡下的十六岁儿子接来。儿子在新环境里认识了坏朋友，妈妈很担忧，煞费苦心给儿子找了一份在餐厅端盘子的工作，看着儿子忙碌有为的样子，妈妈喜极而泣，给他买了一辆崭新的摩托车做礼物。但好景不长，皮条客来找妈妈，要她重操旧业，为了不让儿子知道自己的身份，妈妈被迫走上老路。儿子还是知道了，对妈妈十分厌弃，他与狐朋狗友偷窃，被抓进看守所毒打，昏迷中呼唤着妈妈，最终孤独地死去……

前两年看过一则新闻，大意是如今三十多岁的意大利男人不缺事业不缺钱，却仍和父母住在一起，不肯长大。这位“罗马妈妈”很像整个罗马的妈妈，整个意大利的妈妈，一位大地母亲。《罗马妈妈》这部新现实主义电影是帕索里尼最传统的一部作品，主演是杰出的安娜·玛格娜妮（Anna Magnani）。也许你更熟悉索菲亚·罗兰，但罗兰是那不勒斯的女儿，安娜才是罗马的女儿，她出生在罗马贫民窟，所以拿捏起底层女性来出神入化。比起帕索里尼旁门左道地抨击政治，新近一部《墨索里尼的情人》（*Vincere*，2009）直视政治人物。在墨索里尼的一生中，有一个始终不肯承认的秘密——他的第一次婚姻、第一位妻子、第一个孩子。为了防止对自己蒸蒸日上的政治生涯造成威胁，他动用权力让政府彻底掩盖了这个事实。所以，原本一个郎才女貌、心心相印的爱情故事，沦为一出疯人院里的悲剧。就像《罗丹的情人》，原本也是一个郎才女貌、心心相印的爱情故事，却以一张独自呆坐在疯人院里终老的卡米耶·克洛岱尔的照片结束。不同的是，墨索里尼的这位情人伊达并没有疯。

伊达初遇墨索里尼时，他还只是一家报社的小记者，所以爱上他并不是因为权力和财富，而是他的性格和思考问题的方法，以及他的激情！年轻的墨索里尼充满慑人的魅力，开篇以三分钟的哲学雄辩征服了大家还有伊达——女人大概都会被他征服吧。野心勃勃，野兽一般的精力，即使在与伊达做爱时，他的眼睛都灼热地盯着前方而不是温柔地低头看情人，仿佛他撞击的不是她而是意大利的未来；征服的也不是她而是令人肾上腺涌动的权力巅峰。伊达倾囊资助墨索里尼创办了法西斯报纸，但“一战”爆发后，墨索里尼参军入伍，从此与伊达和孩子断了联系。后来伊达惊讶地发现他与另一个女人结了婚，她便开始了漫长而绝望的讨回名分的战斗。

导演贝罗奇奥（Marco Bellocchio）与贝托鲁奇并列为“伟大的意大利导演双子座”，贝托鲁奇浪漫、奇异；贝罗奇奥雄浑、悲怆。影片很妙地设计了一个分水岭，上半部与伊达激情爱恋的墨索里尼由演员扮演，后半部当墨索里尼再也不肯见伊达后，那个英俊雄性的男演员也从此消失了，换上了文献纪录片中真实的秃头独裁者墨索里尼。以前，观众从电视中看到的墨索里尼是一个热爱家庭的男人，就像《教父》教导大家的那样——

18

18 《墨索里尼的情人》剧照

不懂得照顾家庭的男人不是好男人；现在，观众从这部影片里看到的是一个冷酷无情的负心汉。

意大利一直有政治电影的传统，政治惊险片曾是很受欢迎的意大利电影类型，然而有很多年不再拍了，后期最重要的政治电影导演弗朗切斯科·罗西和埃利奥·贝多利之后是一大片空白期。但是近年又出现了——如果《墨索里尼的情人》是一部华丽歌剧，那么《大牌明星》（*Il Divo*，2008）就是一部摇滚歌剧。导演保罗·索伦蒂诺，这个标新立异的意大利新生代导演终于遇到一个配得上他强大天分的题材。他执导的这部时髦政治电影，开始于一种大胆炫技的风格：长期遭受偏头疼的安德烈奥蒂以讽刺性形象出场，素黑全景中，灯光下的亮点由远及近推为特写——他从文件里抬起扎满针的头，画外音独白着他的幸存。影片亦终结于安德烈奥蒂的脸，由远及近推为特写——脸的肌肉的颜色渐渐枯竭，直到变成一个灰色面具，像要预测他的未来也在慢慢衰弱、隐退。

安德烈奥蒂是谁？他要么是最狡猾的罪犯，要么是意大利历史上最大的冤案。对于观众而言他可能有些陌生，美国记者就直截了当地问导演，你希望从美国观众那里获得什么样的反应？毕竟他们对片中的人物和事件只有少得可怜的知识甚至一点没有。索伦蒂诺不认为观众需要了解意大利政治历史，而是希望观众对电影中政治权力的隐喻有所反应。这个人在意大利家喻户晓，他是意大利政坛最著名的人物，朱利奥·安德烈奥蒂。假如你去见他，最好学会读他的“手指文”：如果他玩拇指，恭喜你，说明他觉得你聪明；如果他拨弄戒指，你要小心了，说明他不赞同你的话；如果他有节奏地轻扣指尖，你完蛋了，意味着五分钟内你会被炒鱿鱼。

这是一部新型政治电影。那种充满公民良心同时又在商业上有观众缘的电影已经很久不见了，导演索伦蒂诺希望年轻人参与到意大利的政治议题中，但今天的意大利观众已经没有了看政治电影的习惯。在高度娱乐的环境中，年轻人是被引诱着去看电影，因此必须找到一种不同于前辈的“新方法”做出更现代的政治电影，把政治历史包装在引人入胜的视觉样式里，辅之以大量流行音乐。比如开篇的谋杀系列，就采用沙哑的摇滚乐 *toop toop* 伴随着快速剪辑的被枪击、被吊死、被毒死、被炸死，尸体与字幕眩晕式摆动，红色字幕为影片冷感的黑白色调注入了激情、不安与躁动。索伦蒂诺的目标就是拍一部关于安德烈奥蒂的摇滚歌剧，影片初剪时包含更多的摇滚乐，因太像 DJ 出风头的表演而不得不删掉一些。而索伦蒂诺的视觉风格是古罗马的华丽巴洛克式，比如对称美学在安德烈奥蒂第七次就任总理当天被表现主义化了——他穿越大厅走廊时遇到了一只猫，一只鸳鸯眼（一只蓝、一只黄）的猫。这是想说，即使在一只猫的眼里，安德烈奥蒂也是不同颜色的吧。片中只有一个角色比安德烈奥蒂更有意志力，就是这只猫。音乐戛然而止，安德烈奥蒂击掌要它走开，小猫瞪着他。安德烈奥蒂是所有人的 boss，可居然不是它的！小猫走开后，快板再次响起，

19-20

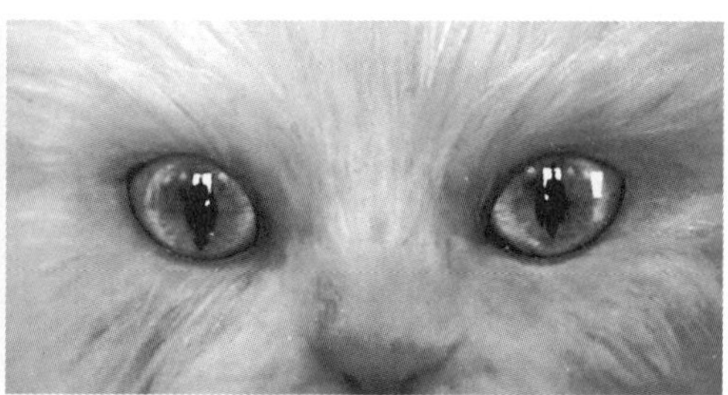

19-20 《大牌明星》中的表现主义

这是片中最滑稽有趣的场面。安德烈奥蒂的黑框眼镜、蝙蝠耳、端肩驼背、刻板表情，使场面有一种漫画感十足的欢快华丽。

索伦蒂诺做了大量研究，片中对话大部分引自安德烈奥蒂的真实言论和他的著作，而所有私人生活场景中的对话都是虚构的。因此这部电影有着与《墨索里尼的情人》相似的功能：描画政治家的另一半面孔。人们可能了解安德烈奥蒂的公共面向，但是不知道他私生活的面向，他是一个非常有保留、不吐露内心的人，因此这些私人化的时刻是索伦蒂诺所重视的，他试着写出安德烈奥蒂可能会说的话。于是两个非常长的对话段落全部是幻想式呈现——最具爆炸性的当然是安德烈奥蒂的忏悔了。他喃喃自语：莫罗被谋杀，就像另一个偏头痛，深深折磨着我。冷战时期，意大利是美国反共产主义的盟友，虽然安德烈奥蒂和莫罗都是基民党领袖，但前者亲美、后者亲共。莫罗建议把共产党引入政权核心，不但在国内激怒了基民党，在国际上也惹怒美国和前苏联。所以很有可能，莫罗之死是安德烈奥蒂策划的。另一个虚构对话是意大利共和国报的记者对安德烈奥蒂的采访，它其实综合了许多的疑问，让一个人问了所有意大利人想问的问题。

健在的安德烈奥蒂曾阻止《大牌明星》上映，但还是上映了。老人家悄悄去影院，看到“自我忏悔”的场景时很生气，但是对“与记者智斗”的场景很喜欢。时逢他刚过完九十岁生日，所有报纸都登出他的采访——我有很多秘密，但永远不会透露。所以有人说，在意大利秘密将永远是秘密。美国电影《对话尼克松》（*Frost/Nixon*，2008）中，记者就水门事件追问尼克松时，有一刹那，尼克松说，“好吧，我有罪”；但是在《大牌明星》里，安德烈奥蒂没有承认过任何事情，他只是说，“除了迦太基战争，意大利所有的事情都归咎于我”。真是罗马式的俏皮话。

2011年春节，我在武汉进行艺术类本科招生面试，在千篇一律的《钢铁是怎样炼成的》、《羊脂球》、《红楼梦》中，一个学生引起了我的注意，她正在读《君主论》。《君主论》的作者是意大利的马基雅维利，而老狐狸安德烈奥蒂正是马基雅维利的信徒。安德烈奥蒂七次担任总理，驰骋政坛五十年，躲过二十六次各种名目的谋杀以及与黑手党勾结的指控，这位深谙政治幸存术的铁腕政客，长期在黑手党和罗马教廷间从容周旋。显然他是务实的——就像神父质疑他，“别人在教堂跟上帝交谈，安德烈奥蒂跟神父交谈。”他再次回应了一句俏皮话，“神父会投票，上帝却不。”《君主论》鼓舞了很多政治家，安德烈奥蒂选择了其中一种信条：哪怕以邪恶来确保社会的福祉。

经历了半个世纪的经济不景气后，这部把政治历史包装在一种巴洛克视觉和摇滚乐风格里的电影，标志着意大利新现实主义的突然复兴。索伦蒂诺执导的《大牌明星》与马提欧·加洛尼执导的《格莫拉》（*Gomorra*，2008），都以不同方式涉及了腐败和黑手党，都在欧洲乃至世界获得成功，而且两人都在四十岁以下。评论家欢呼这是向四五十年代意大利电影辉煌时期的回归，称赞新一代导演不怕将意大利描述为充满犯罪、腐败和丑闻的“反动”国家，让人想起罗西里尼、费里尼和威斯康蒂。意大利政治实为西欧国家中极其特殊的一尊，“二战”后至今的六十余年里经历了六十多届政府，解散议会，更换总理，频率之高全球罕见。如此动荡的政坛，一方面源于意大利的文化积淀——不断遭受外族入侵，当欧陆许多国家建成强大的中央集权时，意大利仍是一个地理上的概念；一方面归于其政治制度——“二战”后意大利实行多党制，众多不同意识

21

21 罗马的摩托车

形态和政治倾向的政党并存，形成纷争局面。不仅政坛，许多意大利家族企业亦由近十人组成的委员会管理，每个人的权责并不清晰，复杂的股权结构就像复杂的多党制，就像政坛与黑手党因选票交易而长期纠缠不清，就像罗马的交通，乱！

不难想象，这些电影让总理贝卢斯科尼很难消化，他承认《大牌明星》是好电影，但是为了一部“好”电影，意大利需要另外再拍十部正面表现国家的电影才能纠偏，才不至于让世界认为意大利只擅长输出自己黑暗的一面。好玩的是，他自己也未能幸免，南尼·莫莱蒂自导自演了一部《凯门鳄》（*Caimano,I*，2006），就影射贝卢斯科尼通过电视和他的行为方式改变了意大利宪政，他走进政界是因为不想进监狱……你可以说意大利人懒、风流，但是他们够血性。索伦蒂诺拍《大牌明星》遇到许多阻力，虽然剧本优质，但因为是政治电影，很多投资人撤出，也吓跑了一些政府资助，最后由一个独立组织和其他一些边缘组织提供了资金。加洛尼拍《格莫拉》也遇到阻力，小说作者更是被黑手党追杀到后悔写了这本书。但是他们写了，他们拍了，影片也公映了……

感谢这些政治电影，让我再来罗马时，多了一种观看之道。

× 当美食遭遇爱情

比起其他欧洲城市，在罗马大街上，会更多地看到就像《甜蜜的生活》中的漂亮敞篷跑车里坐着戴墨镜的性感男人，“嗖”一下从你眼前飞过，来不及回眸便已不见，倜傥得要命。

我住在特尔米尼火车站附近的一家老式旅馆，电梯小得连行李都快要进不来。房间也小，电视吊得高高的，也小——欧洲旅馆的电视都小，不似国内，又大又新。在欧洲，“新”大概是一件不怎么荣耀的事。半夜，楼下有游客拖着皮箱在走动，然后是意大利语说话声，然后是英语，然后是法语……

对女生来说，不吃冰激凌和提拉米苏，罗马之行就是残缺的。出了纳沃纳广场，一个不起眼的小巷里，坐落着最著名的Giolitti，客人多多，2欧元三个球，大哦，在当地的物价中很划算了。意大利的餐馆都不大，有一家指南上推荐的，石头拱顶与壁画果然不错，提拉米苏超美味，盛在杯子里，我可以在餐后一人干掉一大杯！

来罗马一定要去Est！ Est！ Est！，这是家百年老店，很悠久很地道，只是经常要等位。餐馆前身是葡萄酒店，后来成为城中最早的披萨店。欧洲人吃饭讲究流程，开胃酒，餐前小面包+黄油，主菜，沙拉，披萨，饭后甜点，一个都不能少。这么多名堂不说，还有每人一大盘披萨！是习惯了分餐，还是的确需要这个分量？这里家酿的白葡萄酒口感清淡，但后劲足。披萨精工烤制，要等久一点，于是我空腹喝着Est！ Est！ Est！家酿白葡萄酒，不一会儿，头开始晕、心开始跳、身体开始飘……侍者一律黑衣，像极了《教父》里的黑手党，他们的发音令我觉得，这里是家。这个“家”不会知道《教父》对于我的意义：它曾在某些暗夜的孤独里，无可取代地慰藉了我。

我来罗马的一个月后，意大利的儿子、扮演教父的阿尔·帕西诺（Al Pacino），出席罗马电影节领取了终生成就奖。另一位意大利裔，《教父》的导演科波拉把自己的个人化电影处女作《没有青春的青春》的首映，献给了罗马电影节。罗马电影节就在纳沃纳广场举行，这里有贝尼尼的惊世之作“四河喷泉”。我去的时候，恰好撞上市民在游行示威——这在欧洲城市是常见的，萨科奇不过是把退休年龄从六十岁延到六十二岁，实际影响不大，但法国人就是嫌他不跟自己商量，于是大罢工，整个巴黎近乎瘫痪，在我走后的第二天机场停运，若晚一天回京，恐怕就不知要晚多少天了。警察封锁了街区，索性我就在附近的露天 Bar 用午餐。晒极了，可偏有一些金发老外用裸肤挑战紫外线。北京的夏天，女孩子都打太阳伞，欧洲人不。

午餐后去往许愿池，中途才发现把太阳镜忘在了餐馆，掉头回去找。身着白西装打着黑领结的高大领班，带我去询问负责那一桌的侍应生。走着，他忽然停下，手臂弯成标准半圆，然后等在那里。我错愕了一下，旋即领悟，于是乖乖把手放进他的臂弯，他的一只手一直轻抚在我的手上，很温暖、很体贴地说，Follow me，don’t worry……女人被男人这样子礼遇，是好温柔的一件事，这是我的罗马行里最甜蜜的一帧回忆。

两年后再来纳沃纳广场，四河喷泉的脚手架已经拆除，巨大的人体雕像容光焕发地裸露出来，其中流出泉水，间隙中佐以马和狮。360° 的气势磅礴，要从东西南北四个角度方能完整欣赏。这有点像佛罗伦萨的雕塑，通常不是单面的，繁复，立体，需要绕行一周才看得全面。泉水衬在青色石头里，增加了许多凉意，真想跳进去好好凉快一下，夏日正午的罗马太阳快把人烤焦了。我也许是个怀旧的人，又选择了上次来过的餐厅。四下里逡巡，雅致还是那个雅致，兴旺还是那个兴旺，只是那位绅士领班，就像“涂鸦”的老爷地铁一样，不见了。他不会知道，有一位中国女孩因他当年一个不经意的举动而对这个广场、这间餐厅、这座城市难以忘怀。新侍者总是笑嘻嘻的，牙齿中间有个缝，笑起来很孩子气。

"Japanese？""No，Chinese."他立即献上意大利版的"你好"。侍者的服务让人感到很荣幸，吃鱼都不用自己来的，他将鱼头鱼尾等全部剔除，剩下干净完整的鱼身，周围点缀上黄色的胡萝卜、青色的笋、红色的西红柿和白色的洋葱，又清新又斯文，在这酷热里绝不会败了胃口。

罗马永远是理想的爱情上演地，好莱坞拍了《罗马假日》不过瘾，又将《口是心非》（*Duplicity*，2009）的外景地选在这里，专门拍摄男女主角坠入爱河的戏份——茱莉亚·罗伯茨和克里夫·欧文，两个狡猾的商业间谍，在罗马相遇相爱。这是两人继《偷心》之后再次演绎钢丝上的博弈，在《偷心》里，你永远不知道他/她是否真的爱她/他；《口是心非》延续了这一传统，男女主人公长期浸泡在一个由谎言编织的间谍世界里，唯一信任的人是自己，他们从不说实话，每个人都想要其他人，所以整部影片讲的就是他们到底是不是真正相爱，是不是能够信任彼此，最后能不能成功。罗伯茨对欧文说的一句话挺有意思："是因为我们是间谍所以这么想，还是因为我们都这么想所以我们擅长做间谍？"经济学假设人是理性的，理性人追求利益最大化，罗伯茨和欧文都是坚壁清野的玩家，永远都要保留一张底牌：罗伯茨没去成日内瓦，她怀疑欧文取消了她的叫早服务；欧

22-23

:: **对照记**

22 《天使与魔鬼》里的谋杀背景：四河喷泉

23 纳沃纳广场，我镜头里的四河喷泉

24

24 力道遒劲的四河喷泉局部

文则怀疑罗伯茨是为了执行任务才跟他上床，从而使他没去成开罗；两人将各自的护照放在一起以备完事后一起离开，但欧文拿走了护照，因为罗伯茨答应一起辞职却没有。

累哦。从爱情的口是心非到商业的尔虞我诈，最终是整个社会的信任危机。编剧曾对商业间谍做过大量调查，结论是，几乎每家大型企业都有自己的情报部门。片中设计了“骗中骗”的情节：一位总裁和孙女看动画片，电视广告中出现的双层披萨是他花了五年时间投入五千万美元开发的新产品，却被一家公司盗用了理念和配方，总裁决定报复，招聘情报人员。所有人都在骗别人，结果是所有人都被骗：罗伯茨和欧文联手耍公司，却被公司耍了，历尽惊险拿到的可以带来巨额利润的让秃头长青丝的产品配方不过是普通护肤品；而两家公司拼命抢夺的东西根本子虚乌有，“我们真有那种产品就好了。”如果这些是上帝的安排，那么上帝的意思可能是，不要让博弈主义把人弄走了样。要做“第一”和“最大”——这是美国梦的魔鬼一面，在经历了两次世界大战和全球化之后，“零和博弈”需要被“双赢”取代，否则即使世界上最聪明的脑袋——华尔街金融家们——也会因无法穷尽的私人飞机、豪华别墅、招妓和美酒而使全球金融崩溃。

25-26

25-26 同一个茱莉亚·罗伯茨，同一个罗马（《口是心非》与《美食、祈祷和爱》）

两个超级聪明的纽约间谍，退出江湖后相约再次来到罗马。他们曾在罗马度过了极其浪漫的三天——哪儿也不去，就关在房间里做爱。由畅销小说《一辈子做女孩》改编的《美食、祈祷和爱》（*Eat Pray Love*，2010），再次表白了美国人对罗马的遥远的爱慕，而不仅仅是对古罗马的政治借喻：某晚一个在浴室里痛哭流涕的美国女孩，反省了自己的人生后毅然离婚，重新寻找自我与爱情。这一次茱莉亚·罗伯茨又来到了罗马，学意大利语，吃意大利美食。起初很内疚，到罗马三星期都在吃东西，意大利男人说，“你感到内疚是因为你是美国人，美国人太辛苦了，欲望无限但是不知道怎么享受生活。意大利不是这样，走在阳光下，他会对自己说，‘今天该休息了’。”竞争最激烈的国度当属美国、中国、印度，绝不包括意大利。纽约的人格是财富和理想，而罗马是纽约的反面，善于平衡、兼顾精神与肉体，享受生活是意大利人最好的风俗。

七十岁的美国导演伍迪·艾伦近年也情系欧洲，拍了“伦敦三部曲”——《赛末点》（*Match Point*，2005）、《独家新闻》（*Scoop*，2006）、《卡珊德拉之梦》（*Cassandra's Dream*，2007），以及《午夜巴塞罗那》（*Vicky Christina Barcelona*，2008）和《午夜巴黎》（*Midnight in Paris*，2011）。《午夜巴黎》请来法国第一夫人布吕尼来客串，而布吕尼年轻时做模特走红仰赖的恰好是一位意大利设计师，大师范思哲的一袭标志性印花衬衫和牛仔蓬蓬裙使布吕尼气质惊人，《范思哲传奇》中还收录了这张照片。而伍迪的下一封城市情书就将献给罗马，我实在等不及要看他的罗马爱情。

但是，生活在罗马的费里尼没有把罗马拍成天堂，好像一到罗马，一切就会不同。“生活在别处”总是人们的一厢情愿。《甜蜜的生活》真的那么甜蜜吗——这位是喜欢勾搭年轻小伙子的女色狼，那位拥有罗马的大部分妓院；有八万亩土地的伊莲娜两次自杀，家庭美满、喜欢用唱片机录下风雨和鸟鸣的神父却在杀了两个孩子后自杀。古堡大得像宫殿，满屋巨幅油画，儿子想把这座诞生过教宗的1500年的古堡改造成妓院，父亲不同意。撰写八卦专栏的马斯楚安尼（Marcello Mastroianni）和这些稀奇古怪的名流富贾一起，在古堡里秉烛夜游，观看荒唐的通灵仪式。他们喝得烂醉，砸碎一个别墅的窗户闯进去，为一个刚刚离婚的贵妇开party庆祝，烂赌之时贵妇表演脱衣舞，胸罩被一个秃头戴在头上，脱得只剩一条内裤时主人回来了。马斯楚安尼骑在不知哪个醉妞身上，撕破垫子把羽毛撒在她身上扮小鸡，他们和他们的颓废一起摇摆到夜的尽头。饶有意味的是，费里尼的每一场狂欢与宿醉之后，都会伴着一个无声、清冷的黎明。第二天，渔夫捕到一条巨大的怪鱼，一直瞪着眼睛，是被他们的歇斯底里的虚无震惊了吗？

扮演费里尼自己的意大利最著名的一张脸——马斯楚安尼，遇到过良家妇女，遇到过性感炸弹，遇到过豪门贵妇和纯真少女，遇到谁都没有用，谁也拯救不了这个想当作家却沦为三流记者的罗马男人。有人问马

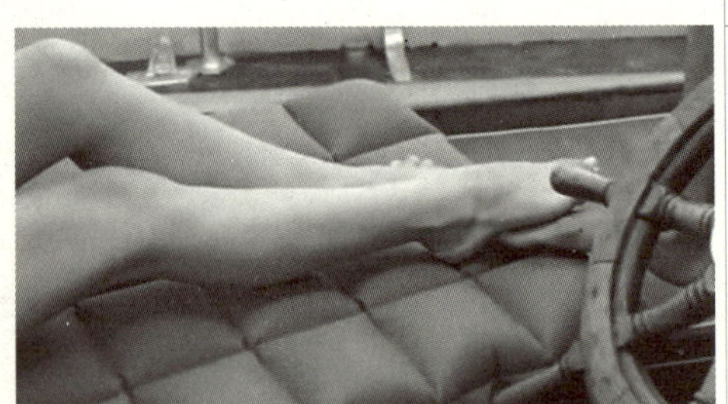

27

27 《意大利式离婚》的最后一幕

斯楚安尼："如果给你三十万里拉，你会怎么写我？"他会玩世不恭地承诺："把你写成马龙·白兰度。"良家妇女让他窒息，"你最后会像狗一样孤独终老，谁还会像我这么爱你？""我不可能一生只爱你一个人。"豪门贵妇让他迷惑，她赤脚走在古堡里对他说着密语，"我会为你做一切，既做你的妻子，也做放荡的妓女。但人不可能两者兼得。我永远是一个妓女。"因此当马斯楚安尼苦苦寻觅她时，她正与另一个男人接吻。这像极了《意大利式离婚》（*Divorzio all'italiana*，1961）经典的最后一幕：同样是马斯楚安尼扮演的男主角，厌倦了妻子并移情于妻子的漂亮表妹，但彼时的意大利法律不允许离婚——天主教的威力显现了，他使用计谋杀了妻子并躲过重刑，终于和表妹结婚了。在船上，他们的头抵在一起接吻，而表妹的脚，却与年轻威猛的船员的脚缠绵在一起……所有做着罗马梦的女人和男人们，你还眷恋罗马吗？不过，可以告慰的是——这个关于爱情的谜题，关于存在的谜题，不仅仅是罗马的，也是全世界的。

Vatican

旷世梵蒂冈

×《万世千秋》《教宗的洗手间》《达·芬奇密码》《天使与魔鬼》《基督最后的诱惑》《不良教育》

× 饕餮的艺术

五岳归来不看山，黄山归来不看岳。无论走过多少教堂，统统止于梵蒂冈。所以来欧洲，最好最后一站拜访这里，否则就像享受过海鲜大餐后吃个简单汉堡的感觉。在地理学意义上，这个世界上最小的国家其实是一座城中城，从罗马到梵蒂冈，坐地铁，1欧元，几分钟。

罗马是巴洛克的老家，而巴洛克最早为教会服务，梵蒂冈的风华绝代也就不足为奇了。圣彼得广场的几百圆柱拢成半圆，胸襟万丈，仿若在拥抱从世界各地前来的十亿天主教徒，以及无数像我这样纯粹为着欣赏的无神论者。

排队进入圣彼得大教堂，侧门厅有卫兵站岗，漂亮的制服五百年不变，据说设计者是米开朗琪罗（Michelangelo）。估计他们是全世界上镜率最高的卫兵，几乎所有经过的游客都要停下来好奇地拍照；估计他们早已习惯

1-2

1　圣彼得广场

2　瑞士卫兵

了镜头，庄重而无旁骛。这些从瑞士选来的男青年，照顾着梵蒂冈最重要的人与事。罗马警察在此只是顾问，梵蒂冈警察总署只负责梵蒂冈城墙以外的事，而厚厚城墙以内的教皇和教皇宫的安保责任，就交给了这个瑞士侍卫队。这份荣耀使命的由来，有点像荷兰祖先早年在海运贸易中创下信誉的方式：轮船途经北极圈时被冰封的海面困住，在 −40℃中度过了八个月，他们拆掉甲板做燃料，以打猎取得衣食，八人死去了，却丝毫未动一下客人委托的货物，他们照顾好了自己的生意，荷兰也称霸了全球。而梵蒂冈的故事可以追溯到 16 世纪，照罗马版本的说法是：当年梵蒂冈招募了一批外国雇佣军，其中一支来自瑞士，当神圣罗马帝国的军队血洗罗马城时，雇佣军纷纷逃散，只剩 147 名瑞士士兵为保卫教皇浴血奋战，于是教皇下令，以后教廷安全就由忠诚可靠的瑞士卫队全权负责。

入口处图示着两项禁止：女士，不许袒胸；男士，不许短裤。谁知我忘了看 *Lonely Planet*，也实在缺乏常识，居然穿了吊带裙去。结果可想而知，被退回来。想必像我这样的“无知者”不在少数，不远处的角落里有专门卖披肩和长裤的货摊。在河内参观胡志明墓时也遭遇了同样的尴尬，也同样有卖披肩的，难道后者与教堂一样上升到了神的高度？

除了做好着装准备，还要做好排长队的准备，来朝圣的人实在太多——朝圣信仰也好，朝圣艺术也罢。虽然中国至今没有和梵蒂冈建立外交关系，但是在梵蒂冈的入口处，却在英、法、德语等“白皮肤”耳机解说之外，还备有中文、日文等“黄皮肤”的耳机解说！这是个惊喜发现。欧洲的博物馆基本找不到中文解说，不知是因为梵蒂冈的华人游客多，还是因为这里是世界宗教圣地所以恩泽天下。

走过圣门，便进入全世界最大的教堂。雄强。华丽。震撼。圣彼得教堂的正厅和圆顶创下巴洛克的最早纪录。雕塑《哀悼基督》前挤满了人，这件宝贝系米开朗琪罗二十四岁时所作，如此年轻，故有谣传非出自他手。一气之下，米先生将自己的名字刻在圣母胸前，亦成了他唯一留下签名的作品。米开朗琪罗就是这样的倔脾气，而梵蒂冈之所以成为艺术世界里的奢华王国，与艺术家的倔脾气以及对这倔脾气的包容不能说无干系，好莱坞曾把米开朗琪罗与罗马教皇之间又感人又孩子气的艺术“战斗”拍成电影《万世千秋》(*The Agony and the Ecstasy*，1965)。

教皇朱利安二世为了强化教廷地位，一边与各国征战一边大建圣彼得教堂。米开朗琪罗被请来在西斯廷教堂天顶画十二圣徒像，他不肯苟同，要画《创世纪》，两人因此展开艺术和宗教大辩论。连年的战事与大兴土木使教廷岌岌可危，为了振奋人心，教皇下令拆去画台，开放教堂供民众参观，这惹怒了米开朗琪罗。在拉斐尔的劝说下，被免职的米开朗琪罗复工，教皇也以出卖红衣主教帽子所得，资助了颜料费。世界上恐怕再难找到这么一对趣味“冤家”了，每次教皇来问“何时完成”，米开朗琪罗都答“完成时就完成了”。米开朗琪罗整天仰卧在高高的台架上，一干就是五年，以至眼睛不能平视，看一封信都要举过头顶。后来朱利安暴病，米开朗琪罗激将他：“你未完成你的使命，我也不能完成我的工作！”朱利安反被怒气驱走病魔，待《创世纪》完成，他主持了开光仪式。

那位曾劝说米开朗琪罗的另一位文艺复兴巨匠拉斐尔，已经不必像在德累斯顿王宫里被公爵那么小心翼翼地请上第一宝座，梵蒂冈里到处都是他。巴洛克巨匠贝尔尼尼的青铜华盖更是挥斥方遒，足有几层楼那么高！

3-4-5

3 伟大的《创世纪》

4 饕餮的西斯廷展厅

5 青铜华盖

华盖下的祭坛，只有教皇举行弥撒时方可登上。哥特式教堂，冷峻尖耸神秘，总叫人心生敬畏；但梵蒂冈不让你怕，它雄浑，博美，让你物我两忘，只想在其中优游。众信徒排着队，抚摩亲吻 Papa 的脚。Papa 是意大利文“爸爸”的意思，也是对教宗的爱称。

走过高大城墙，终于来到西斯廷。天顶壁画从创世纪到大洪水，色彩华丽，浩瀚无垠，动感十足。西斯廷的各个宫殿会聚了来自全世界的精美艺术品，绘画厅，挂毯厅，地图厅，碑铭馆，图书馆，瓷器馆……都是历任教皇一点一点收藏而来，足见其艺术远见。雕塑目不暇接，光是那些标示着耳机解说的艺术品都听不过来。来梵蒂冈，需要备足时间、体力和干粮。地板上的图案竟也美不胜收，我常常专注脚下就错过了头顶，专注头顶又错过了脚下，看得手忙脚乱，像一个贪婪又笨拙的小孩。

拉奥孔群像不大也不壮观，但博物馆赋予了它自成一体的地位。天下皆知特洛伊之战是因一位美人而起，希腊人与特洛伊人为卿混战十年，仍然攻不下特洛伊城，最后女神雅典娜想出一个计策：在木马肚子里藏着全副武装的士兵，待木马入城，士兵冲将而出。拉奥孔是特洛伊的祭司，他前来阻止，但雅典娜怎容人对神的挑衅？一怒之下派出两条蟒蛇，扑向拉

6-7

6 《万世千秋》讲述了倔脾气的米开朗琪罗与罗马教皇之间的故事

7 戴安·克鲁格版的海伦

奥孔和他的儿子，他们很快被蛇缠死。木马屠城成功，希腊士兵杀入特洛伊，城池被烧毁，海伦被带回希腊，十年战争终于结束。此后，拉奥孔就作为爱国的受难者而备受尊崇。拉奥孔的痛苦与蒙娜丽莎的微笑是西方文化中重要的两个表情，德国美学家莱辛曾专门著述《拉奥孔》，掀起持久的美学讨论。从拉奥孔扭曲的身体可以看出他正在承受蟒蛇毒汁侵入的剧痛，然而再看面部，他并未张口大叫，只是嘴唇微阖似在轻吁。有人说这样的处理体现了古希腊的艺术理想——以克制痛苦来追求一种静穆的伟大，但莱辛不这么看，假如让拉奥孔嘴巴大张，雕塑就会出现一个窟窿，这显然是不美的，而对于古代艺术，一切要为美让路。

好莱坞据此拍摄的电影《特洛伊》（*Troy*，2004），照例可以用莱辛的美学观来解读。对于那位挑起了十年激战的大美人，全世界都在翘首以盼海伦有多绝色，结果人们大失所望，以致有观众说出这样的伤心俏皮话：自从海伦出现后，我就只把她当作德国女演员黛安·克鲁格（海伦的扮演者）了……这位后来在《无耻混蛋》里扮演纳粹时代大明星的克鲁格，其实也是个美人，但就是熨帖不了粉丝们的心，因为他们早已通过书本领略了那位佳人的绝代风华：当元老院的老家伙们正在抱怨居然为一个女人连年征战时，碰巧海伦从门口飘过，老家伙们看了一眼，即刻变了心意，“为了她，再打十年也值！”电影如何再现那惊世一瞥的美呢？以莱辛的观点而言——对于美，想象的艺术比写实的艺术更擅长，大美和至美只存在于人们的想象中，文字就是来搅动人们的想象的，所以海伦那“为之再打十年也值得”的美，落实在任何一位具体的美人身上都不可能。

在梵蒂冈看艺术，不会产生畏惧感，不怕看不懂。《艺术哲学》里说，

8-9

文明过度的特点是观念越来越强，形象越来越弱，比如表现主义、象征主义，这些都发源于哲思性的德国。而意大利的艺术不是这样，梵蒂冈的艺术不是这样，雕塑主题往往是人，具体可感的，有筋有骨的，你完全可以动用情感和本能与之面对面，觉得亲切，甚至觉得“他们”体内正流动着温热的血液，说不定何时突然动了，炯炯有神地朝你走来……

× 神秘的权杖

来欧洲，最好对宗教做些功课，因为教堂是生活的一部分、文化的一部分、艺术的一部分。

圣彼得大教堂的地下墓室庄严肃穆，几代教宗葬于此，棺椁几乎象征着一个王国。弥撒时间警卫的嘘声令参观者即刻收声。教皇权可敌国，对全世界天主教徒有着至上的统摄力。有一种历史观便是——罗马帝国是被罗马天主教所瓦解的，当最后一位罗马皇帝把大权交给教皇后，整个欧洲

8　静谧而沁人心脾的雕塑
9　梵蒂冈博物馆著名的螺旋式楼梯

都“属于”教皇了。一般来说，教皇一直任职到升天，除非自己提出辞呈，但是有一位令人爱戴、颇有威望、公正廉洁的教皇，却仅仅任职了一个月。

科波拉教父系列的终结篇《教父Ⅲ》（*The Godfather 3*，1990）就涉及了这位教皇。片中，教皇与梵蒂冈的戏份很大，构成了故事的重要部分。意大利裔教父迈克尔·柯利昂在他的后半段人生中致力于家族事业的合法化，他求助于掌管梵蒂冈银行的大主教，试图和梵蒂冈建立生意往来。不料对方与许多势力联手骗了他，致使迈克尔·柯利昂不得不重返杀戮，来了一场大清洗。影片不仅在梵蒂冈实景拍摄，还影射了1978年约翰·保罗的骤逝——就是那位只做了一个月的教皇。保罗一世的猝死成为天主教廷最大的谜团之一，无数研究者质疑其死因，而科波拉在片中提供了一种阴谋论的推测：梵蒂冈银行与黑手党、政客相互勾结，贪污了教廷数亿美元，保罗一世就任后准备大刀阔斧清除教廷内部的腐败，因此他的敌人谋杀了他。迈克尔·柯利昂曾对彼时还是红衣主教的保罗告解，痛苦地道出他主使手下杀害自己亲生哥哥的深重罪孽，保罗的回应是——仁慈。

关于教皇的秘密颇多，电影《女教皇》（*Pope Joan*，2009）揭秘了欧洲一千年来颇具争议的被罗马教皇正史排除在外的唯一一位女教皇，约翰

10

10 《教父Ⅲ》剧照

娜。她假冒成男孩进入修道院，凭着智慧的头脑和高明的医术，获得为教皇医病的机会，从而成为其心腹，乃至被推上教宗的最高位置。她隐藏身份统治罗马教廷长达两年，后因权力斗争而下台。

最新一部《教皇诞生》(*Habemus Papam*, 2011)，似乎受到《国王的演讲》的启示，英国国王的励志故事变成了一个教皇的励志故事。红衣主教梅尔维尔被推选为新的教皇，他却因恐惧和疑虑，迟迟不肯登大位。于是像国王的妻子请了一位特别的教师一样，无奈之下梵蒂冈教廷破例请了一位心理医生……

教皇如此神秘，以至“教宗来访”常常成为电影的大背景。曾获柏林电影节金熊奖的巴西电影《精英部队》(*Tropa de Elite*, 2007)，即以教宗来访作引子，从而生出为了护卫教皇而动用特警、并与黑帮展开火拼的情节。角逐奥斯卡最佳外语片的《教宗的洗手间》(*The Pope's Toilet*, 2008)，就以若望·保罗二世1988年出访美洲大陆的真实故事为背景。这是一个不常听说却令人感伤又好笑的故事：教宗即将到访乌拉圭与巴西交界的梅洛镇，对于天主教徒来说，这是聆听教皇演讲的难得机会；而对于梅洛镇来说，这是一个千载难逢的发财机会——这里穷啊，厕所都简陋得

11-12

11 《女教皇》剧照

12 《女教皇》中的梵蒂冈

惨不忍睹，于是人们倾家荡产各出奇招，有的买肉做了几千根香肠，有的做了上百只甜点面饼，而主人公一家别出心裁盖了一个现代化的马桶厕所，于是父亲、母亲和女儿，在规划出的空地上演练着上厕所时间、等待时间、收费时间，计算着可以进账多少。

然而盖洗手间是件难度蛮大的事，主人公冒着遭人鄙视的风险，用与巡警交易的黑钱来购置材料。由于乌拉圭物资严重缺乏，需要越过边境到巴西购买生活用品，而边境官员就像黑道流氓，利用职权搜刮进出巴西的人——这里穷的一个重要原因就是贪官多，所以这里的民众自有一套心安理得的理论：上帝是不会惩罚想发“教宗财”的人的，因为他已经派来了一批贪官。主人公的妻子有志气，宁可把攒给女儿外出上学的钱拿出来买马桶也不要他赚来的黑钱，而外出上学对女儿来说，是摆脱这么一个可怜人生的唯一机会。在磨刀霍霍的等待中，教宗来了，人群来了；然而在很短的演讲过后，没人买吃的，也没人上厕所。人们愤怒了：“教宗根本连个屁都没带来！”媒体是个最大的“帮凶”，事前曾渲染巴西的车辆将排到十公里以外，来人二十万，而当天巴西只来了四百人，大部分还是本地人；现场设了三百多个摊子，什么也没卖出去，媒体却说一片繁荣。

13-14

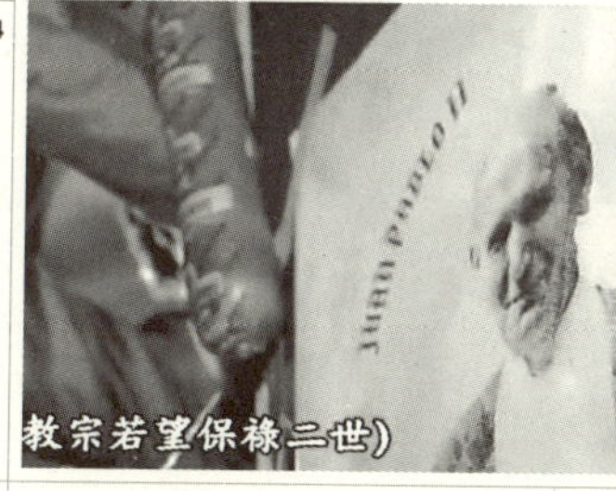

13 《教宗的洗手间》中，保罗二世的广告像，与梅洛小镇准备趁机大卖的香肠放在一起，煞为有趣
14 教宗的洗手间

教宗演讲结束后，主人公才扛着马桶气喘吁吁地从边境跑回来，他茫然无助地站在保罗二世的巨幅海报前。如果保罗二世本人看到这一幕，会有怎样的感触呢？我想起《处女泉》（*Jungfrukällan*，1960）中那位遭到强暴的如花少女的父亲的天问：上帝存在吗？如果存在，他为何坐视这一切？本片在荷兰、比利时、法国、西班牙、英国等地掀起了一股“教宗热”，它的潜台词之一即是南美对教宗的狂热——人们问天无力，只好将教宗视为上帝本尊。片名也一语双关，一意是为教宗盖的洗手间；一意是教宗也要上洗手间，他是人，不是神。不过结尾很温馨：没赚来钱的干净洗手间被一家人自己享用，女儿也理解了父亲的苦衷，达成和解，默默跟着他去打工。保罗二世再也没有来过梅洛镇，不知他是否听说过这个背后的故事。在一个贫穷与不义之地，人们除了继续前行，又能怎样呢？

在欧洲，若不是梵蒂冈这样太过著名的景点，一般教堂里人都不多，并且免费开放。所以我觉得最好的休憩之地就是教堂。灼灼夏日，推开厚重无声的门，入内，身与心立刻清凉安静下来。曾经浪迹欧洲的美国作家亨利·米勒说过一句极富哲理的话，“教徒在教堂之外”。我不是教徒，只是静静聆听悠扬悦耳的管风琴，暂时脱掉世俗世界里的顽狠与挣扎，或者只是坐着，放空，清零。那一种氛围已经足够。

× 教皇的力量

有一部意大利宗教电影中出现了耶稣喝可乐的画面。有趣的是，我们以为会有所谓的一方却无所谓——这部电影在梵蒂冈上映时颇获好评，耶稣喝可乐一幕并没有引起教廷的反感；相反，我们以为会无所谓的一方却有所谓——倒是可口可乐公司不满了，称电影未获授权即使用该公司品牌，担心会损害可口可乐的形象，因此要求电影公司删除有关画面。

近年来梵蒂冈喜欢对流行文化评头论足。《哈利·波特》系列一路走来，被谴责了多年，梵蒂冈嫌它“存在着巧妙的诱惑，在年轻人的基督教信仰尚未真正成长以前就把它削弱了”。一直到了《哈利·波特6》(*Harry Potter and the Half-Blood Prince*，2009)，梵蒂冈才冷脸变笑脸，说尽管“依然欠缺宗教的超越境界”，但是“划下了明确的善恶界线，并且在某些状况下，必须要苦干实干及有所牺牲”。

比起《哈利·波特6》的“被赦”，其他电影仍背负着“七宗罪”。在那部关于全球毁灭的灾难电影《2012》(*2012 doomsday*，2009)中，导演设计了一个震撼场景：圣彼得大教堂前的广场上聚集了万名群众集体祈祷，而整个梵蒂冈就坍塌在人群之上。他想说明的是，在灾难来的时候，祷告是没用的，他想给宗教去魅，给无所不能的上帝去魅。但有意思的是，这位摧毁了梵蒂冈的大无畏导演艾默里奇，却说出了“哪里我都敢毁掉，就是清真寺我不敢碰”，那么是梵蒂冈“更好欺负”喽？如此说来，教廷怎会

15-16-17

15 《哈利·波特6》
16 《2012》
17 《阿凡达》，圣树的种子

满意？《2012》质疑了宗教的力量，《阿凡达》（*Avatar*，2009）就像它精神上的续篇——寻找宗教的替代力量。乱子惹得更大了，《梵蒂冈日报》大肆抨击片中鼓吹的“自然至上论”，试图以自然崇拜替代宗教是一种异端邪说，教皇认为，“将自然变成新神灵是危险的”。就某种实际利益而言，如果自然变神灵，那不是动了上帝的奶酪吗？要教皇干什么呢？

教廷最猛烈的炮弹给了《达·芬奇密码》（*The Da Vinci Code*，2006），说它十恶不赦，冒犯上帝。近年来的好莱坞大片也的确频频触碰梵蒂冈的“神”，小说作者丹·布朗（Dan Brown）所爆的猛料，一是把作为神的耶稣还原为人，让他结婚生子；二是令耶稣最后一位后代活生生现身。众人寻找的圣杯不是一个杯子，而是“抹大拉的玛利亚”的遗体，就是这个“抹大拉的玛利亚”激怒了梵蒂冈——传说中的妓女竟是救世主耶稣的妻子？！耶稣希望她在自己死后成为教会领袖，因此基督教原本是要由一个女人带领的，而在当时，教会因为恐惧女性的威胁而杀害有独立思想的女人，长达三百年的猎女行动烧死了百万人。“抹大拉的玛利亚”在耶稣受难时怀有身孕，之后逃往高卢诞下女儿，因此天主教廷一直在追杀耶稣后代，摧毁抹大拉的遗体。

秘密一旦被揭示，摧毁的将是基督教的根基——耶稣是神还是人。这个问题何以如此敏感？两千年来教会以耶稣之名，镇压人类的思想和自由，如果证明耶稣是人不是神，就能结束人类的苦难。作者的倾向在无神论者看来算是温和中肯了：耶稣是个伟大的人，启发了人类，他是人是神并不重要，他为什么不能是人而同时又做出那些奇迹呢？但这显然越了《圣经》的底线，因此小说甫一出版就遭到教会批评，他们担心读者很可能把那些虚构的故事当真。据此翻拍的电影自然也逃不过，上映前梵蒂冈教廷呼吁天主教徒抵制这部反基督电影，甚至请法庭禁止该片发行。如果全球天主教徒齐齐出来抵制，意味着影片将失去十亿观众。但这出抵制剧后来变成了荒诞剧，教廷的高压反给影片做了特大宣传，影片的走红也为不少地方的旅游带来好运。某天导演霍华德·朗接到法国总统希拉克办公室打来的电话，特许电影进入卢浮宫拍摄，以至后来卢浮宫虽将票价上调，仍创下参观人次的历史新高。

几年后，《达·芬奇密码》的姊妹篇《天使与魔鬼》（*Angels & Demons*, 2009）横空出世。尽管制片人兼主演汤姆·汉克斯（Thomas Hanks）一再强调不会向罗马教廷妥协，但耸人听闻的宗教揭秘不再有；尽管片中有秘密组织成员扬言要炸掉梵蒂冈，但影片更像一部悬疑片＋风光片，谜团一个个破解，梵蒂冈最终安然无恙。电影中，兰登教授根据土、气、火、水，推理出四位被绑架的红衣主教所在的地点，分别是万神殿、圣彼得广场、贝尔尼尼的雕塑、四河喷泉，这些都在罗马取景——因此我称之为风光片。然而所有这一切，其实是教皇侍卫的阴谋，在他差点被破格选为教皇时真相大白，他的目的是用宗教战胜科学，假如科学说明世界不是神创造的，

18-19

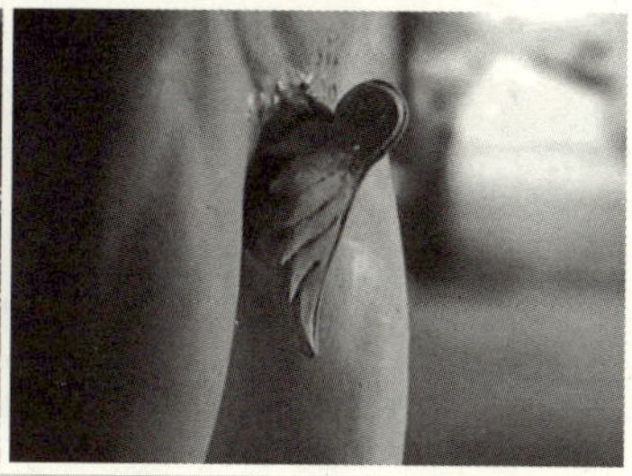

18 《天使与魔鬼》。完全搭建的圣彼得广场
19 无花果叶“小雀雀”

那么上帝该怎么办呢?

《天使与魔鬼》试图探讨科学与宗教的关系。兰登代表了科学一方:17世纪的科学家不是暴徒,只是追求真理,比如针对教廷的某些荒唐之举——担心男性的身体会挑起淫欲,于是下令用斧凿"阉割"了几百座男子雕像,再用无花果叶加在"那话儿"上——对此提出意见的科学家们与其说是恶劣的反宗教主义者,不如说是温和的反破坏艺术者。最终,影片落在了一个合理安全又政治正确的点上——科学与宗教达成了和解:兰登充满隐喻地成为新教皇的救命恩人;梵蒂冈也放下顽固,将宝贵资料馈赠兰登,助他写出科学巨著。在经历了两次世界大战之后,传统体系崩溃,人们喊出"上帝死了";但是在一个因高度发展而失去爱与悲悯的现代社会,信仰又将提供一个纯净的精神家园,科学与宗教并非"势不两立",人们需要两者并存于世。如此"左右逢源""皆大欢喜",可能让你觉得汤姆·汉克斯和导演霍华德这一次吸取了《达·芬奇密码》的教训,而直升机的高空俯拍、不断变换的美丽景观、壮阔的万人广场,尤其是最后的侍卫驾机的煽情拯救,更使影片的娱乐味道消解了宗教味道。有趣的是,梵蒂冈教廷这一次也吸取了《达·芬奇密码》的教训,"聪明"地选择了沉默,既不发表

20-21

20 《基督最后的诱惑》
21 《耶稣受难记》

评论，也不号召教徒抵制，不再为《天使与魔鬼》的票房做“天然宣传”。

相较之下，马丁·斯科塞斯（Martin Scorsese）没有汉克斯们乖巧。他从来都是体制的叛逆者，甚至曾以“辛德勒是个太规整的好人”为由拒拍《辛德勒的名单》。在《基督最后的诱惑》（*The Last Temptation of Christ*，1988）中，神圣基督最初是一个为罗马人制造十字架以钉死犹太人的木匠，为了拯救犹太人他前去寻道，当聆听到上帝之意而走上十字架为人类赎罪时，撒旦化身天使来诱说：上帝已解除他的责任，他可以像凡人一样娶妻生子过普通人的幸福生活，这有点像魔鬼撒旦曾用年轻与爱情来诱惑老浮士德交出灵魂。耶稣恍惚间被那美景吸引，走下十字架，娶了妓女抹大拉，直到儿孙满堂时才发现真相，于是向上帝忏悔，再次回到十字架上，最终得道。说起来，意大利裔的马丁是位虔诚的天主教徒，之所以坚持要把这部对耶稣的性格和行为做了大胆修改的小说搬上银幕（影片曾令派拉蒙公司迫于外界压力而停机、令罗伯特·德·尼罗迫于压力而拒演），可能就是对这个在诱惑面前会矛盾、会迷茫、会脆弱的人性的基督着迷。这实在符合马丁的一贯口味——生长在街头的他，怎么会相信绝对的善与恶、好与坏呢？但是教廷怎么能允许完美的神具有人之漏洞呢？更大胆的是，一向背负罪名的犹大，在片中成了一个追随耶稣并在他逃避上帝责任之后予以义正词严谴责的耿正者形象……影片公映后遭到美国教徒的强烈抵制，至今在几个欧洲国家依然被禁，险些令马丁断送了前程。

把耶稣还原为人，人们不买账；表现耶稣受难，人们还是不买账。莫非只要“触碰”耶稣，就是一场冒险？1965年，梵蒂冈教廷正式赦免犹太人的“罪行”（犹大出卖了耶稣），除去了压在所有犹太人心头的一块巨石，从此他们不需要再背负着害死耶稣的罪名了。因而当梅尔·吉布森（Mel Gibson）宣布自己要拍摄《耶稣受难记》（*The Passion of the Christ*，2004）时，这位曾因执导《勇敢的心》而深受欢迎的导演立刻被炮轰。银幕上的基督被打得遍体鳞伤，让所有的犹太人再次重现他们曾犯下的千古罪过，这必定会刺痛许多人，包括好莱坞的犹太大老板们。你说冒险不冒险？

× 神父的丑闻

2010年5月10日，梵蒂冈副主教发表了一个演讲：教堂必须重新建立起在人们心中的信任，连续的丑闻已让教会陷入信任危机。他所言的“丑闻”，事关儿童性侵犯。关于这个题材，“老牛仔”伊斯特伍德（Clint Eastwood）曾网罗西恩·潘（Sean Penn）等人拍过一部《神秘河》（*Mystic River*，2003）。童年的三个小伙伴，其中一个被绑架遭受性侵犯，回来后变了一个人；友谊渐渐疏远，长大后三人被一个事件再次联系在一起。这部影片深深地传达出心灵的阴影，包揽了当年奥斯卡最佳男主角和男配角奖。

不一样的童年遭遇，决定了日后的不同命运。另两位春风得意一帆风顺，一个成为律师一个做了警察，而不幸的大卫，爱情事业都不如意，他隐忍压抑的神情让人于心不忍。在电影开篇，年幼的大卫被扔到汽车的后座上，坐在前排的男人转过身来，他手上正戴着一枚主教的戒指。原著中并没有提及此人是神父，因拍摄期间爆发了波士顿大教堂的神父丑闻，才添了这一笔。而西班牙导演阿莫多瓦（Pedro Almodóvar Caballero）的电影《不良教育》（*La Mala Educación*，2004），就不再隐晦于一枚戒指而是直指要害：教会唱诗班的两个孩子本是同性恋人，其中一个被牧师性侵犯，成年后一个做了导演，另一个做了演员。片中不乏口交镜头，这样一部从主题到画面都很“出位”的电影，自然沦为梵蒂冈的眼中钉。然而，这个出位的故事源于阿莫多瓦童年在天主教学校遭受神父性侵犯的真实经历。

《不良教育》如今有了现实版，2010年的梵蒂冈性丑闻就是这一现象的终极爆发，直指当今教皇本笃十六世。三十年前，他还是一位名叫拉辛格、管理着德国巴伐利亚教会的主教，某天遇到一起案件：一个十一岁男童遭到当地神父的性虐待。拉辛格未对神父作出处理，只让他进行心理治疗。2005年，拉辛格成为梵蒂冈教皇。娈童神父在一个温泉小镇默默工作了二十年，2008年丑闻曝光，小镇沸腾了，天主教也陷入铺天盖地的丑闻漩涡。就像推倒了多米诺骨牌，各地丑闻汹涌而出——一位德国摄影师出面披露自己幼年被“娈童”的经历，声称带有性虐倾向的体罚在唱诗班和天主教学校是司空见惯的事，随后一星期内约有三百人揭发自己类似的童年遭遇；都柏林政府的官方报告显示，爱尔兰天主教会长期掩盖儿童遭神父性骚扰的案例；比利时一位主教招认二十五年前性侵犯自己的侄儿，之后比利时出现了150宗投诉；曾被教皇压下的1990年代一位美国神父性侵

22-23

22 《神秘河》中的小男孩
23 《不良教育》中的小男孩

犯两百多名聋哑男童的案件如今被翻出来；据巴西和智利披露的案件，预言娈童丑闻会延伸到拉丁美洲……

其实，天主教神父对儿童的性侵犯丑闻已经是旧闻了，只不过多年来梵蒂冈缄默不语。丑闻大爆发后，一位驻梵蒂冈四十年的英国 BBC 记者称，从未见过天主教廷陷入如此深重的危机，教宗甚至被外界要求引咎辞职。虽然教宗本人并未涉嫌性丑闻，但由于梵蒂冈长期掩盖性丑闻，他的尼克松般的“不作为”，终会使这场危机演变成梵蒂冈的“水门事件”。这一次，梵蒂冈终于开口了：教会绝对不容许遮掩任何神职人员的性犯罪。

然而，多米诺骨牌推倒的不止是一场信誉危机，更是一场教义危机。禁欲，可能正是神父性丑闻泛滥的根源。天主教是时候反思禁欲与现代社会渐行渐远之悖了。童年浸染在天主教世界的布努艾尔（Luis Bunuel），成年后在电影里一遍遍涂抹着他心中宗教与性的冲突。天主教是西班牙的国教，禁欲曾令布努艾尔深受困扰，1920 年代他初到巴黎，震惊于男女青年居然在大街上接吻！ 1930 年代西班牙内战，革命者在他的家乡宣布“准许自由恋爱”，人群中竟引发了骚乱和茫然！西班牙导演也因此成为讽刺挖苦宗教的最具活力的干将，布努艾尔看了色情片后，淘气地想把片子偷运

24-25

24 Levis 版“最后的晚餐”
25 麦当劳版“最后的晚餐”

26-27

26-27 美剧《迷失》和《黑道家族》海报，均戏仿了“最后的晚餐”

到专放儿童电影的影院，让小家伙们开开眼；他还拍了影史最牛的一部妓女电影。宗教规定的欲望的罪恶感与性激发的肉体快感相互纠缠，这“快乐的罪恶”捆绑了布努艾尔一辈子，到了耄耋之年才如释重负，即使有神力助他恢复雄风，他也宁愿不要。梵蒂冈，真该好好看看他的电影……

不，梵蒂冈不仅看过甚至禁过布努艾尔的电影《比利迪亚娜》（*Viridiana*, 1961）：一群烂醉粗俗的乞丐大嚼着偷来的食物，借长餐桌戏仿《最后的晚餐》并拍照留念；农妇像撩起照相机布帘一样撩起自己的裙子，将十字架扔进火里……这些，完成了布努艾尔对宗教的终极戏谑。事实上，这幅最著名的神圣画作是被大众文化围剿最多的一个，麦当劳、动画片、美剧海报不一而足。尤其是 Levis 牛仔裤广告的十三美女，坐在长桌后摆出相似造型，下着清一色牛仔裤，上着清一色春光，那饱饱嫩嫩的乳房们哦，叫梵蒂冈如何是好呢？

Madrid

马德里，不思议

×《戈雅之灵》《白昼美人》《资产阶级的审慎魅力》《捆着我，绑着我》

× 亲历超现实主义

我的第一次马德里之行，可用“惊骇”作结。

来马德里，还是为了毕加索。抵达的当天，我精力充沛兴致勃勃，去罢马德里皇宫又参观了军械库，原本要赶往西班牙广场和朋友会合，犹豫半晌，决定会合之前还是去一趟 AZAC 区——那里汇集着现代建筑群落，我这个建筑迷舍不得错过，何况其中一座叫“毕加索大厦”。

马德里的夏天，几乎没有夜。晚上 10 点天才黑，12 点依然车水马龙。我们成年后早已久违的午睡，在西班牙可是正经八百，因为这里长年热。堂·吉诃德为什么瘦骨嶙峋？他举着长矛鸣不平，在光秃的草原上顶着烈日。商店中午 2 点关门，傍晚 6 点开门，马德里这才动起来。市政府更把周末的地铁运营时间延长为一天二十四小时，站在经济学的角度，或许这有助于拉动内需。

跋涉至 AZAC 区，我正背着双肩包、举着相机在一座大厦的拐角平台上推拉焦距拍摄那些现代建筑，突然脖子被一只粗壮的手臂从背后勒住，身体被提起来，脚在空中晃荡挣扎。看到有人向我的方向走来，拼命朝他喊，突然眼前一黑……待我睁开眼，发现自己正趴在地上，浑身空空如也，脖子上的相机不见了，肩膀上的背包不见了，钱包、墨镜、手机、现金、信用卡，一切一切……事情来得太快太突然，比梦还要不真实，我最终无

1-2

法相信地相信：我遭遇了抢劫。

爬起来，惊恐无助地向四周喊着“Help”。一位白领样子的西班牙女郎朝我走来，说是两个黑人干的，从某个方向跑了。我对她旁边的男士求助，但男士无动于衷，我忽然觉得他很像我看到的那个“救星”。他们习惯了坐视不管还是害怕黑人？白领女郎带我去找警察，我却希望有人去追那歹徒。她带着我来到警局。路上，她对我说，那些东西不可能追回来了；另一个意思是，发生那一幕时有人看到，但是不会有人管的。这两层意思让我在炎热的马德里夏日感到了冷。

这是我生平第一次遭遇抢劫，更糟的是，身处异乡，语言不通，警察几乎全部说西班牙语……而且我不记得旅馆的名字，只记得方位。最后，一位女警官开车送我回旅馆，正是马德里车水马龙的时分，外面的风景“应该”很美，马德里比巴塞罗那要新，据说像北京——二十年间巨变。警车开道，专车护送，待遇实在不低。瞧，这是马德里迎接我的方式。

到达旅馆，我想让女警官顺便把我这个一无所有的人送到西班牙广场，

1 马德里的街灯
2 西班牙广场

那里同伴还在等我，女警官只说了句：我的职责是送你回旅馆，现在我的职责完成了，请下车吧。或许马德里警察早已见怪不怪，否则为什么只有西班牙的旅馆可以存放护照，只有西班牙的信用卡要对照ID？白领女郎不是说了吗：这种事在马德里很多，这里的警察很懒。

旅馆的中年女服务员倒是很和善，她深深叹息，为我倒了一杯水。来了一对年轻的西班牙恋人，建议先挂失信用卡，男孩用他的手机帮我联络，甚至体恤地接通了配有中文服务的银行专线。在烦琐的通话过程中，男孩和女孩始终耐心地等在一旁，不时亲吻着对方，那一刻，我竟然希望自己是那个女孩。

坐在旅馆外面的长椅上等待同伴，马德里的晚风轻柔地拂过我的脸，而我品尝着“在异国他乡流落街头”的真实况味。所以当你看到我的遭遇，请一定吸取教训：外出最好结伴而行；最好将护照、机票复印，与正本分开存放；不要携带过多现金并分散携带，以免所有现金一次被抢；如遇抢匪，一般不要反抗，以免生命受到伤害；被抢后一定要报案，以便到使馆补办相关证件。

第二天赶紧去大使馆办理临时通行证，谁知又碰上不办公的日子。终于等来一位官员模样的中国男子开着一辆轿车驶入大使馆，我赶忙把情况大致讲了一下——我的眼泪差点掉下来，终于见到了亲人。

遵使馆嘱，去办理通行证又发现马德里警局没有给我开报警证明，我只好赶往最近的一间警局，办罢又发现我的名字被打错了！在正午的大火球下来来回回，我自嘲地说，在马德里算是什么都经历过了：流落街头，几进警局。

西班牙语国家最伟大的电影导演路易斯·布努艾尔（Luis Buñuel），早年在马德里大学读哲学，20年代经历过“一战”和“上帝已死”的西方世界，发起了超现实主义——理性、道德、宗教囚禁了人的本能，唯有推翻它们，挥洒本能和梦境，人的精神才能真正解放。于是，布努艾尔与达利将各自的梦组合起来，拍了世界上第一部超现实主义电影《一条安达鲁的狗》（*Un Chien Andalou*，1929），没有故事，只有影像：达利梦见一只爬满蚂蚁的手掌；布努艾尔梦见乌云遮住月亮，就像剃刀划过人的眼睛——看这一幕时，我觉得自己的眼睛正被剃刀划过，惊得不轻。这堪称电影史上最残酷的镜头，影片被选为最危险的电影。到了《白昼美人》（*Belle de Jour*，1967），布努艾尔更进一步，把现实与超现实缝合得炉火纯青，讲了一个中产贵妇做妓女的故事。但——开篇时马车上坐着中产夫妇，结尾时马车上是空的；爱上贵妇的流氓嫖客将贵妇的丈夫打成残疾，结尾时丈夫忽然从轮椅上站起来——这是否意味着中间的一切都是幻觉或想象？这一切究竟有没有发生？中产贵妇是幻想做了妓女，还是真的做了妓女？

傍晚来到马德里最大的普拉多公园，准备坐一坐，走一走，吃个晚饭，然后去机场。我躺在草地上，看着骑车、散步、慢跑的悠然市民，回想这两天，像是发生过，像是没发生过，恍如一场布努艾尔的超现实主义梦境。

× 直面现实主义

我以为那一次超现实主义梦境之后，不会再来马德里了，可人生就这样吊诡。这一次是从巴黎到马德里，搭乘西班牙国铁RENFE。一等车厢，干净、整洁得赛过飞机，人极少，如同专列。列车员发来耳机和一盘餐点，有果汁、面包、酸奶、薯片。插上耳机，里面播放着 Jazz 和西班牙风格的歌曲。

在阿图查火车站（Atocha）下车，两颗大光头娃娃脸雕塑一下子逗笑我，一个睁着眼，一个闭着眼，这样的迎接方式要比警车开道有趣多了。2004 年，马德里包括阿图查在内的三大火车站都遭遇了特大爆炸案，基地组织声称对此负责，说是为了惩罚西班牙支持美国发动伊拉克战争。如今，这里已经感受不到恐怖主义的紧张气氛，甚至没有像北京的地铁或火车站那样处处设置安检系统。旅馆就在附近，与上次所住那家是相似的格局，非常高的厅堂，老式电梯轰隆隆上下。马德里，这一次我可以好好看看你了。

西班牙的面积约略等于中国的一个省，却是世界第二旅游大国，它的诸多名人即是无形资产：毕加索，戈雅，塞万提斯……与巴黎卢浮宫、伦敦大英博物馆并列为世界三大博物馆的马德里普拉多博物馆，收藏有戈雅最多最重要的画作。戈雅（Goya）有画神之称，拍过《莫扎特传》的大导演米洛斯·福尔曼率领好莱坞团队实地取景马德里皇宫，重建街道场景，拍摄了《戈雅之灵》（*Fantasmas de Goya*，2006）。西班牙国宝级演员贾维尔·巴登出演男主角，美国新生代影星娜塔莉·波特曼（Natalie Portman）

3-4

3 普拉多博物馆
4 博物馆门前的戈雅像

一人饰两角：美丽悲惨的模特和她的女儿。想必有西班牙人抱怨，戈雅是西班牙的民族偶像，而他们的英雄却被一名捷克导演和一名法国编剧塑造。但若不是好莱坞的影响力和大制作，或许也会沦为德国版“刺杀希特勒”而默默无名。

戈雅出生在西班牙东北部的萨拉戈萨，成名于马德里，一边做宫廷画师，为国王、王后们画肖像；一边以黑色的笔触画他之所见——饥饿的人，被捕的人，可怜的人。在他著名的《着衣的玛哈》与《裸体的玛哈》前聚集着许多参观者，可能因为普拉多太大了，导游图体贴地列出了一个名作单子，按图索骥就是。我终于看到了《1808年5月3日的枪杀》，BBC纪录片《旷世杰作的秘密》讲过它的故事。18世纪末的西班牙，封建专制变本加厉，大批农民破产，全国70%的土地落入贵族和教会手里。戈雅虽为宫廷画师，却是法国大革命的推崇者，对拿破仑颇具好感。然而当法国军队入侵马德里时，他的梦想破灭了。1808年5月3日，西班牙的人民起义遭到法军镇压，戈雅画下了他目睹的一切。马德里的夜空黑暗不祥，一群枪手面对手无寸铁的平民，画面的光亮部分完全由起义者占据，杀人士兵全都低头埋首置于暗部。绝对主角——中间的白衣男子，神情也许惊恐

5 戈雅的画作：《1808年5月3日的枪杀》

也许愤怒，他张开双臂构成的体态，被艺术史学者解读为受难的耶稣基督。饕餮了太多“戈雅”之后，我发现画家对某一种面孔或眼神，其实有自己固定的偏好，这位呈受难耶稣之势的无名英雄，他的高扬的眉毛和凝重的黑眼窝是戈雅画作里常见到的，如同波提切利笔下的女性都是《维纳斯的诞生》与《春》里极其柔美温婉的样子。

《戈雅之灵》的背景正是18世纪的黑暗西班牙，天主教会执掌大权，因法国大革命引发了西班牙的骚乱，天主教决定重新起用严酷的宗教裁判所来镇压，影片的灵魂人物就是这场运动的领导者神父洛伦佐。基于这样阴暗恐怖的宗教气氛，戈雅画了许多版画，引起教会注意，但名气和宫廷画师的身份帮戈雅保全了性命。他的一个模特伊内斯由于不吃猪肉被质疑为异端而治罪，戈雅向朋友洛伦佐求助，怎料洛伦佐强奸了伊内斯，并把她关进地牢。多年后，法国军队占领了西班牙，废除了宗教裁判所，犯人被释放，伊内斯的家人都在战乱中死去，她只好来找戈雅。戈雅请洛伦佐帮忙寻找伊内斯在狱中诞下的女儿，殊不知女儿逃出修道院后做了妓女。伊内斯曾经的青春貌美变成了不堪入目，扮演者娜塔莉很勇敢，不介意把自己扮得那么脏那么丑。我在威尼斯电影节开幕式上见到的她，可是个激

6-7

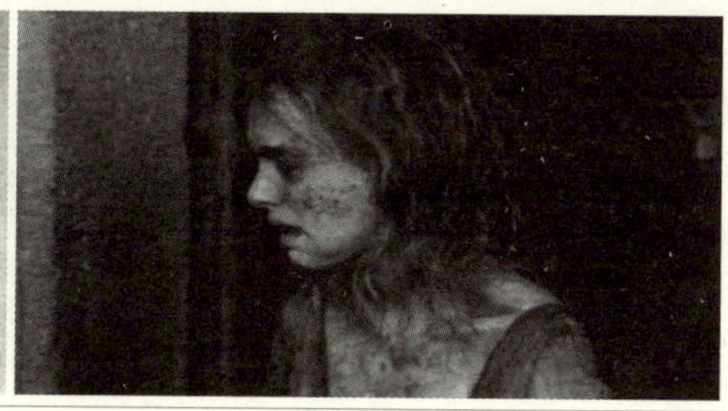

6 《戈雅之灵》海报

7 电影里的娜塔莉·波特曼

起闪光灯尖叫的美人。

贾维尔·巴登塑造了一个极有难度的人物。作为一个道貌岸然的神父，洛伦佐不顾与戈雅的友情强奸了年轻貌美的伊内斯。伊内斯的父亲是个富有商人，愤怒地揭穿洛伦佐行刑逼供的真相，洛伦佐被逐出西班牙教会。逃亡法国后，在伏尔泰、卢梭进步思想的感召下，洛伦佐摇身一变，成了一名革命者，追随拿破仑，解放马德里，废除宗教裁判所，坐上高高的审判台，将曾将他逐出教会的主教宣判死刑。忽然英军入侵，法军溃败，洛伦佐又成为阶下囚，主教再次坐上审判台，对他宣判死刑。洛伦佐担心被丑闻毁掉前程，于是把伊内斯送进疯人院、私生女送往美国，当主教要求他忏悔从而接受赦免时，他却选择了赴死。伊内斯疯了，一手抱着捡来的婴儿当女儿，一手握住死囚车上垂下来的洛伦佐的手，“三口之家”只能在这一刻、以这样的方式团聚……《戈雅之灵》延续了《莫扎特传》的福尔曼传统：主角仍不是主角。莫扎特的风头被善妒的庸才乐师抢走了；戈雅更失衡，不过是一个历史大风云的旁观者，华彩全部属于洛伦佐，他的际遇起伏凝练出西班牙的乱世之相，洛伦佐的一生有多跌宕，历史就有多无常。

参观博物馆最累，普拉多更是大得令我双腿酸痛。晚上回旅馆，在隔

8

8　今日马德里

壁的餐馆选了一种蔬菜和鸡肉的三明治，又清淡又好吃。格外喜欢在天蒙蒙亮、街道空无一人、空气正懵懂的清新时，坐进来要一杯热咖啡和一只羊角面包，开始我的马德里一日。

马德里还有一个必去的博物馆是索菲亚艺术中心，镇馆之宝也是一幅重大题材的画作。戈雅画了革命，毕加索画了战争。循着号码牌，一间展厅前围着许多参观者，这幅传奇之作一定是在这里，空荡荡一个展厅只有一幅画，旁边特别坐了两位工作人员看护。铅灰色的画作几乎占据了一面墙，毕加索的愤怒、哀伤甚至没有被光阴阻隔，扑面而来。

1937 年，正在巴黎的毕加索受到西班牙政府邀请，为巴黎世博会西班牙馆创作壁画。突然，西班牙风光旖旎的格尔尼卡被德国法西斯狂轰滥炸，战斗机在城市上空俯冲，并以机关枪扫射那些避难的市民，整个小城几乎被夷为平地。格尔尼卡是德意法西斯为了恐吓平民轰炸的第一个城市，之后的广岛被炸也出于同样的目的。事件震惊了世界，也震惊了毕加索，他便以轰炸格尔尼卡为题作了一幅画。“二战”期间，德国纳粹经常出入巴黎的毕加索艺术馆，有一次在出口处，毕加索发给每个德国军人一幅《格尔尼卡》的复制品。一位纳粹头目问，“这是您的杰作吗？”毕加索答：“不，

9-10-11

9-10　毕加索的作品：*Guernica* 与 *Crying Head*
11　达利的雕塑

这是你们的杰作！”画作并没有进入具体事件，没有炮弹，没有城市，没有能够指认出是格尔尼卡灾难的线索，只有毕加索想象中的无辜平民的痛苦，他把痛苦从历史背景中抽离出来，因此这个痛苦代言了任何时代所有战争的痛苦。除了这声长啸，他还画了哭泣的女人。

较之古典的普拉多，索菲亚艺术中心偏爱现代艺术。毕加索之外，还收有许多达利的作品、一些弗朗哥法西斯和西班牙共产党的革命画，以及大批叫不上名字的后现代作品——不知所衷的装置，不知所以的影像，不知要干吗的破烂，与巴黎蓬皮杜的观感一样：看不懂。后现代艺术所以无法比肩那些旷世杰作，可能是距离现在太近，也可能是走得太远。就像我们的古人把最豪放、最婉约、最幽艳的诗词早已写尽，绝望的今人只好不断实验，以期在经典林立的汪洋中尖叫着浮出水面，哪怕怪异到失去意义和观众也在所不惜，可失去了意义和观众，又怎么成为经典？

× 审慎的暧昧

以马德里为圆心，可以当日往返一些周边小城。在塞万提斯的故乡托莱多，并没有太多塞万提斯的足迹，它的美，是会聚了穆斯林、犹太教、罗马式、哥特式各种风格的建筑。在这儿，我第一次造访欧洲的中餐馆。推门而入，还没有客人，一名男子正在扫地，看着他的华人面孔我便用中文说你好，他面无表情，没有一丝我想象中的他乡遇故知的开心和亲切。

在以巨大的罗马高架渠闻名的塞戈维亚，我又进了一家中餐馆，名叫“香港酒楼”。侍者是一位戴眼镜的中年男子，点菜时面无表情，结账时面

12-13

12 托莱多的建筑
13 塞戈维亚的罗马高架渠

无表情。他的气息里仿佛累积了多年的戾气，有一种对同胞的回避，还有一种莫名的轻蔑。回到马德里，一家小超市的收银员和服务员也是中国人，同样的冷淡和无动于衷。我不得不琢磨，这死水一潭是不是在海外底层打拼的中国人的普遍表情？确凿的是：他们不开心。

从马德里乘飞机到米兰，抵达已是深夜，坐在黑黢黢的巴士里，忽然觉得冷，就请旁边的先生帮忙关一下头顶的空调。他非常认真地试过了每一个旋转头，但好像是中央空调，所以没办法。从他的认真以及温和有礼的态度看，该是个受过良好教育、有着良好职业且是理工科背景的人。Bingo！这个来自浙江绍兴的中国男子，留学德国一直读到博士，念的是飞机动力专业，毕业后留在柏林工作，当了十二年大学教师，因德国大学任职的最长年限为十二年，故现在就职于一家大公司。

越聊越热络，他说欧洲城市里他最喜欢罗马和布拉格，与我相当一致。另外，我们都不喜欢巴黎。尽管我知道写一本关于城市与电影的书，如果不提电影之都巴黎是多么不周全、多么政治不正确，但是在我培养起对她的爱意之前，请允许我先保持沉默。这位“柏林先生”对我漫长的“流浪”游既惊奇又赞叹，我说好处是自由尽兴，坏处是操心劳神，他连连说值得，所有一切都是丰富的体验和经历。不同于我在马德里、托莱多、塞戈维亚的中餐馆、超市或是威尼斯的中国商铺里遇到的那些面无表情的中国人，他已经跻身较高的社会阶层，他的语气从容和悦，没有失败者的阴郁，也没有心智受限者的麻木。我懂所谓际遇，可是，饭菜且不论，单凭欧洲餐馆里服务生的友善与开朗，我便百分之百不会再进中餐馆。

从 Thysen 美术馆出来，在街角看到好玩的一幕。欧洲街头会有很多艺术家，弹琴唱歌是一种，为人肖像是一种，将自己涂抹包装成各种人物是一种。这位先生是少见的一种，如是姿势，在空气中凝固了好久，你可知他的玄机在哪？而我以为，人生的玄机无非就在他淘气的表情和创意里。

马德里的地铁里有我见过的最多的读书的人，几乎人手一书。在旅馆免费提供的演出宣传册子里，惊喜地发现了一个活动：布考斯基诗歌朗诵会。在北京可是买一本他的书都不可能，他永远在酩酊大醉中吟出灿烂的下流诗歌：我靠着树边呕吐，可爱的棕色眼睛的小鸟对着可爱的绿色眼睛的小鸟说，他可真是被操坏了。但他也会写下这样的赤诚：我一辈子顾虑我的灵魂，我永远一手拿着酒瓶，一面注视人生的曲折、打击与黑暗，等待死之最后到来。嗨！死亡，伙计，马上来吧，很高兴见到你。同样来自底层，布考斯基没有无动于衷。

概因布努艾尔的成就在别处取得，以至于在西班牙难觅他的踪迹。但是在索菲亚艺术中心，不期而遇了他的两部超现实主义奠基作：《一条安达鲁的狗》和《黄金时代》。1930 年代，弗朗哥上台，西班牙内战爆发，法西斯党、共产党、共和政府之间的混战，打破了布努艾尔对革命的梦想，而超现实主义者膜拜的正是革命。但是那些无政府主义者一旦掌权就忘了革

14

14　马德里的街头行为艺术

命的目的，以革命之名花天酒地。布努艾尔从此与超现实主义分道扬镳。

流亡美国，流亡墨西哥，布努艾尔在这个贫穷的第二故乡一待就是三十年，拍了许多现实主义力作，比如让墨西哥人不爽的《死亡与河流》（*The River and Death*，1954）。当地男子一旦出现异见或仇恨，定要拔枪决斗，死的一方被扔进河流，活的一方逃进大山，由家眷定期送给养，归期遥遥。布努艾尔对此种“阳刚”深恶痛绝，他认为迂腐的男子气和暴力将阻挠墨西哥的发展。他是个真正的硬骨头，三十多部作品 1/3 被禁，却从不畏强权和金钱。晚年重返法国，时值巴黎五月风暴，新浪潮大导演们统统走上街头，路易·马勒还指挥布努艾尔的儿子去杀警察，唯有布努艾尔不上街，而是以《女仆日记》、《白昼美人》、《资产阶级的审慎魅力》等一系列“暧昧不明”的经典抵达了其电影成就的顶峰。七十多岁时，布努艾尔才回到故乡西班牙，拍了收山之作《欲望的隐晦目的》。

所谓暧昧不明，如《白昼美人》中那只著名的盒子——一位韩国嫖客带来的，打开后，吓得姑娘们花容失色。无数人提出这个问题：里面是什么？布努艾尔说，我也不知道。《女仆日记》（*Le Journal d'une Femme de Chambre*，1964）是他最令人困惑的一部电影，女仆为了查明奸杀小女孩的凶手就是那个法西斯分子兼车夫，假装爱上这个危险的男人——她又似乎真的爱上他，愿意嫁给他，可是她又伪造鞋印报警出卖了他……她的每一次抉择都令我们之前的推断撞了墙，因为布努艾尔的基本电影观就是：任何事情皆有基本暧昧不明之处。“我和妻子共同生活了四十年，可有时候我却感到她好像另一个人，一个女人有许多面孔”，于是诞生了最具颠覆性的《欲望的隐晦目的》，他让两个女演员饰一角，没有任何提示，没有任何说明，没有任何出场逻辑，一会儿是 A，一会儿是 B，起初你大乱，慢慢才习惯……

尽管父亲是城中数一数二的富翁，他的第一部电影即由母亲资助，但除了很讲究得喝喝马蒂尼——先把酒杯、琴酒冻进冰箱，再将琴酒洒在冰块上，摇晃杯子，再倒入苦艾酒和柠檬水——布努艾尔一辈子都是讽刺资产阶级的旗手。《白昼美人》里的贵妇去妓院做妓女，布努艾尔特意将她漂亮精致的皮鞋与底层嫖客破了洞的袜子拍成特写，像是说：看，资产阶级有多空虚无聊。他还“钻进”贵妇的脑袋，窃出她的白日梦：幻想马车载着她和丈夫驶入森林，丈夫命令仆人将她拖去 SM；当她的秘密被丈夫的朋友发现后，她幻想自己被绑在树上，看着两个男人为了她而相互残杀。影片获得威尼斯电影节大奖，趋之若鹜的观众无不是被“妓女”题材所诱惑。事实上，这是一部高难度的电影，虽然高居情色电影前列，但绝不会激起你的情欲。

布努艾尔不是丁度·巴拉斯，他片中的性之所以不会激起你的情欲，是因为那些性从来不完成，总是被耽搁，不仅性，还有晚餐、故事……《资产阶级的审慎魅力》（*Le Charme Discret de la Bourgeoisie*，1972）开始于一顿晚餐，结果要么记错了时间，要么餐馆老板突然离世，要么家宴闯进革命者，这顿晚餐终未吃成。《欲望的隐晦目的》（*Cet Obscur Objet du*

15

15 《白昼美人》中幻想 SM 的寂寞贵妇，由“法兰西玫瑰”凯瑟琳·德诺芙出演

Désir, 1977）开始于火车上一位男人讲故事，他和一个女孩相爱，每到缠绵的关键时刻，女孩就会挣脱，男人果真不理她了，她又来哀求，一旦宽衣解带，她又不让，就这么令人发疯地反反复复。为什么永远不完成？我仿佛真切地看了这一幕：西班牙天主教所规定的性的罪恶感，站在布努艾尔的性快感面前，颐指气使，指手画脚。以至对他来说，如果银幕上的吻不是基于爱，他会感到恶心。

× 活色生香的激情

继布努艾尔之后，最知名的西班牙导演当属阿莫多瓦。不过，让布努艾尔不舒服的欲望却是阿莫多瓦的超马力发动机。夸张的性、特异的爱，他的全部电影可用其中一部的片名来概括：《活色生香》（*Carne Trémula*, 1997）。色彩艳丽绚烂——无论人物的服装还是片中的家具；情节离奇热闹——同性恋、异装癖、SM、娈童，只有你想不到的，没有他拍不出的；他的火暴的电影海报，他创办的电影公司的名字“欲望无限”……阿莫多瓦的座右铭解释了这些活色生香的来历：激情是使生活具有意义的唯一

16-17-18

16-17-18　活色生香的海报

动力。

1980年代，由于政府打压粗制滥造的低成本影片，西班牙电影产量大幅下滑，加之外国电影涌入，西班牙年轻人不再看单调乏味的国产片。此时，“外省人”阿莫多瓦来到马德里，拍摄了西班牙电影史上最卖座的国产片，从此成为国宝级导演。他和另两位离经叛道的导演帕索里尼、法斯宾德有些相似，都是同性恋，都以“非正常人”来震荡正常人。法斯宾德的《雾港水手》（*Querelle*，1982），全然一个关于肌肉与鸡奸的既诗意又妖邪的童话。我喜欢的阿莫多瓦早期电影《捆着我，绑着我》（*Atame!*，1989），也讲了一个奇异故事：男孩为了让女孩爱上自己，竟然绑架了她；而在幽闭的相处中，女孩爱上了男孩，甚至发生了这样的奇趣，当男孩短暂出门时，女孩竟主动要求他把自己捆绑起来。

男主角瑞奇，三岁就失去了父母，在孤儿院、劳教所和精神病院长大。多年与世隔离的生活，使二十三岁的他依然纯真得像孩子，人生梦想老实极了：找一份稳定的工作，成个家，过上普通人的生活。瑞奇接受职业培训后，正式独立走上社会，他做的第一件事是买了装在心形盒子里的巧克力，去找他念念不忘的女孩。他曾在酒吧结识了色情演员玛利亚，两人有过一夜

19-20

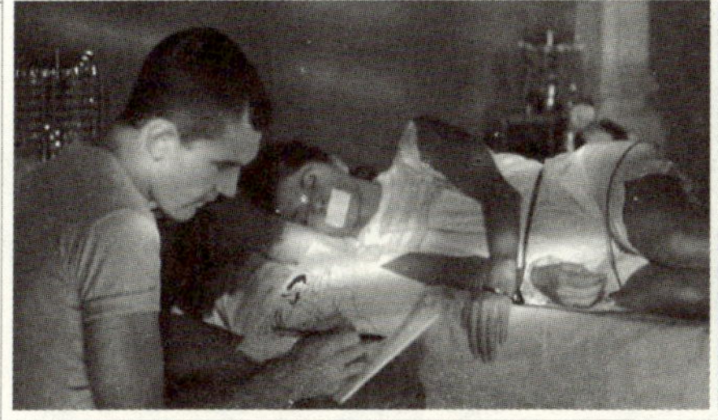

19 《捆着我，绑着我》一片捧红了男主角扮演者安东尼奥·班德拉斯，使他成为好莱坞新一代拉丁明星
20 《捆着我，绑着我》以瑰丽的方式表现奇异的爱情故事

情；此时玛利亚正在片场拍戏，早忘了一夜情的事。瑞奇不知该怎么办，他没有经验，也没有常识，不会使用鲜花或等待或甜言蜜语或欲擒故纵，他采取了简单粗暴的求爱方式——绑架。

这看似的不可理喻却充满温柔的爱意：玛利亚熟睡时，瑞奇会默默看着她，为她画像；他买来柔软的绳子和胶带，好使玛利亚舒服一些；当玛利亚的牙痛和毒瘾犯了，他带她去看医生，并冒险从毒贩手里买药，遭到毒打。玛利亚原本一直想逃跑，但看到瑞奇为了她而伤痕累累时，她爱上了这个奇怪的男孩，为他擦洗伤口，与他疯狂做爱。瑞奇对玛利亚讲述自己的人生，起点是孤儿，终点是玛利亚。“我有 5 万块钱，我愿意做你的好丈夫，你孩子的好父亲。”他决定带着玛利亚远走高飞，在此之前想回自己的出生地看看，于是去偷车。这期间玛利亚被姐姐救走，玛利亚恋恋不舍地抱着瑞奇给自己画的像。不久后，玛利亚姐妹出现在回到家乡的瑞奇面前，三人唱着歌，驶向马德里。但是这部电影并没有像瑞奇绑架到爱情一样“绑架”到认同，甚至成为女权主义者的靶子。事实上，阿莫多瓦后来拍了好几部深情的女性电影：《对她说》、《高跟鞋》、《关于我母亲的一切》。

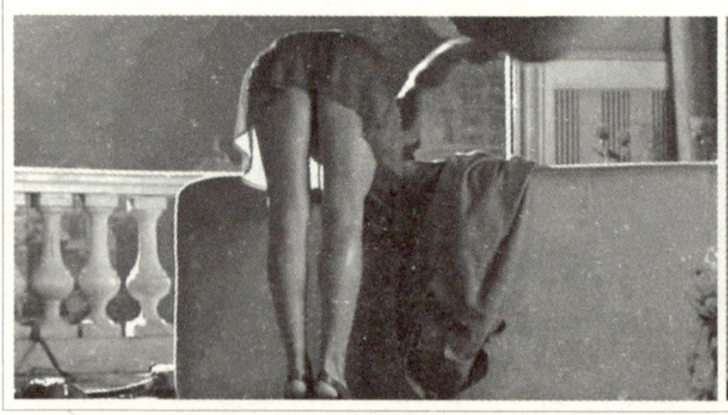

21-22

21　阿莫多瓦电影中处处可见的“性”

22　阿莫多瓦和他的缪斯佩内洛普·克鲁兹

有一首歌是：马德里，不思议。第一次来马德里，我遭遇了不思议的抢劫，也错过了不思议的弗拉门戈。第二次马德里之行，终于欣赏到原汁原味的《卡门》。人们纷纷站在Opera的海报前留影，猩红血迹下的卡门，骄傲而倔强地昂着下巴。Opera不大，观舞刚好，20欧元就可以买到第二排的座位，从没有以这样低的价格看到这么近的演出。吉卜赛女郎卡门，丰满的胸前插着一支金百合，嘴里又漫不经心叼着一支，她谁都不看，可谁都没法不看她。由于走私被捕，卡门诱惑关押她的士兵坠入情网，他为她舍弃了温柔善良的情人、被军队开除、随她成为强盗……但是很快，卡门移情斗牛士，士兵苦苦哀求，但卡门去意已决，如果斗牛士胜利就答应他的求婚。在进入斗牛场观战的时候，士兵再次哀求，卡门扔了他的戒指，却被士兵的匕首插进胸膛。

她不忠，她放荡，卡门不是好女人。尤在当时，梅里美不得不这样写道：在我的家乡，看见这样打扮的女人就要画十字。但是她的故事被歌剧、芭蕾、电影垂爱至今，几乎成了弗拉门戈最经典的剧目。继布努艾尔之后、于阿莫多瓦之前的西班牙电影导演卡洛斯·绍拉，孜孜不倦拍了弗拉门戈电影三部曲：《血婚》（*Bodas de Sangre*，1981）、《卡门》（*Carmen*，1983）、《魔恋》（*El Amor Brujo*，1986）。还有戈达尔将故事搬演到现代社会的《芳名卡门》（*Prénom Carmen*，1983），王家卫通过片名完成了小小致敬的《旺角卡门》（1987）。绍拉的《卡门》采用了戏中戏的结构，剧组排演《卡门》，玄妙的是导演选中的女演员也叫卡门——她就是卡门，导演迷上她的结局与士兵迷上卡门的结局如出一辙，最终卡门倒在导演的匕首下。为什么艺术家对卡门前赴后继？我猜，卡门的性格其实就是一种艺术家性格，想爱就爱，想不爱就不爱，一种游牧民族式的原始野性，一种令人瞠目也令人拍手称快的自我放任。毕加索曾宣称，“艺术从来没有贞操”。不讲贞操的卡门，会让艺术家像爱上那个本能的自己一样爱上她，像爱上自由一样爱上她——你永远无法把它抓在手心里。

以马德里为圆心，来到塞维利亚，在《卡门》的家乡再看一场弗拉门戈，不过是部集锦剧。这里的惯例是在某个餐馆驻站演出，票分几种：含晚餐的最贵；含酒水饮料的通常是旅行团购买；纯粹欣赏的需15欧元。因未来得及晚餐，所以现场点了西班牙的传统特色塔帕斯套餐。全场暗下来，我坐在后面，有白桌布上一支绰约的烛光相伴。吃得基本糊涂，只知一道一道没完没了。果然，家乡的功底更了得，男舞者脚与身姿的变换极度纯熟；女舞者的眉宇伴随着剧情或欣喜或痛楚或狂热或哀伤，种种都精准；歌者的悲孤调像是荒凉草原上烈日下的一棵顽木枯树；最震撼的还属年纪最大的那位女演员，眼神的凌变、手腕的旋绕、足下的踢与踏，是天大的貌美与青春都无法抗衡的，是她一出场其他皆黯淡的力道！

阿莫多瓦的激情，弗拉门戈的奔放，调和了布努艾尔的审慎魅力，使马德里变得不思议。我为弗拉门戈写过一首小诗，也送给马德里：

自远古而来的生命力
性感。她使性感比美丽更美。
她的放歌，是灰飞烟灭、千骑卷平岗。
裙裾一甩，甩出不为取悦任何人的大刀阔斧。

23

23 马约尔广场

诱惑。她是诱惑的行家。

你随时会掉入她的眼风。

然后，她朝着你，来了。

血脉里奔涌着风情。不止危险。

她需要一个对手，旗鼓相当，英雄相惜。

她是海也是月光，狂野混合着沧桑。

她能放一把火烧了你。

生命用来做什么？歌之咏之，足之蹈之。

榨干身体的汁液，去爱。

你别无选择，除了束手就擒。

Barcelona

情迷巴塞罗那

×《午夜巴塞罗那》《达利的骗局》《达利和他的情人》《神秘的毕加索》《忘情毕加索》

× 拉丁风情

让巴塞罗那出名的事情有 1992 年奥运会、高迪的建筑和一部电影——这部电影的导演是一位地道的纽约客，在带着知识分子的絮絮叨叨和神经质拍了一辈子纽约之后，晚年开始把触角伸向纽约之外，几乎成了欧陆宣传大使。结果，他的《午夜巴塞罗那》（*Vicky Christina Barcelona*，2008）使这个城市更知名。

机场大巴走了近一个小时，进入市区时，我醒了。但见广阔的街道，很大，许多老建筑，衬着灰蒙蒙的天空，第一眼并不鲜亮。所住的旅馆里穿梭着联合国式的各种肤色的年轻人，在免费上网的客厅里，大家安静礼貌地等待着自己的次序。放好行李，沐浴，更衣，出门拥抱巴塞罗那。西班牙是个热烈风情的国度，这些形容词适用于它的天气也适用于它的人。来到此地，你尽可以抛开一切拘束，凉拖是这里的主打歌，女生配吊带，男生配短裤。除了满大街的凉拖，还有满大街的蜂腰翘臀，有看头！

维也纳有个百水先生，巴塞罗那有个高迪先生，他们的建筑都颠覆常规，神似顽童。百水先生痛恨直线、热爱曲线，而高迪先生的“座右铭”，是“直线属于人类，曲线归于上帝”。疯狂的“圣家族大教堂”是世界最著名的景点之一，也是巴塞罗那的地标。它的疯狂之一在于漫长——1884 年始建，今天仍处于现在进行时，处处有钢架和绿色保护网。因为

1

1 进行中的“圣家族大教堂”

建筑费用来自捐赠，所以时断时续，有钱便开工，没钱便停工，它的设计者高迪先生曾预测两百年方可完成。不过，这样的耐心与耐力在欧洲比比皆是，意大利的米兰大教堂修了五百多年，德国的科隆大教堂修了六百多年……

某种意义上，巴塞罗那就是一座高迪公园。很多地方留有他的“指纹”，比如我们随意在市中心的西班牙广场漫步时就遇到一座高迪建筑，或者只要你眼前突然一亮，在石灰方盒子之外跳出颜色鲜艳、说不出形状之物时，就可以说遇到高迪了。

《午夜巴塞罗那》讲了一场冒险，两个刚刚大学毕业的美国女孩，一个是典型的中产阶级乖乖女，循规蹈矩，按部就班，头脑清醒，等着假期结束回去做白领，与充满前途的建筑师未婚夫结婚；另一个对人生没有规划，一切凭感觉，这个金发碧眼的性感女孩由老导演的新缪斯斯嘉丽·约翰逊（Scarlett Johansson）扮演。难道斯嘉丽天生迷茫？她接手的人物大多不知道自己想要什么，使她一炮而红的就是《迷失东京》（*Lost in Translation*，2003）里那位不知所以的小妻子。

很快，两个女孩被一位充满魅力的拉丁情人俘获了。这位放浪不羁的

2-3

:: **对照记**

2 电影里的“高迪公园”

3 我镜头里的“高迪建筑”

画家见到素昧平生的女孩们，第一句话就单刀直入："我想带你俩去参加瓦尔多，一起喝酒，做爱。"并且，"希望是我们三个。"中产女孩震惊了："这家伙疯了。"性感女孩当场同意。其实，任何人在巴塞罗那都可能邂逅这么一位情人，由于直截了当他的邀约显得有些意趣：你的生活一直缺少魅力，你的身体要给谁？中产女孩非常纠结，又想爱又有罪恶感，于是她的人生安全而乏味；性感女孩是感性的，她不在乎明天也不在乎道德，于是和画家住在了一起。

很快，一个火辣的西班牙女人破坏了暂时的甜蜜。画家前妻，也是一个画家，两人在背叛与不忠之间永无休止，深深相爱又相互伤害，想在一起又无法在一起，一场刀刃碰刀刃、烈焰对烈焰的拉丁爱情。"艺术使人变成激情的人质"，因此画家通常疯狂。中产女孩撇开未婚夫，鬼使神差来到画家的家，却被前妻的枪误伤了手。这也是柏拉图将一切诗人包括荷马赶出"理想国"的原因，柏拉图崇拜哲学但瞧不上艺术，他认为哲学将人引向真实和永恒的正道，而艺术险象环生，会把人引入歧途。

于是，多边好戏上演了。从你想象到的嫉妒吃醋，发展到你想象不到的三人性爱。但是有一天，美国人斯嘉丽宣布，她不想再过这样的生活了。

4-5

4-5 《午夜巴塞罗那》中的两个美国女孩以及带领她们冒险的西班牙画家

难得的稳定三角形重新变得摇摇欲坠，画家与前妻再一次大吵、分手。最终女孩们回到纽约，中产女孩按既定蓝图与未婚夫结了婚，性感女孩依然漫无目的。说到底，这场冒险只能如是结局：清教美国恪守着传统的家庭观与价值观，他们不能允许自己的女孩胡来，所以导演把疯狂留给了西班牙人，把克制留给了美国人。

不过在现实中，这位导演是一位温柔的“月老”，这部电影不仅为西班牙两位国宝级演员提供了初次合作的机会，还提供了初次相爱的机会，他们就是美丽风情的佩内洛普·克鲁兹（Penélope Cruz）和成熟性感的贾维尔·巴登（Javier Bardem）。佩内洛普贡献了她有史以来最好的表演，我原本对这部电影不抱期望，却意外遭遇了她骇人而罕见的爆发力，美不胜收。这位曾以“花瓶”和“狐狸精”著称的美人凭借此片咸鱼翻身，抱回了奥斯卡最佳女配角奖。

这位纽约月老就是伍迪·艾伦（Woody Allen），他说这是写给巴塞罗那的情书。在我看来，若离开巴塞罗那，这个故事几乎不好成立。伍迪的哲学思考是出了名的，如果看他早期那些让主人公直视镜头“大放厥词”的电影，常常会产生两种矛盾的想法：他是个悲观主义者，秉承了尼采、

6-7

6 片中疯狂的画家妻子
7 纽约月老伍迪·艾伦

萨特现代主义一派的“人生无意义”、“爱情也无常”之观念；但说他因此遁入虚无又不成立，有时他也让主人公志得意满，好像爱可以长久，此生值得一过。比起他的那些纽约电影，《午夜巴塞罗那》流畅，浪漫，好看得多，至于这个伍迪是悲观主义者还是乐观主义者，我已经忘记关心了。

佩内洛普·克鲁兹和贾维尔·巴登是在好莱坞发展最成功的两位西班牙演员，都揽过奥斯卡小金人。贾维尔在科恩兄弟大获全胜的电影《老无所依》（*No Country for Old Men*，2007）中扮演一个冷血杀手，随手拿着一只煤气罐模样的高压气枪，不动声色地杀人。

就像佩内洛普常常牵手自己国家的导演如阿莫多瓦，贾维尔也并非一心只在好莱坞。他主演的西班牙电影《深海长眠》（*Mar Adentro*，2004）曾获奥斯卡最佳外语片，贾维尔魅力难挡，虽说演了一位全身瘫痪的五十五岁老男人，只能靠眉目传情，但那双电眼照样征服了两个女人的心。电影取材于一个真实的故事，原型雷蒙二十六岁时因一次跳水意外而全身瘫痪，他向政府申请安乐死，三十年未果，最终由他人协助自杀。对照来看，同样取自真实故事的美国电影《死亡医生》（*You Don't Know Jack*，2010），采取的恰好是另一个视角——一个协助他人进行安乐死的医生。惯演“黑

8-9

8 《老无所依》剧照。“我不喜欢这个家伙，但喜欢这家伙背后的意义，喜欢他所代表的东西。”——贾维尔·巴登
9 《深海长眠》剧照。“世界上的任何演员都应该倒贴钱来演这一角色。”——贾维尔·巴登

帮老大”的阿尔·帕西诺（Al Pacino）出演了这位引发争议的“死亡医生”，影片不厌其烦地展现他一次次改进死亡方法而让病人更舒服更迅速地死去，为此一次次被告上法庭，以及他偏执狂般的坚持与对抗整个世界的疲惫。

两部“安乐死”电影分别产自天主教西班牙和基督教美国，对于二者，死亡皆是唯有上帝可以决定的事。所以，《索菲的抉择》（*Sophie's Choice*，1982）中深陷纳粹魔掌而不得不在两个孩子之间做出生死选择的波兰女子索菲，多年饱受灵魂折磨而最终自杀，就是因为过不了这道关，她没有权力决定哪个孩子当死（当然，影片更大的斥责是针对纳粹），因为她不是上帝。《唐山大地震》（2010）堪称中国版《索菲的抉择》，徐帆扮演的母亲也遭遇了索菲的两难之境——女儿和儿子被压在钢板下的两侧，救哪个？她选了儿子，因此也承受了一辈子的灵魂折磨。但是聪明的冯小刚或者说无神论者冯小刚，最终以时间流逝+机缘巧合+国家腾飞，大团圆式地“破解”了这道伦理难题——母女相见，一抱泯恩仇。

《午夜巴塞罗那》有趣的一点是：佩内洛普不停地说着西班牙语，而贾维尔总是打断她，请她说英语，好让美国人斯嘉丽听得懂。事实上，在美国，人口的族裔构成正在发生变化，拉美裔已压倒非洲裔黑人，跃居第一大少数族裔。随着拉丁裔越来越成功，著名学者亨廷顿在《西班牙裔的挑战》一文中，甚至拉响了警惕出现“拉丁美国”的警报。而百年来，好莱坞电影中的拉丁裔形象也是一部少数族裔的风云变幻史。

最初，身为拉丁裔的墨西哥人是作为“好莱坞第一坏蛋”存在的。好莱坞默片中有“好家伙”与“坏家伙”之斗，墨西哥人总是分配到坏蛋的角色，这源自那种污秽的墨西哥人形象，他们做着轮船装卸工的工作。但是，随着“邪恶的、迟钝的、暴力的”老套墨西哥人形象的增加，拉美国家开始抵制美国电影，以至总统恳求好莱坞：请对墨西哥人友好一点。接下来，“拉丁情人”当道了。虽然意大利的鲁道夫·瓦伦蒂诺（Rudolph Valentino）是好莱坞第一位公认的拉丁情人，但“拉美男人是感官的、浪漫的”这种观念，是由一位西班牙明星开启的。渐渐，“拉丁情人”的形象又拓展到女明星领域，丽塔·海华斯（Rita Hayworth）这位有着西班牙血统的女演员不仅改了名字，还将一头黑发染成金色，皮肤经过电解看上去更白，从而成为好莱坞一代性感女神，嫁给了美国伟大的天才导演奥森·威尔斯（Orson Welles），将“拉丁情人”的形象带到令人眩晕的高度。

随着急速增长的拉美裔市场，好莱坞制作人开始拍摄美国电影的西班牙语版本，以同样的场景，起用拉丁演员。西班牙籍电影大师布努艾尔，在“二战”期间因西班牙内战流亡美国，就曾以给好莱坞电影的西班牙语版本配音为生。后来真实生活中的拉丁英雄也被搬上银幕，虽然经常由非拉丁裔演员扮演。到了 1950 年代，拉丁裔的处境因《巨人传》（*Giant*, 1956）等电影有所改善。越来越多的拉丁裔在幕后获得成功，从导演到作

10-11

10 “拉丁情人”鲁道夫·瓦伦蒂诺

11 这是我早年在《大众电影》上看到的丽塔·海华斯

曲家，他们通过获得艺术控制权，拒绝那些黑帮电影中老套的坏人角色，并以《为人师表》（*Stand and Deliver*，1988）等影片塑造出拉丁裔新貌。到了21世纪，好莱坞出现了一股拉丁新势力，盖尔·加西亚·贝纳尔（Gael García Bernal）在表现革命偶像切·格瓦拉青年时代的电影《摩托车日记》（*Diarios de Motocicleta*，2004）里出演切，获得了国际声誉。而如今的拉丁高峰，当然非佩内洛普和贾维尔这对夫妇莫属了。

× 断臂情

巴塞罗那有两个必去的博物馆，其中之一是萨尔瓦多·达利（Salvador Dali）博物馆。

达利在马德里学画，在巴塞罗那举办了首个画展。两撇油光水滑的小胡子，就像安迪·沃霍尔的灰发与墨镜一样，是他们的个人符号。达利的标签不一而足：自大狂、变态狂、色情狂、偏执狂、金钱狂……年轻时达利与电影导演布努艾尔是挚友，还合作了《一条安达鲁的狗》。西班牙内战爆发后，布努艾尔流亡美国，好容易找到一份美术馆的工作，却被达利一句轻佻的话断送了前程。在敬爱上帝的美国，布努艾尔的无神论倾向显然“大不敬”，于是四十三岁的布努艾尔不得不流落街头，失业，还犯了坐骨神经痛。多年后达利给布努艾尔拍了封电报：速来，合作《一条安达鲁的狗》续集。布努艾尔回电：覆水难收。虽然两人的友谊宣告终结，但布努艾尔始终能客观地评价达利：他是在成名后尤其娶了加拉后才变得欲望十足，之前他并没有金钱的概念。

说到金钱，《达利的骗局》这部以真人为背景的讽喻之作，对艺术界乃至世界都是个重磅炸弹。伟大的画家被描绘成一台超级马力的造币机，达利只需穿上睡袍在空白画纸上签下自己的大名。艺术品市场的种种黑幕和现代艺术家骇人听闻的丑事都被抖搂出来，最后连达利名作是否为达利本人所画都成了问号。所有的艺术品投资人都想从达利身上捞一把，他们不惜巨资购买的达利画作却是一文不值的赝品，苏富比与佳士得这些富有威望的国际拍卖行竟充斥着大量疑窦重重的达利“真迹”。达利经纪人爆料：市面上共有679种达利签名，不，市场上有多少种达利作品就有多少种达利签名！贪婪的妻子与小达利甚至打电话向无名画家求救，付钱央其以达利早期的超现实主义风格画一些画，并且，因达利患有帕金森症而由助手代为签名，此时此刻，连签名都是假的了！最终，需要这样界定达利的作品：25%的千真万确，25%的半真半假，其余全部是假而又假。小说作者是经营达利作品十年之久的画商，也是达利晚年唯一的邻居。达利令他发财，也令他锒铛入狱。小说问世后震惊世界，好莱坞旋即买下版权，拍成电影。

事实上，艺术伪造者的故事吓住我，是更早前奥森·威尔斯拍的《赝

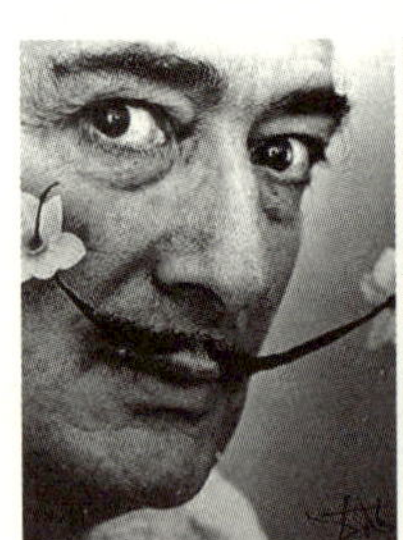

12-13

12-13 达利的胡子与“长胡子的蒙娜丽莎”应当是真的，是他最成功的标新立异

品》(*Vérités et Mensonges*，1973)。在这个纪录片与虚构情节混合的大杂烩中，毕加索的作品复制品，因毕加索签名而被当作真品。不！那些毕加索作品全部是复制品，只是一个擅长模仿的无名画家画好后加上毕加索的签名而已。不！根本就没有毕加索这个人，完全是一个平庸画家顶着一个莫须有的传奇名字与画商合谋了这件事，不仅画作是赝品，连画家本人也是赝品。

当然，我的回忆有些火暴。实际是一位无名画家，事业一直不顺，后来他模仿毕加索的赝品被当成真迹买走，还被收藏于世界多个博物馆。赝品被发现时，因他从未在作品上模仿真画家的签字，才未被当局起诉。然而在他七十岁服药自杀后，一代赝品大师的伪作竟立刻升值，还出现了仿他伪作的伪作…… 作为威尔斯的最后一部电影，秉承了他一如既往的堂·吉诃德气质，提出了一个貌似老生常谈却是异常重要的大问题：艺术是什么？由商人、画廊老板、策展人、博物馆馆长、评论家、收藏家、媒体等组成的评价体系，也就是艺术标准的确立者，真如人们想象的那样高人一等、独具慧眼、具有更可信赖的鉴赏力吗？威尔斯不留情面地指出了他们不过是个笑话或小丑——无名画家拿着自己的画作去拜见这些大人物，被斥为一文不值；

14

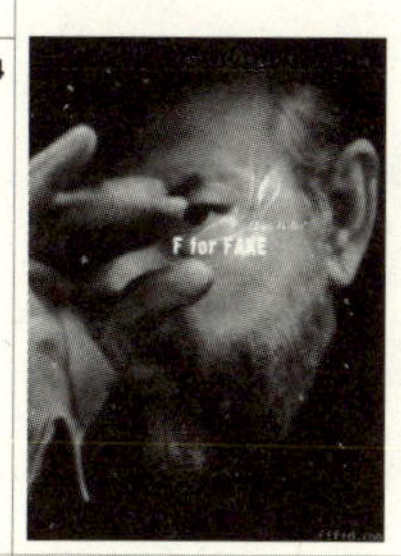

14 《赝品》海报

等他回去在画作上模仿着签下毕加索的大名，立刻被惊为天作。

现代主义之父杜尚（Marcel Duchamp）就以高雅的《泉》为题，用一个小便池给了艺术世界一记耳光。原先不被视为艺术的东西，搬到博物馆后魔术般地变身为艺术。杜尚嘴角的神秘微笑，讥讽着一直以来由权威造就的等级，凭什么说这个是艺术而那个不是，这个是好艺术而那个不好？日本导演北野武（Takeshi Kitano）亦以令人心碎的黑色幽默，通过《阿基里斯与龟》（*Achilles and the Tortoise*，2008）再次提出了这个大问题。北野武借用了古希腊著名的芝诺悖论——艺术潮流就是那只龟，画家就是那位阿基里斯，他愚蠢可笑地追随着各种流派，从印象派、立体派、野兽派到波普艺术、拼贴艺术、观念艺术，但终生没有卖出一幅画。最后他疯了，点燃草垛，置身其中，企图画下燃烧的感觉，当全身包扎得只剩一只眼睛时，仍以 20 万日元的荒谬价码卖着一只 Cocacola 的残骸纸杯。

在巴塞罗那的街道上，常常看到这样一幕：两个青年男子，手拉手，时而停下来拥吻。这里的同性恋者非常自然大方，对于我这样“没见过世面”的人，这一幕更像电影场景。《达利和他的情人》（*Little Ashes*，2009），就讲了达利与诗人洛尔迦的一段断臂情。

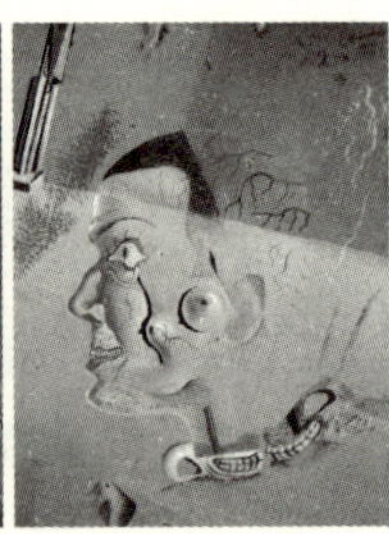

15-16-17

15 《达利和他的情人》
16 达利的作品《少许灰烬》
17 画的右下角——达利没有应爱人的情书那样加入他的名字，而是加入了爱人的脸

1920年代，马德里的大学里，奇装异服、才华初现的达利与风云人物洛尔迦和布努艾尔走到了一起，达利与洛尔迦渐渐萌发了对彼此的爱慕。后来达利随布努艾尔前往巴黎合作超现实主义电影并与加拉结婚，而政治观念激进的洛尔迦在弗朗哥上台后被杀。听到噩耗的当天，达利正在画室创作，他终于爆发了压抑已久的感情，用黑色颜料疯狂地涂抹着画布和自己的脸。这段隐秘的“情事”至今真伪莫辨，有人说一直隐藏到达利生命的最后时刻，也有人说达利至死未承认。

不过即使杜撰，影片仍有几分诗意，英文名 *Little Ashes*（少许灰烬）不像中文译名那么浅白、庸俗。“Little Ashes”来自达利一幅画作的名字，而那幅画正是达利献给洛尔迦的。在洛尔迦写给达利的情诗中就有这个“小情物”：在你画着响亮的事物和那少许灰烬时 / 请在那些画中加入我的名字。有年夏天，我惊喜地在马德里索菲亚王妃艺术中心发现了这幅“暗藏玄机”的画，把它拍了下来。

这个被达利隐秘而深情地藏在画作角落的洛尔迦，中国人可能并不熟悉。他被誉为20世纪西方最伟大的诗人之一，中国诗人顾城曾经以“纯粹”之名谈起他，“我喜欢西班牙文学，喜欢洛尔迦，喜欢他诗中的安达鲁西亚，转着风旗的村庄、月亮和沙土。”电影拍得激情唯美，尤其两人在月光里游泳亲吻的一段。同样遗憾的是：非但让一个英国演员演达利，还让一个西班牙人说英语！

关于达利的电影如雨后春笋，除了罗伯特·帕丁森在这份断臂情里扮演达利，奥斯卡影帝阿尔·帕西诺和彼得·奥图尔（Peter O'Toole）也分别在《达利和我》（*Dali and I*）与《再见达利》（*Goodbye Dali*）中等着扮演达利，

18-19-20-21

另类的强尼·德普（Johnny Depp）也盯上达利，公开征集编剧，并欲亲自出演达利。

为什么在达利去世二十年后出现了这么多关于他的电影？有人计算过，至少九部。假如达利像他青年时代的好友布努艾尔一样顽皮淘气——“死后，每隔十几年从坟墓里爬出来，出去买些报纸再静静溜回坟墓，在另一段长睡前好好读下报纸，看看世界上又发生了什么大事”，那么当他“爬”出来时，看到有这么多关于自己的电影会作何感想呢？中年以后的达利拾起了宗教题材，无论是否为了讨好西班牙天主教会，他的这幅《十字架上的圣约翰基督》都当天才之无愧，你无法判断，是基督在悲悯地俯瞰地球众生，还是天穹在悲悯地俯瞰基督。我虽不爱达利，但因了这幅画，为他点燃一支红烛。

× 斗士情

世界上有两座毕加索博物馆，一座在巴黎，一座在巴塞罗那。

毕加索生于西班牙南部，在巴黎学习了一年后，1901 年来到巴塞罗那。

18-19-20-21　扮演过达利的罗伯特·帕丁森、阿尔·帕西诺、彼得·奥图尔、强尼·德普

他当时住过的寓所后来被改造为毕加索博物馆，坐落在一条窄巷里，不很好找，外观也不起眼，但其中的收藏却是鲜见，以毕加索少年时及早期作品为主。每月的第一个周日门票免费，我去的时候恰逢这一天，游客如织。

杯子、钥匙链、明信片、海报、背包……毕加索的画几乎印在一切可能的东西上，我买了一套邮票、三张大幅复制品，小心卷好，一路背回北京。2010 年伦敦佳士得拍卖行以 1.06 亿美元拍出毕加索的画作《裸体、绿叶和半身像》，刷新世界艺术品拍卖纪录。若是奥森·威尔斯看到这则新闻，会不会露出一丝冷笑，喃喃自语道：又是一群傻瓜？

不过，关于毕加索的电影没有达利多，可能因为达利更像个炒作大王，而毕加索把全部生命都泼洒在画布上。导演乔治·克鲁佐征得了毕加索同意，进入他的画室拍摄了纪录片《神秘的毕加索》（*The Mystery of Picasso*，1956），解密了他的作画过程。当时正值西班牙的酷热盛夏，外加摄影灯光的烤照，七十多岁的毕加索光着膀子、穿着短裤，所执仿佛上帝之手，画笔即兴游走。此次创作的十五幅作品事后全部销毁，因此影片成为异常珍贵的“孤本”。

解密毕加索，绝少不了爱情。《忘情毕加索》（*Surviving Picasso*，

22-23

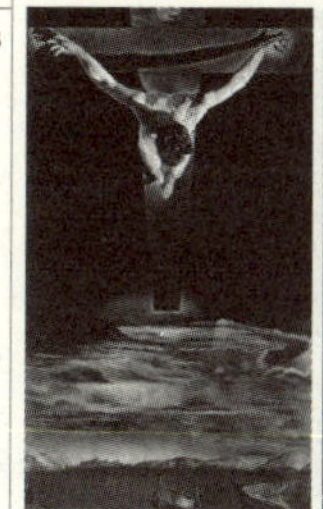

22　达利作品：《十字架上的圣约翰基督》
23　毕加索作品：《裸体、绿叶和半身像》

1996）是市面上仅存但分量足够的一部毕加索传记电影，安东尼·霍普金斯（Anthony Hopkins）演过尼克松，此次又演毕加索，但他的外形总让我产生间离感，并且巴勃罗的雄性与强悍，霍普金斯多少弱了些。美丽而神经质的朱利安·摩尔（Julianne Moore）扮演毕加索的其中一个情人多拉，她的快乐被一位新鲜娇嫩的画家法兰西丝终结。六十岁的毕加索征服了二十岁的法兰西丝，但法兰西丝未能终结毕加索的风流，他又迷上一位俄罗斯芭蕾舞演员，不知是被她的舞姿还是被她与共产主义的关系所迷。毕加索不会为任何一个女人停留，即使法兰西丝的离去令他哭倒在墙角。他曾把法兰西丝带到教堂，让她对着上帝发誓，只爱毕加索，永远爱毕加索，但法兰西丝从未得到他对等的誓言。有两个情人要求毕加索选择一个，毕加索让她们自己选，转身继续作画，任由两个女人扭打在一起。他精力充沛，讨人欢心，吮吸着女人的肉体与情爱精华，再像一头公牛一样画出卓绝的自己。

毕加索的女人们都在被他抛弃后凋零了，一个疯了两个自杀。美貌的多拉说过绝望的话：没有毕加索，我什么也不是；After Picasso，only god。一个与毕加索有过私生子的情人，三十年来靠给他写信活着，为他

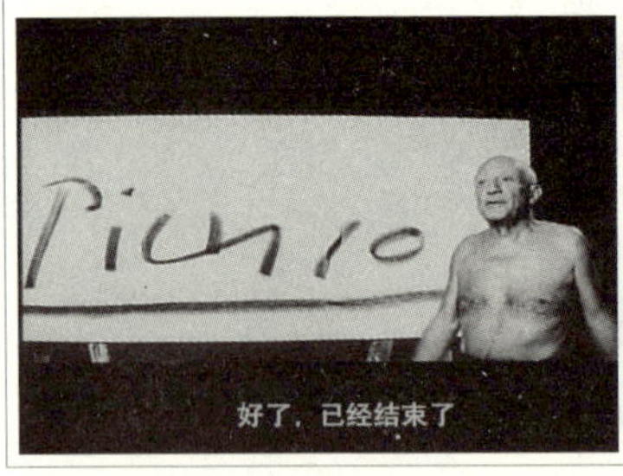

24-25

24 《神秘的毕加索》剧照
25 《忘情毕加索》中，毕加索任由女人们疯狂

剪指甲，并把他的指甲和头发珍藏起来，当毕加索辞世，她再也活不下去。她们与“罗丹的情人”无异，都被伟大艺术家吸食了血液变成了僵尸。唯有法兰西丝，挣脱了“离开毕加索，女人什么都不是”的定律，同居十年后带着两个孩子远走巴黎，再次回来时，头发剪短，容光焕发地出现在毕加索观战的斗牛场上，她强大到做了自己。所以这是一个毕加索的情人们的故事，更是一个新女性的故事。

女人是毕加索的缪斯也是承受他给予的痛苦的奴隶，仅仅是女人吗？关于这一点，可以参看被誉为“迄今为止最权威的一本毕加索传记”、玛丽娜·毕加索的回忆录《我的爷爷毕加索》。在沉默整整三十年后，她拾起笔，写下了西班牙最著名的一只公牛。小时候，每周父亲都要低三下四地领着她和哥哥去爷爷的庄园拿生活费，在小女孩眼里那是个阴森恐怖的古堡。“太阳还在睡觉”，“老爷现在不想见你们”，传旨的人是毕加索的新情妇。玛丽娜的父亲梦想做一个赛车手，但被“太阳”镇压了，留下来给他买颜料和画布。玛丽娜曾像父亲年轻时那样反抗过，要学医，也被镇压了。玛丽娜还有一个患妄想症的母亲，妄想自己是“毕加索的女人”，她永远和不三不四的年轻男人混在一起，家里永远堆着酒瓶和垃圾。

26-27

26-27 这两幅毕加索的作品均为“孤本”

在毕加索的画布上，有他的情妇，有他的狗，哪怕一片树叶，就是没有唯一的孙女。她宁愿自己的爷爷是一个破烂流浪汉，只要他肯慈爱地跟她说说话。玛丽娜最痛苦的记忆发生在斗牛场，西班牙最出色的斗牛士将一只流血的公牛耳朵作为战利品献给了毕加索，毕加索眼里的狂热与兽性吓坏了她。有年夏天，我在塞维利亚花 35 欧元观看了一场斗牛，平生第一次。晚上 10 点，斗牛场上的黄沙在灯光和靛蓝天色之下，散发出一种异样的温柔感。但观看斗牛一点也不温柔，那是一种令人心情复杂的运动。红布呼啦啦甩起来，斗牛士轻易就把长矛刺进牛背、短枪插进牛身，有一只牛痛苦地倒下，流了很多血，全场起立挥舞手里的白手帕发出抗议的嘘声。但牛的强悍与危险系数逐渐递增，越来越紧张，越来越刺激，忽然马背上的斗牛士被牛角刺伤了腿，在牛背上插短枪的斗士由于跑动方向不对而被牛踩在脚下。我曾心疼流血的牛，此时心疼和同情又给了斗牛士……我们所住旅馆的接待员是个肯尼亚人，他的观点很有意思，说西班牙语是一种 Angry Language，他不喜欢。他在塞维利亚已经很久但从未看过斗牛，也许因为这是一种 Angry Sport。这场毕生难忘的观战之后，我大体能够想象玛丽娜的惊恐了。

毕加索的光照不可言说，在他走后，不仅情妇饮弹自尽，孙子也自杀，儿子两年后去世。玛丽娜继承了毕加索亿万遗产的相当部分，但是什么也没能挽回。在经历了十几年的心理治疗后动手写这本书时，笔下依然没有一丝阳光和温暖。玛丽娜用那笔遗产在越南胡志明市建了一个“少年村”，救济残疾儿童。如果说戴安娜的行善像一个大明星，特蕾莎嬷嬷的行善像一个英雄，那么玛丽娜的行善应该是最卑微的，是对自己的一份救赎，为了补偿童年的饥渴。读罢这本回忆录，我竟然生出两个古怪的念头：一个要说给玛丽娜，“宽容一些吧，他是天才，天才是不能用庸常去毁灭的，否则太可惜。”一个要说给自己，“你很幸运。”考大学时，可能由于考前综合症，我突然变得焦虑，考不上怎么办？眼泪掉进蛋羹里，谁都安慰不了。突然，姥爷的一句话把我逗笑了：“不用怕，考不上姥爷养你，你就在姥爷的阁楼上写小说，写成琼瑶！”

不知缘何，我喜欢的几个人都来自西班牙：画家毕加索、电影大师布努艾尔、网球明星纳达尔（Rafael Nadal Parera），粉丝喜欢叫他“纳豆”。纳达尔是红土王没得说，但对于网球选手，不同场地间的切换是大挑战，纳达尔在二十二岁时终于同时征服了硬地和草地，并于2008年北京奥运会“攫取”了费德勒梦寐以求的荣耀。彼时的媒体不吝词汇，用“新王朝开启”来形容纳达尔的夺冠。

纳达尔十八岁的时候，还不具备今天的成熟与稳定，但他小豹子式的球风与天才般的纯粹非常吸引我。他不完美，打球有点一根筋，输赢在其次，按自己的性情打球才最重要，惹得爱才心切的解说员常常扼腕叹息。但是完美那么重要吗？一个球手如同一个男人，他需要的不是完美而是魅力。我看好他的潜质与品质，拥有这些，他横扫大满贯只是时间早晚而已。

纳达尔用了三年时间成长，他的心智与球风成熟得不属于二十二岁。强力的旋转球，一方面给对手造成极大压力，一方面也使球的落点非常安全，许多看似不可能的球都稳稳落在界内或边线上。在与冈萨雷斯的奥运金牌争夺战中，有一个有趣的小插曲，他击出的一个球被主审与线审同时喊了出界，但他无畏地用鹰眼挑战，居然挑战成功！纳达尔体能超人，贯穿全场的快速跑动能力、把每一分都当赛点来打的拼劲，让人感动。冈萨雷斯在抢七后士气明显低落，非常被动，若是换了纳达尔，他一定会不动声色地拼，即使胜利遥遥无期。虽然进攻性、爆发力包括球场上小豹子式的喘气和呐喊都使他貌似冲动，其实他一点也不，输了不沮丧，赢了不忘形，难能可贵的镇定。所以，即使输了，他也永远是我心中的英雄。

在夺金的一瞬，他会扔了球拍像孩子一样四仰八叉躺在地上，释放出极度的喜悦。当他挥手致意并把护腕扔向观众席，又复归平静，一个沉着的斗牛士——多么奇妙的组合。纳达尔的可爱还包括他的质朴，坐巴士，住奥运村，与大家打成一片，他说这样的生活才真实。因了所有这些，他如今成为继阿加西之后，唯一一个夺得大满贯和奥运冠军的金满贯选手。

狂野属于西班牙小子。巴塞罗那的海很有名，虽然海滩不及三亚，但气氛顶级。逢着一年一度的夏季音乐节，海边三三两两是演出的乐队，一律免费，或站或坐随便你。而看到的，绝对不羁。在欧洲，时时冲击我的，是人们身体里那个真实的自我被无所保留地激越出来，天使也好，魔鬼也罢。

巴塞罗那的海，傍晚时分最美。海边泊着密密一片白色游艇，夕阳打在上面，漂亮极了。下海的人不多，坐在沙滩上唱歌、游戏、发呆的人不

28-29

Barcelona

28-29 巴塞罗那海边的摇滚音乐家

30

少。海边是商家不会错过的好位置，露天的餐馆、酒吧，多得难以选择。我在市区尝过一顿美味海鲜饭，类似西班牙的“国饭”——就像来北京要吃烤鸭，去意大利要尝披萨。一大份足够两人吃，有虾、鱿鱼、各种贝类等，米稍硬，有嚼头。可能因为量太大、太结实，吃过一次并不那么再想吃第二次了。

在海边散步时，一直犹豫晚餐吃什么。但是，一间餐厅前招揽顾客的侍者终结了我的犹豫。这位先生并非巧舌如簧，他只是专注地看着你的眼睛，根据你和同伴的人数、口味、样子，推荐一个合适的菜单，然后诚恳地说，“请”。于是你就进来了，仿佛掉头走开实在辜负了他的心意，多有不忍。在这个越来越狡猾越来越聪明的时代，人们已经羞于诚恳了，而这位巴塞罗那先生是最好的斗牛士，他的武器是诚恳。

最美丽的伤心之城，德累斯顿

×《轰炸德累斯顿》

× 小佛罗伦萨

有一年夏天，在中国美术馆的德意志画展上，我第一次见到这个名字：德累斯顿。作为西方美术史上桥社成员钟爱的写生地，它的风景美得要紧，秘密更在想象之外。

作为曾经的中欧小王国，德里斯顿素有“小瑞士”、“小佛罗伦萨”之称。“二战”中被夷为平地，2005年完成重建，如今是德国最美的城市，也是新的时尚旅行地。珍珠虽小，光芒却大，与宽阔多元的柏林、优雅现代的法兰克福大异其趣。它是一个整体的巴洛克，巴洛克建筑、艺术宝藏、缓缓流过城中的易北河、历劫重生的传奇，共同形成一种氛围：旖旎，精致，又有一点沧桑和忧伤。

茨温格王宫的一部分做了古代大师画廊，收藏有15～18世纪意大利、法国、荷兰、德国等大师的名作。文艺复兴三巨匠之一拉斐尔的《西斯廷

1-2

:: **对照记**

1 画布上的德累斯顿

2 我镜头里的德累斯顿·皇宫外景

圣母》（*The Sistine Madonna*），被公爵请上了王宫的第一宝座。稳定的三角构图，圣母圣子的甜美，这幅画作在18世纪被人用相当于七十公斤黄金的价格从西斯廷教堂买走，送给了德累斯顿美术馆。

就像毕加索喜欢把他的情人们画上画布一样，拉斐尔也把他的至爱选作《西斯廷圣母》的模特，从而使这位面包师的女儿流芳百世。在拉斐尔的诸多圣母画作中，这幅最受欢迎，当人们想赞叹某个女人的美时，会这样说，“像拉斐尔的圣母一样”。画作最下方的两个可爱小天使，是经典的细部，我几乎在每个欧洲城市都能看到他们被印在印刷品上。据说，两个小孩是拉斐尔某天在面包房前看到的，他们曲肘的天真样子，被他敏锐地加在了画布上。

就像米开朗琪罗一样，拉斐尔受教皇之召来到罗马，为圣彼得大教堂作装饰。未来的“圣母”的模特，那位面包师的女儿，正与父亲住在罗马。美丽的少女经常出现在旁边的小花园里，花园的围墙不高，年轻的艺术家们常爬上去偷看她。据说拉斐尔第一次见到她时，她正在一个小喷泉下洗脚，拉斐尔当即为伊倾倒。两人热恋了，爱情的结晶就是拉斐尔的这幅巅峰之作。

然而在当时，拉斐尔被很多罗马贵族选为乘龙快婿，但是为了心上人，

3-4

3 拉斐尔的著名作品：《西斯廷圣母》

4 欧洲最 populor 的两个小天使，就在《西斯廷圣母》的最下方

5-6

他再三推迟与红衣主教的侄女的婚礼，好像还把女孩气得心脏病发作……拉斐尔将心上人安置在工作间附近的一所宅子里，多年后这所宅子挂上了一块牌子："拉斐尔万分钟爱的人曾居住于此。"——就像我在意大利的维罗纳，与如织的游客们挤进一个小门，全世界憧憬爱情、还愿爱情、朝圣爱情、祈祷爱情的人都来了，门口的牌子上写着类似的字，"莎士比亚《罗密欧与朱丽叶》之朱丽叶原型曾居住于此"。

巨大的镶金画框、罕见的画作、考究的陈设、中古的氛围，都与我去过的其他博物馆卓然不同。恨时间有限，不然，坐在厚厚软软的皮沙发上，静静地与历史相对。茨温格王宫对面的军械库，亦是令人大开眼界。一千多件枪支、盔甲、马匹，极尽琳琅与奢华。一只展柜里，手枪柄部的造型极其讲究，白玉的、金钢的人头和马头，雕刻得非常精美，我这个非兵器爱好者竟也舍不得离开。皇家马德里的兵器库都比不上德累斯顿——虽然它有三米长的枪，可惜美术馆与军械库都需要一张 Special Ticket 方可拍照。

出了王宫，红花绿草，蓝天白云，纯净得像个童话，我索性躺在长椅上，拍下傍晚时分的德累斯顿的天空。很快乌云压来，一阵急雨骤下，只好走到开阔的布吕尔平台，天空很快又放晴。骤雨初歇的易北河，头上

5-6 雨前雨后、正反两向的布吕尔平台

7-8

挂着彩虹，夕阳投在教堂、雕塑、露天咖啡馆以及远处拉小提琴的街头艺术家、轮船上，一幅优美的全景图，色度饱满，调子柔和，彻底远离了常规生活，覆盖了熟悉世界，灵魂仿佛突然降落在16世纪，德累斯顿是我的一场梦。

我们吃晚餐的地方是德累斯顿最热闹的街巷，不远处有座教堂。那天恰逢周日，一群喝得有些酩酊的球迷晃晃悠悠走来，欢呼着，一定是他们支持的球队打了胜仗，有一个家伙忽然趔趄了，滑进我们身边的桌下，把我们和隔壁用餐的一家人吓了一跳。

坐在Information前的台阶上休息——这一遍布欧洲的服务设计很人性化，当游客来到一个陌生城市，所需的住宿餐饮观光的任何信息，都可以在大大的标志“I”下予取予求。虽然欧洲人生活中都穿得休闲，怎么舒服怎么来，然而一旦置身于艺术或仪式的场合，立刻讲究起来。我眼前陆续有盛装男女走过，刚刚从森帕歌剧院听了音乐会出来的人们，高跟鞋、袒胸礼服、披肩、黑西装、黑领结……一丝不苟。我倒是以为，急急忙忙的现代人不妨更多地投入到仪式感当中，培养一种专注的生活态度，一分一秒都过得不潦草、不马虎。你付出专注，老天就会奖励愉悦；品质带来

7-8　静静的易北河从德累斯顿城中穿过，左岸是老城，右岸是新城

的愉悦是可以久久回味的。

在德累斯顿第一次住青年旅馆，四人一间。从慕尼黑来的女孩很健谈，来参加一个朋友的生日 Party。另一位室友半夜才现身，蹑手蹑脚上了床，一片漆黑中，看得出是一个高高的年轻男孩的身影，这也是我第一次与陌生男性同居一室。待第二天早晨起床时，他还在呼呼大睡，所以连照面都不曾打过。忍不住乘车再次来到古城，拍下清晨的德累斯顿，坐车返回旅馆时，又遭遇了一个“第一次”：被查票。我买的是前一天的日票，有效时限到第二天的 10：04，查票先生抬起手腕看了看表，然后说，It's OK。待我下车后赶紧看时间，10：04，运气还不赖。

德国的公交系统非常发达，票制也全，次票、天票、周票，以适应不同的乘车需求。不检票只查票，不像在北京上地铁或公交车时要先刷卡。理论上讲，会有人侥幸钻空子逃票，但逃票的人在现实中很少，因为会被罚得很惨。我在柏林搭乘地铁无数，从未被查过票，德累斯顿的查票经历是唯一一次，不过可丁可卯，说来也悬。

像大部分历史悠久的欧洲城市一样，德累斯顿的老城皆为石板路，最适合步行游览。有轨电车的轨道铺在道路中央，空中交织着电缆。假如你想忘记凡尘几天，德累斯顿是个好选择。在这颗小珍珠里做一场梦，醒来，继续前行。

× 学会哭泣，学会和解

希特勒发起了世界大战，也将自己的国家变成废墟。德累斯顿就像一颗传奇珍珠，镶嵌在我们不熟知的伤痕角落里。它是“二战”中破坏最严重的城市之一，被战火彻底摧毁。重建时，却连教堂的墙壁都要原样熏黑，要的是昔日的原样。这样的执念，若化作人，一定有一颗情意充沛的念旧之心。

1945 年，德军在西面的攻势失败，苏联在东面的决战开始。英美空军控制了德国上空，此时纳粹兵败已成定局，但苏联要求英国协助，决定轰炸德国易北河东岸城市。德累斯顿的建筑物稠密、街道狭窄，因而最易夹击。如是，英军都不知道的德累斯顿，在这一年的情人节夜晚，“中了头彩”。英美轰炸机兵分两拨，每拨三个小时，两千架轰炸机投下三千多吨炸弹，整个德累斯顿被巄为粉末，破坏程度仅次于受原子弹袭击的广岛。

电影《轰炸德累斯顿》（*Dresden*，2006）就是献给这座城市的记忆史诗。影片以一个医院院长之家和英军飞行师为线索，展现了轰炸的前前后后。在大轰炸之前，英军飞行师罗拔驾驶的飞机不慎坠落，受伤的他躲在医院里，与院长的女儿安娜护士相遇，安娜藏起并保护了他。安娜的父亲与纳粹达成了交易，用稀缺的吗啡换取在瑞士的住宅，打算全家逃走。院

9-10

:: **对照记**

9 电影里的德累斯顿

10 我镜头里的德累斯顿

长的交易被飞行师发现，飞行师的藏匿也被院长发现，他想在女儿离开后把飞行师交给德军，而女儿的未婚夫说，那样的话，他将会被处死。

这也是一个忧伤的禁忌爱情故事，因为他们是“敌人”。美丽可爱的护士安娜已经有了未婚夫，但是在无法预知的绝境中，她对英俊沉默的罗拔萌生了爱意。事实上，飞行师也是“自己人”，他的母亲是德国人，“一战”时，就在德国投降前夕，母亲定居了伦敦。院长一家的逃亡未果，与市民们一起钻进防空洞。躲在防空洞里会窒息而死，但走出防空洞又会被英军的计时炸弹炸烂，人们只有念着《圣经》祈祷。安娜不顾一切冒着炮火回来寻找罗拔，奄奄一息的两人依偎在一起，点燃唯一的火柴；很快，光亮熄灭，无尽的黑暗降临……黎明时分，凭着从缝隙透进来的空气，两人活了下来，罗拔返回英国。战后数月，他驾飞机前往德累斯顿迎接女儿的诞生却不幸坠毁，从此失踪。

德累斯顿原属东德，1990年两德统一之后，德累斯顿利用西德的资金，几乎使所有的老建筑得以“重现”。六十年后，德累斯顿神圣的石像，在这座曾是中欧最美丽也是最伤心的城市重新落成。听一听落成当天德累斯顿的心声：1945年2月发生的事情，是很难去理解的，但每一个幸存的人都有责任去创新，重建是和解的象征、希望的象征。安娜的好友曾说，“俄军是野兽，他们说会炸毁我们的城市，看，谁是恐怖主义？”而在订婚宴会上，德国的安娜与英国的罗拔跳舞时也有过这样一段对话——“轰炸妇孺的感觉怎样？”“你应该问希特勒，是谁先开始轰炸的。”在讲述“二战”时布达佩斯犹太人故事的《命运无常》里，经过美军的营救，集中营的幸存者返回家乡布达佩斯时途经德累斯顿，望着被轰炸后的废墟，一个匈牙利人“幸灾乐祸”地说：“看看德累斯顿，德国最富裕的城市之一，这优越民族活该如此，那是咎由自取、罪有应得。”是的，这些匈牙利人刚刚经过纳粹的非人折磨活着出来……可是，如果仇恨无止境，战争将无止境，伤痛将无止境。

所以《轰炸德累斯顿》末尾的纪实镜头与旁白，是经历过极端的心灵伤痛才能获得的平和与高度。不要以为这轻易做得到——我想起电影《黑皮书》（*Zwartboek*，2006）讲述的故事：年轻貌美的犹太女歌手蕾切尔，在全家遇难后化身间谍，与纳粹军官相恋以套取情报。当战争结束，看看胜利的荷兰人是怎么对待曾经冒死保护犹太人的蕾切尔的：他们将与纳粹有染的她押上街头，在众目睽睽之下逼她脱光衣服，往她身上泼大粪。蕾切尔在遍失尊严的羞辱中双手紧抱着身体，那姿势尽述着惊恐与茫然："我从没想到过，我居然会害怕解放。"

和解不易。当纳尔逊·曼德拉结束了三十年铁窗生涯走出监狱大门时，他对自己说，"如果我没有放下这一切，那么我就还没有走出这扇门。"所以全世界政要名流来参加他的总统就职典礼时，他特意请来了当年看守他的白人狱警，并当着全世界的面，向他们鞠躬。希拉里·克林顿，当年遭遇了令她在全世界面前蒙羞的"莱温斯基事件"后，她最大的精神支柱就是曼德拉，一遍遍读他的自传后，最终选择了和解，使"第一家庭"幸福至今，也使自己登上了美国国务卿的座椅。

美国有位以黑色幽默见长的作家，那本《没有国家的人》(*A Man without a Country*，2005)的封面，就是他用戏谑手法作的自画像——卷发、胡须、签名，一切都乱糟糟。不过，他的黑色幽默更像黑色之后的幽默。身为一个美籍德裔，他在"二战"时很尴尬，如何做出于情于理的选

12-13

12 1945年，罗拔看到的废墟
13 2005年，安娜看到的新生

择？他参加了美国军队赴欧洲战场作战，后被德军俘虏，关押在德累斯顿。德累斯顿大轰炸的那个夜晚，他正好待在一个屠宰场的地窖里，眼睁睁看着仇恨把世界毁灭到怎样的地步。

他就是库尔特·冯内古特（Kurt Vonnegut）。时隔二十多年，冯内古特才提笔写作那个被他称之为“屠杀”的夜晚：“它是欧洲历史上规模最大的一场屠杀。我当然知道还有奥斯维辛集中营，但屠杀是突然发生的事情，在很短的时间把所有人都杀死。整个城市被毁灭，这是英国人的暴行。什么是地狱？我见过那东西，我就是从地狱里出来的。我见过这个城市先前的模样，又看到了它被轰炸后的样子，其中的一个反应必定是笑。上帝知道，这是灵魂在寻找宽慰。有人雇我写一本关于德累斯顿的书。为什么我过了二十三年才写德累斯顿的经历？我想是越南战争让我和其他作家获得了解放，因为它把我们的领袖和动机凸显得如此肮脏，并且十足的愚蠢。我们终于能够谈论一些邪恶的事情，这些事情是我们对天底下所能想象的最邪恶的人——纳粹做过的。真相很有说服力，只是你不希望看到而已。”

诺贝尔文学奖得主豪普特曼曾说：“忘记如何哭泣的人，在德累斯顿沦陷后终于学会了哭。”电影《轰炸德累斯顿》应当送给所有的时代、所有的人类，在任何战争中，最终的受难者都是无辜的人。在影片结尾，德累斯顿的人民选择了和解，而身份更为复杂的冯内古特，选择了一个乍看有些科幻感的角度——一个没有国家的外星人，站在外部星球看地球。这是他与世界、与历史达成和解的某种方式，还是对世界、对历史所表达的某种永恒的反抗与警示？

Frankfurt

法兰克福：星巴克 + 歌德

×《少年维特的烦恼》《浮士德》

× 摩天楼与星巴克

从世界各地来到德国的游客，十有八九在法兰克福转机——那是我看到欧洲的第一眼：阳光清新，天空湛蓝，风清凉。我坐在露天 Bar 里喝着咖啡，整整一夜的长途飞行留下的疲惫，一下子被那份宁静洗涤了。北京永远是嘈杂的，地铁、餐馆、咖啡厅，概莫能外。也许我的耳朵和神经被培养了某种惯性，一时间面对法兰克福的安静，竟有点“措手不及”。我光脚穿着人字拖，暂时从秩序中脱离，变成一个没有姓名、没有身份、没有来历、没有目的、没有禁忌的人。

从法兰克福搭乘火车去柏林，仍是静，非常静。窗外是绿色的田园风光，车内的人衣着整齐，有的戴着耳机听音乐，有的在看书和报纸。我心里竟漾起一丝战栗，不知是因为新奇，还是因为美好。可能周末的缘故，中途到站时，站台上等着一个个小家庭，妈妈推着小宝宝的童车，爸爸背着大背包，身边还有一两个大一些的孩子。德国男人虽然不如意大利男人性感、不如西班牙男人狂野，但自有一种高大和沉稳吸引人。我兀自不怀好意地替他们惋惜，身边那一位太胖了，是的，德国女孩多是这个样子……还有一些漂亮的少年，三五结伴出游，戴着墨镜，衣着时髦。

法兰克福依偎着美因河，美因茨依偎着莱茵河。法兰克福最多见的是摩天大厦与星巴克，这证明了它是一座现代都市。法兰克福拥有欧洲最多

1-2

的摩天大厦，欧洲最高的十座建筑中有八座在此——拥有四百多家银行的世界金融中心、“美因河畔的曼哈顿”应该是这样一幅光景。法兰克福证券交易所，与纽约、伦敦、东京证券交易所并为世界四大，坐落在一座古典建筑里，巴洛克的感性雕塑与金融的数字理性组合在一起，别有一种趣味。门前两只大铜像，一熊一牛：熊垂头丧气耷拉着脑袋，牛犄角朝天气势冲冲，用最直白的方式比喻着股市行情。我踮起脚尖摸着牛角拍了一张照片，沾点儿牛气。

几乎十米内就会看到两家星巴克，我想到的理由是：他们忙于金融，没时间煮咖啡，于是美式快餐乘虚而入。历史上，法兰克福担任过边境要塞，“二战”中也曾被夷为废墟。如今它已是发展成熟的现代国际都市，不过在有序而优裕的表象之下，法兰克福居然还是德国毒品中心以及名列前茅的危险城市。我住在离火车站很近的一家旅馆，穿过恺撒大街去市中心，第一个路口的街巷闪烁着巨幅的霓虹广告牌，上面的比基尼男女搔首弄姿，妖冶而色情。原来，我住的地方是法兰克福的红灯区……

但是美因河的夜晚，是与一切不良无关的。河边建了干净的堤道，年轻人骑着单车，累了把车往河边草地一倒，铺一张布，躺着，坐着，趴着，

1 法兰克福证券交易所

2 交易所内部。它有自己的开放日，我来的当天不开放，但被允许拍了一张照片

聊天，喝酒，唱歌，河边星星点点布满了这样的悠游。我光脚坐在长椅上，抱着膝，看微风拨弄水面的光影，看远处的嘉年华大转轮，看摩天大厦，看苍穹星河，看身边三三两两吮吸着夜的光华的人们。这里是歌德的故乡，这条河可曾给过歌德以情思和梦魅？他一定是氤氲了美因河的迷人芬芳后，才生出少年维特的许多烦恼吧。

近年来，国际声势日盛的“法兰克福书展”开始注重书籍与电影的联姻，书展上随处可见大幅电影海报，好莱坞20世纪福克斯公司也来助兴，建了一个书展电影院，从早到晚不间断地播放着各种电影。还有一个关于电影的专门性书展，引进了电影版权的交易，在图书业和电影业之间搭起了一个国际交流的好平台。

× 歌德的浮士德

法兰克福最著名的人物就是歌德了，他的故居成为重要的观光景点之一。歌德出生在法兰克福一个富裕家庭，学过法律，年轻时梦想成为画家，但看到意大利著名画家的作品时，他没有像庸才乐师嫉妒莫扎特那样，而是颇有自知之明地打了退堂鼓。他曾应聘到魏玛共和国做官，却一事无成，后来终于在文学上闯出了名堂，以《少年维特的烦恼》一举成名，维特就是歌德，出生在富裕的中产家庭，靠父亲遗产过活。整部小说就是一个文艺青年的多愁善感：在美丽的乡村爱上了一个女孩，不幸女孩已经订婚，他烦恼；回城做了公务员，官僚体制和人情冷漠又为他添了新烦恼；再次回到乡村，心爱的女孩已经嫁人，他的烦恼更深了，向她诀别后，他用枪结束了自己的生命。不过，电影《少年维特的烦恼》（*Jeune Werther, Le*，1993）倒没有把维特拍得这么多愁善感，虽然是部平庸之作，但拍出了维特的真性情。他竭力为一个雇工辩护，因雇工将真挚纯洁的爱情视为最重要的事，而雇工爱的女人为了钱和地位移情别恋，所以在“更高的层次上”，杀了情敌的雇工是无辜的。这“更高的层次”听上去极可爱，亦使维特在当时的陈腐社会里格格不入。

我一直很纳闷，这么一个简单的故事，颇有点“少年不识愁滋味，为赋新词强说愁”，何以获得那么高的声誉？连歌德自己也没有料到这本自传体小说会这么火。现在看来，任何一种成功都是因时因地的，它的法语译本被拿破仑读了七遍；歌德也曾与拿破仑碰面，或许他们对自由的意志是相通的。而歌德借维特之口所说的话也许点醒了彼时的务实之风，“我不过是个漂泊者，是个在地球上来去匆匆的过客！难道你们就不是吗？”

相较之下，我更喜欢《浮士德》。“浮士德”原是德国的一个民间传说，后来成为很多作家的创作素材，其中最重要的版本就是歌德创作了六十年的诗剧。老浮士德花了一生时间，深居象牙塔里研究学问，但是对人生的体验太少太浅，于是他很懊丧，仿佛人生还没开始就要结束。适逢魔鬼与上帝打赌：魔鬼认为人类的欲望必将使其堕落，而上帝认为人类最终能够克制欲望，抵达真理。于是魔鬼下到人间诱惑浮士德，与之订立契约，带他重新开始人生，条件是：一旦浮士德感到了满足，灵魂就归魔鬼所有。浮士德是继堂·吉诃德和哈姆雷特之后，西方精神的第三个典型意象。事实上，我们每个人都有一个“浮士德难题”，在追寻人生的意义时无法逃避欲望与理性的两难，但不同于空斩风车的堂·吉诃德和两难于存在与不存在的哈姆雷特，歌德的浮士德不再是悲剧人物，他凭借理性和意志驾驭了欲望，最终抵达了人类的至高境界。

德国表现主义大师 F.W. 茂瑙拍摄的黑白默片《浮士德》(*Faust*，1926)，也是一部杰作。电影全部在摄影棚内拍摄，因此也给了茂瑙尽耍光影的空间，大量的逆光和侧光使轮廓、剪影、阴暗的勾勒近乎极致。这位伟大的光影实验家挥斥方遒地驾驭着宏大场面，在早年原始的条件下，浮士德坐在魔鬼的斗篷上飞越山川的一幕令人惊叹，茂瑙为此建了巨大的山川模型，开创了电影史上第一个模拟轨道摄影。基于这样的视觉震撼，《浮士德》堪当 20 世纪初的“大片”，而茂瑙着重选取了浮士德和少女玛甘蕾的爱情故事，又使其商业和“大片”野心更显端倪。玛甘蕾丢花瓣的一幕，被后世很多女孩子学来：当不确定心上人的爱时，那就丢花瓣来占卜吧，丢一瓣，他爱我，丢一瓣，他不爱我……

魔鬼说：世界是我的。天使说，世界属于上帝。魔鬼就与天使打赌：若能毁掉浮士德，世界就是他的。魔鬼开始为城市布下瘟疫，浮士德想拯救却不得，于是二人订下契约，魔鬼做仆人，带着浮士德开始新的人生。浮士德以魔鬼的名义拯救了小镇的人，人们却朝他扔石头。当他伤心地想

3-4-5

3-4-5 光影大师茂瑙在早年条件有限的情况下将光影使用得如梦如幻

一死了之时，魔鬼又用年轻诱惑他。重新变得年轻有力的浮士德沉醉在花花世界里，当沙漏即将漏完，浮士德也即将恢复年老，他留恋地请求着：把年轻留给我吧。魔鬼继续用女人的美貌、皇冠的权力来诱惑浮士德。浮士德爱上了纯洁少女玛甘蕾，为了和浮士德幽会，玛甘蕾给母亲服了过量安眠药，致使母亲死去。魔鬼挑唆少女的哥哥与浮士德决斗，哥哥死于浮士德的剑下。可怜的少女成了镇上的罪人，在冬天诞下自己的孩子，孩子也在饥寒交迫中死去。玛甘蕾被当成杀人犯施以死刑，浮士德得知后赶回小镇，懊悔为何要留住年轻，酿成这些悲剧，他决心和少女一同赴死。魔鬼将他重新变回垂垂老者，但他的行为感动了上帝，魔鬼约定失效，在少女看到浮士德的一瞬间，他又恢复了年轻。在片中，魔鬼的风头盖过了浮士德，其扮演者是第一位奥斯卡影帝艾尔米·詹宁斯（Emil Jannings）。他的唯一污点是曾狂热支持纳粹，积极参与纳粹电影宣传。

茂瑙对默片技巧的探索可谓登峰造极，而对于自己没能赶上的有声电影时代，他曾这样评价，“我唯一遗憾的是它来得太快了，我们刚刚发现了无声电影的奥妙，刚开始懂得利用摄影术的所有可能性时，却有了有声片，当人们为麦克风的使用绞尽脑汁时，摄影就会被遗忘了。”假如茂瑙赶上了有声时代，他会带给我们什么呢？这部电影是以商业片的模式来运作的，演员、投资、发行，统统国际化。拜好莱坞所赐，德国的民间故事得以传播到全世界；也许正由于这个原因，茂瑙简化了情节，亦使影片的剧力嫌弱，后半部分彻底变成一个通俗剧。天使对魔鬼说，我赢了，你输在一个字。什么字？一个永恒的字，爱。茂瑙版《浮士德》最终用“爱”解决了问题，而原著中对诱惑的抵抗和妥协，这些更加复杂、更加富有力度的内容都没能尽现。

茂瑙的父亲是个严肃务实的传统德国人，不希望儿子成为穷得没饭吃的艺术家，热爱文艺、喜欢作诗弹琴的母亲对茂瑙影响很大。“一战”时茂瑙参了军，退伍后来到柏林，拍完《浮士德》后去了好莱坞。当时的派拉蒙公司几乎雇用了世界上最杰出的德国导演——刘别谦、冯·斯登堡还有茂瑙，直到1930年代的大萧条使电影公司无力支持茂瑙这样的外国导演拍摄巨片。

中国也爱浮士德，以前就有先锋戏剧导演孟京辉1999年排的《盗版浮士德》，现在八十一岁的徐晓钟又大手笔制作了《浮士德》。巨型钢铁轮盘，米开朗琪罗的《创世纪》，这是中国版话剧《浮士德》的舞台布景，也是迄今为止国家大剧院最“重”的一台戏，均由真实的钢铁浇铸，动用了百余工人、花费数天才搭建起这个重达万斤的“巨人浮士德”。但是走出剧院，我的感受是，噱头那么大，舞台那么“重”，其实都是浪费。徐晓钟版的《浮士德》不过是一出庸俗爱情剧，玛甘蕾因为爱情而疯狂的大段独白，更使浮士德“对诱惑的抵抗与妥协”的重头戏跑得无影无踪了。

要说爱情，不得不说我在美因茨结识的一对懂事上进的好青年，小南和文文。虽然德国大学免学费，但生活费要自己挣，他们干过各种各样的工作且以体力为主。来到德国三年，两个人只出去玩过一次。文文学建筑设计，小南学土木工程。文文在图纸上画好一座大楼，小南帮她作模型图，生机盎然的夫妻店。某天，小南在天台上神秘鼓捣了三个小时，把文文“骗”上来时漆黑一片，忽然文文眼前出现一颗几百支蜡烛装点的心，心上有支丘比特的箭：愿不愿意嫁给我？这般浪漫，不差歌德的维特吧……

Saigon

西贡的法兰西风情

×《西贡小姐》《情人》《现代启示录》《全金属外壳》《猎鹿人》

× 生猛与浪漫

西贡活力四射。

西贡是一座“摩托车上的城市”，八百万人口驾驶着三百万辆摩托车，并被日本品牌垄断了大街。在西贡过马路，是一种惊心动魄——密不透风的车流，数以万计的发动机，时常从不知哪个小巷里蹿出来一辆摩托车，一家三口坐成一排，安之若素地飞驰而过。

这里可没有德国绅士——在德国，哪怕是机动车正常行驶，只要你在过马路，他都会缓缓停下，在车里向你做出一个“请”的手势。我这个习惯了“人让车”的北京客，一开始对于这份体贴的“车让人”还真有些受宠若惊。西贡可不是这样，摩托车才不管谁过马路呢，如果你温良恭俭让，就永远过不了马路。所以有当地人看到我举步维艰的样子，就示意我跟着他，只见他目不斜视地前行，一副以不变应万变的沉着，还真管用，我跟在他屁股后面“狐假虎威”，这才过了马路。

可能是为了防尘或防晒，街市上看得到各色各样的口罩，黑的白的花的，这应是长年习惯，不然怎么会发展到时尚的程度？我住在最吵最闹最著名的范五老街，两边林立着旅馆、酒吧、纪念品商店和旅游公司。背包客、摩托车、音乐，从早到晚，沸腾之外还是沸腾。我特意选了个不临街的房间，不然会把神经逼疯。旅馆先生是二代华裔，祖籍广东，年轻又机

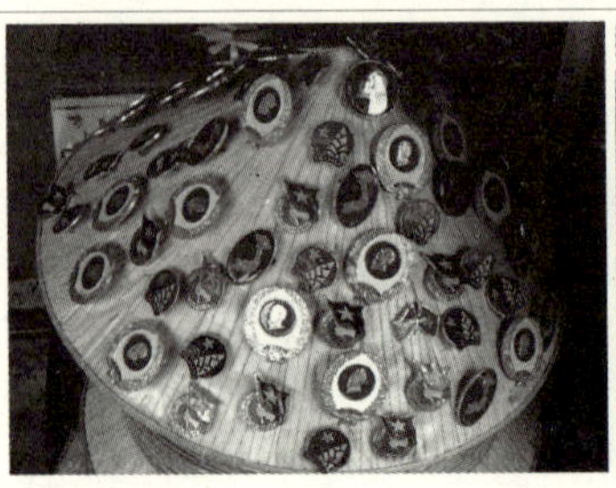

1-2

灵，会说英语、粤语、普通话和越南语，偶尔跟我学到了一种新鲜说法，就孩子气地爽朗大笑。

夜晚在酒吧街闲逛，真是没有比它更富力比多的城市了。香港也热闹，但香港的热闹文明有序、彬彬有礼；西贡的热闹是粗野豪放的，不到半小时我就与两起大规模打架事件狭路相逢。空中竖着巨大广告招牌的那家诱惑迪厅门口，一位瘦高个儿老外在一群黑衣侍者中间鹤立鸡群。越南男孩一般都比较矮小，也许是相对论在作祟，那老外看起来足有两米高！不知谁惹了谁，那老外朝侍者挥了一拳，黑衣们就上了，老外显然无法抵挡，连滚带爬地撞翻了好几张酒吧门口的桌椅，喝酒的客人，观战的路人，打架的人，混在一起非常热闹，整个街头就像一部未经彩排但极具场面调度感的电影。这边厢稍稍疏散开来，我向前刚走不多久，又见一间酒吧前滋起事来，几位都是土著，喝高了气血贲张，胡乱扭打着终被拉开了。

如果范五老街让你觉得生猛危险，那么市中心的浪漫妩媚会为你平衡一下。说得俗滥些，西贡是个非常非常小资的城市，因为它背后站着小资鼻祖嘛。1859 年，法军入侵，西贡成为法国殖民地。1945 年，越共发动革命，宣告独立。八十多年的法国殖民史，留下的痕迹是漂亮的法式建筑与

1　范老五街头。这些像不像中国人收集的毛主席像章？

2　街头老婆婆的水果扁担

3

3 法兰西风味的圣母教堂

4-5-6

美味咖啡，咖啡店俱乐部随处可见。精致的门把手，俏丽的橱窗，诱人的包包和鞋子，对于女孩子来讲，真的很诱人，不过价格不菲，一只漂亮包都在千元以上。西贡有一种特色食品就是改良后的法棍，大街小巷都见卖，长面包里夹着奶酪、腌黄瓜、西红柿、生菜、火腿和新鲜的煎蛋，清爽好吃还不贵。

歌剧院、圣母教堂和中央邮局，最能体现法式风味，也是所有游客都会参观的西贡“地标”。别看邮局的外部不是特别起眼，一旦进入内部你就会立刻惊叹。那个漂亮的穹顶显然是法兰西风格的。照例地，买了明信片，把漂亮的西贡小姐“寄”给了朋友。

在机场偶遇一位穿着西贡民族服装的漂亮空姐，虽然口罩遮住了大半张脸，但仅露的眉宇已经很美。我“忘情”地把她放进取景框，也不管人家介不介意、害不害羞。从颜色看，这位空姐该是地面空乘人员，飞机上的空姐一般穿红色 Aodai。

西贡女孩的身材都很苗条，骨架小，骨骼柔软，穿上紧致的 Aodai 相当婉约。同是民族服装，越南的 Aodai 和中国的旗袍有异曲同工之处，像是在中国的旗袍里面又穿了一条裤子。但是 Aodai 比中国的旗袍“主流”

4　歌剧院
5-6　邮局外部、内部

得多，作为国服，无论隆重场合还是日常生活，无论年纪大小，Aodai无处不在，白领把它当作制服，婚宴把它当作礼服，中学生把它当作校服。Aodai通常是丝质，两侧收紧，腰部以上的裁剪非常合身，腰部以下开叉，下身通常配一条白色裤子，裤脚宽阔飘逸。服装店提供Aodai的定做业务，常见一些人高马大的欧美游客量体裁衣地订制。本想给自已买一套，想了想，几乎没有穿得上的场合，可是又眼馋西贡女孩穿着它是那么美……

西贡小姐是出了名的，既因为她们美，也因为一部上演了十几年的百老汇音乐剧《西贡小姐》(*Miss Saigon*)。编剧最初是被一本杂志里的照片所触动：一个越南女孩即将从西贡飞往美国，去见她从未谋面的曾在越南当兵的美国父亲，母亲握着女孩的手，知道她一去不复返，但为了父亲能在美国给女儿提供好的生活环境，她忍着悲伤。编剧深深被震撼，于是想象出这个令人心碎的爱情故事——“越战”结束前夕，西贡酒吧女金和美国大兵克利斯相遇相爱，就在他们结婚的第二天，美军撤离越南。金生下克利斯的孩子，靠卖身抚养全家。克利斯回到美国后精神崩溃，在一位护士的照料下康复，并与之结婚。三年后，克利斯有了金以及孩子的消息。“越战”期间，其实诞生了不少美国士兵与越南女人所生的混血孩子，战后有专门的寻找美国父亲的组织帮助其相认，金在与克利斯见面前发现他已结婚。金与克利斯的妻子见面了，妻子表示不愿离开克利斯也不会带他们的孩子去美国。为了不让克利斯为难，为了让孩子在美国过上更好的生活，金在与克利斯见面的早晨开枪自杀。克利斯闻声赶来，金躺在他的怀里，念着当初相爱时说过的话，“为什么一夜之间，我们改变了这么多”。

在圣母教堂外面，遇到一对拍摄婚纱照的新人。2009年的这位西贡小姐，要比二十年前的那位西贡小姐幸福吧，动荡的大时代不复，令人心碎的爱情亦不复了吧……

× 殖民与爱情

令人心碎的爱情总是在这里上演，前赴后继着让观众唏嘘。美国“越战”留下一个“西贡小姐”，法国殖民留下一个“情人”。

就是这个法国小姑娘，这个出生在西贡郊外的法国小姑娘，献给了世界最著名最无畏的一个情人，她对世界说的第一句话是：我老了。

玛格丽特·杜拉斯（Marguerite Duras）几乎所有作品都会述及的“热”，我的皮肤与毛孔全然感受到了。热，绵绵作响的吊扇，黄色的湄公河，都从她的书中立起来，站在我眼前。麻风病人、疯子、湄公河上的渡轮……一个前来殖民地冒险却被一片盐碱地折磨得贫穷而绝望的母亲，她又爱又恨；一个游手好闲赌博吸鸦片的禽兽大哥，她想杀了他；一个受尽压迫的善良小哥哥，她想拯救他；一个温柔富有却懦弱的中国情人，在永别时她才发现了对他的爱情。这些事，这些人，她讲了一辈子，一辈子只讲了一个故事。

小说《情人》甫一上市即告售罄，加印再加印，美国《新闻周刊》史无前例地为一个法国作家献出整整一个版面，一向青睐青年人的龚古尔文学奖也向她抛来媚眼，七十岁的玛格丽特全线飘红。杜拉斯现象诞生了：人们学她说话，学她写字，学她原本邋遢却被追捧为时尚的穿衣法。她在中国也很火，借由王小波的推崇连带着把翻译家王道乾先生也捧红了。

杜拉斯的女人从来不拥有正常的情与爱，她们的爱情永远是禁忌而苦痛的。《情人》里白人少女爱上黄皮肤男子，遭世人唾骂；《广岛之恋》里法国女人爱上“敌军”德国兵，被剃光了头关在地下室，双手在石壁上抓出血痕；《夏夜十点半》里的女人救了一个藏在雨夜旅馆屋顶的杀人犯……翻开杜拉斯的书是需要抵抗力的，明知那不过是纸上的文字却会感到害怕，害怕灵魂从此被带向某个悬崖不归路，在合上书页返回现实时，你变成了那个女人。杜拉斯的女人们，无一例外地，都是“疯子”。她卖得最好的一个“小疯子”是《劳尔的劫持》：劳尔在舞会上劫持了一个男子，就像多年前在舞会上她的男人被“劫持”一样，但是劳尔并未因此获得救赎，她想回到的永远是劫持之前的那个点，那个令她苦痛失疯的点。好比《广岛之恋》中的法国女人邂逅了一位日本男子，这位为她着迷也令她快乐的男子无法解决她的失魂，因为她永远地站在了那一点上——德国情人被毙的时刻；好比杜拉斯自己永远站在十八岁从印度支那回法国的渡轮上——在投向大海的乐声中，她发现了对于中国情人的爱情；好比杜拉斯的大哥曾说的一

7-8

7-8 《情人》

9

句话，“我再也不会像爱她那样，爱任何一个女人了”，她与大哥也永远地站在了那一点上——他们可怜的母亲。所以，杜拉斯和她的女人们的未来，其实早已经发生过了，被销毁了，我以为这也是杜拉斯劫持了我们的原因所在——没有办法，没有办法，没有办法。不少中国小资作家的杜拉斯情结几乎都像这样：How I wish I were you。效仿恐怕只是徒劳，因为时代是无法拓印的，没有殖民、战争、贫穷与绝望，怎么会有杜拉斯？酗酒、放荡、激进，这些是天然传奇。DNA 亦是难以移植的，法国自古盛产此类女性，独立，自由，果敢，自己塑就一个时代。

若附会一下符号学，她们都戴一顶——男帽。看看杜拉斯一生中的这个“绝对形象”吧：戴着一顶男帽，脚穿高跟鞋，倚在渡轮的栏杆上。当看到湄公河上黑色小汽车里的中国男人的那一刻，她就知道，他必将落入自己手中，不是美不美的问题，是别的，比如说个性，“我写女人是为了写我，写那个贯穿在多少世纪中的我自己”。

18 世纪蓬巴杜夫人发明了一种发型，高耸入云，饰品繁复，制作费时，

9 湄公河

又重又热，但在宫廷十分流行，她的棺材很长，以便装下那个洛可可式的大发型。到了20世纪，香奈儿（Gabrielle Chanel）成为反贵族的旗手，她一把撕下礼服上的笼袖、裙赘，扯下一块白纱窗帘当围巾。香奈儿最具革命性的是，第一个戴上男帽，第一个穿上裤子与棉布衬衫。她精准地预言了威权时代向平民时代的转变，所以成功是必然的，因为她懂得如何表达她的时代。

1960年代，痛扁“老爸电影”的新浪潮运动解放了影像也解放了女性。特吕弗（Frailcois Truffaut）最杰出的作品《祖与占》（*Jules et Jim*）的故事同样发生在20世纪初，凯瑟琳戴上男帽，画上小胡子，穿上大毛衣，装扮成男子和男友们赛跑，在大街上轻佻又俏皮地跟陌生男子借火。这是电影史上一个难以磨灭的女性形象——崇拜拿破仑，梦想着拿破仑搞大自己的肚子。她与她的先驱——九岁扬言要做路易十五的情妇，二十四岁果真成功的蓬巴杜夫人一样，充满野心和占有欲。没人比让娜·莫罗（Jeanne Moreau）更胜任凯瑟琳这个角色了，她的招牌表情是下巴轻扬，嘴角不羁。从大师布努艾尔、路易·马勒、特吕弗到坏小子法斯宾德，都请她做过自己电影的女神，而在《就这样爱了》（*Cet amour-là*，2001）中，

10

10　让娜·莫罗的男装女孩

法国银幕女神让娜·莫罗扮演了法国文坛女神玛格丽特·杜拉斯。

这些戴男帽的女人，无疑都是骄傲的。香奈儿十二岁遭遇母亲的去世和父亲的抛弃，寄宿亲戚家时以挨饿来反击他们的冷漠；发现情人在承担她开店的亏空时发誓做到财务独立；两次婚约失败皆因出身贫寒，她立志不再依靠男人，终生独身；拒绝了富可敌国的威斯敏斯特公爵的求婚，因为她觉得寄生虫的生活没意思。这个从外省闯入巴黎的牧羊女，被孤独和贫穷训就了女王般的傲慢，“我就是自己的主人，我只依靠我自己”。杜拉斯四岁丧父，殖民地的苦难童年和母亲的绝望使她在浸着酒精的文字里才能获得救赎，加入共产党，支持无产者，更换情人，出言不逊，用小说版税买乡村别墅，在里面写下一本又一本书。让—雅克·阿诺（Jean-Jacques Annaud）担任导演及编剧的《情人》（*Lover*，1992）令她不满意，这导致了他们断交。这也难怪，《情人》的电影比之小说平庸得多，杜拉斯站在七十岁高处俯视人生而拥有的女王般充满权威的绝望、痛楚和美，都消弭在梁家辉的屁股和法国女孩的细瘦身体里了。而她亲自编剧的《广岛之恋》（*Hiroshima Mon Amour*，1959），已成现代电影之发端，第一个镜头便令人震撼：男欢女爱，赤裸的皮肤摩挲，覆盖在上面的原子尘渐

11-12

11　1952年，波伏娃拍于芝加哥。2008年，波伏娃诞辰一百周年，《新观察家》周刊大方地将她背面全裸的照片作为封面

12　2004年，乔治·桑诞辰二百周年，法国政府将其定为“乔治·桑年”，发行乔治·桑纪念邮票首日封

渐变成汗珠。这样一个女子免不了会这样评价那位“中国情人”：他的勇气是我，他的奴性是父亲的金钱。

1920年代的巴黎正流行“男装女孩”——短发、礼帽、平底鞋、叼烟嘴、骑脚踏车。她们将自身置于主体地位，爱与不爱，如何活着，取决于她而非他。同为激进的“左派”，社会主义的支持者的波伏娃（Simone de Beauvoir）与萨特的协议婚约更是誉满全球。

如果追溯得更早，19世纪时巨匠云集的法国文坛，被雨果、巴尔扎克、福楼拜、大仲马等统治的雄性领地里忽然来了一个头戴灰色男帽、身穿男装背心和长裤、抽着雪茄的女子——乔治·桑（George Sand）。在那个时代成为作家，已经不是传统意义上的好女人了，却还扬言婚姻迟早被废除，拥有肖邦等一大票情人，以至“所有人都见识过她的屁股”……

一顶男帽不再是符号，而是独立自由的王冠。荡妇与先锋，是她们的阴阳两张脸。在西贡一间精致的服装小店里，我注意到墙上的一个玻璃框，里面是《情人》的电影海报。不过，这样的邂逅并不多，西贡并未如想象中那样大肆“利用”杜拉斯，而我，来西贡多多少少是为了“朝圣”杜拉斯。对于婉约的西贡小姐或腼腆的西贡男孩来说，是不是杜拉斯这样的女性像“法式大餐”那么奢侈，有点消受不起呢？

说到餐食，我们特意选了一家*Lonely Planet*推荐的餐馆，离河边有一条街的距离，在清凉安静的一隅，客人不多，环境不错，很多细节既随意又精心。不过饭菜差强人意，我为了Sea Food而来，可那是怎样的一套Sea Food啊——几只虾、几片青菜、一碗米饭、一碗汤，将近20美元。

13-14

这是一个不那么“法兰西”而比较“越南”的餐馆，大街上频频出现的一个人物肖像也暗示着这个城市不再叫西贡，今天它叫“胡志明”。不过我更喜欢“西贡”，发音里散淡着某种低沉的旖旎。1930年，胡志明缔造了越南共产党，后被法国人逐出越南。1945年，法国结束对印度支那的殖民统治并分割了越南：胡志明在北方的河内建立“越南民主共和国”，即北越；法国挟持皇帝在南方的西贡立国，后由吴廷琰于1955年发动政变建立了越南共和国，即南越。胡志明联合南方游击队，打败了南越政府和美帝，成为解放西贡的救星，因此这个城市用自己的方式来纪念他。

× Oh，Saigon；Oh，越战

西贡仿若雌雄同体：一半是女人的爱情，一半是男人的战争。

美军上尉威拉德，把自己关在房间里喝得烂醉，在接到新任务重返越南战场后，才又活过来，胡子刮干净，制服穿戴好。拨开百叶窗，街市的嘈杂迅速飞进来，阳光在他脸上投下百叶窗的影子。然后，他喃喃自语：Oh，Saigon。

13 西贡餐厅的古朴路线
14 街头的胡志明像

这是《现代启示录》（*Apocalypse Now*，1979）的第一句台词。来到西贡，我心里自动泛起了这句话，Oh，Saigon。我来西贡，也是来“朝圣”这部伟大电影的。扮演威拉德的演员在宾馆房间里拍醉酒这场戏时是真的醉了，他神情恍惚，打碎镜子也是真的伤了自己的手……谈越南，谈西贡，《现代启示录》是不可绕过的一座丰碑。有一位“越战”老兵对导演科波拉（Francis Ford Coppola）说，“如果有人问我‘越战’是什么，我就请他去看《现代启示录》。”它的恢弘壮阔如同片中那个精彩绝伦的场景本身：战斗机伴随着瓦格纳歌剧《女武神》（*Die Walküre*），冲向世界最棒的冲浪海滩，向着丛林轰炸。此处最理想的观看之道是即时链接，聆听《女武神》。与它的恢弘气势相匹配的还有“史上最浪费电影”的名声，三小时成片是站在两百小时胶片的“巨人肩膀”上，六星期的拍摄计划延宕为十六个月，科波拉一边载入伟大导演史册，一边开始还债。

无休无止的战争，是越南的一种苦。“越南战争”有着广义与狭义之别，广义上的越南战争包括了越南与法国、日本、美国、中国及其国内的战争；而狭义的亦是我们常说的是与美战争。“二战”后越南独立，越共胡志明在河内建立了北越政权，实行大规模土地改革，把土地分发给农民的举措引来南方人民的向往。美国受冷战思维怂恿，为了遏制共产主义，开始扶植反共的吴廷琰，在西贡建立了南越政权。希望统一越南的胡志明支持南方游击队反对吴廷琰政府，美国于是在1961年派军进入西贡，从而使原本致力于越南南北统一的国内战争演变为美国与越南之间的战争。

《现代启示录》是一场“寻找”，寻找一个叛变的美国军人科茨。科茨为什么叛变？是因为像基辛格所说，美国根本就不该打这个仗吗？当然，历史是一个罗生门，在《秘密的荣誉》(*Secret Honor*，1983)一片中，尼克松在白宫办公室疯子一般独自骂了整晚，其中便骂了基辛格，说他为了吓唬北越就向越南扔炸弹，而尼克松宁可跪在莫斯科两千五百万死去士兵的雕像前，结果人们把诺贝尔奖颁给基辛格，把疯子颁给尼克松。他还骂制度，说自己不想为了几个臭军火钱而继续“越战”，牺牲几千美国小伙子的生命，但是他上台的条件之一就是把“越战”拖到1976年……就像宣称入侵伊拉克是为了把民主和自由带给伊拉克人民而非为了石油一样，美国政府也曾宣称入侵越南是为了帮助越南人获得自由而非“冷战”需要。总部命令上尉威拉德，把科茨找回来或者干掉。科茨上校绝非等闲之辈，他激起了威拉德的好奇心——这位有过辉煌作战历史的西点军校优秀军人，如今在柬埔寨境内建立了一个王国，这个建立在黄色河流上的恐怖王国到处是野蛮和血腥，上一个奉命去寻找他、取他性命的美国军官却皈依了他。带着这些谜，威拉德率领一个小分队沿湄公河逆流而上，前往柬埔寨。威拉德看到美国用兔女郎、啤酒、巧克力来劳军，与此同时，越共可能只是吃着一碗冷饭和一点鼠肉来庆祝自己的胜利，难道这就是美国输掉“越战”的原因？美军用机关枪把越南人劈开，再用绷带把他们缠起来；那位戴着

15-16

15《现代启示录》中最壮阔的一个场面

16 正是这架美军战机降临越南，宣告了越战的开始

17

17　我穿行在雨林中的黄色河流时，感受到了威拉德乘小艇逆流而上深入柬埔寨的情景

墨镜牛仔帽的疯子上校，一边炮轰越共丛林基地，一边用自己的直升机把受伤的越南儿童送往医院；当一个被他们轰炸的奄奄一息的越共分子要喝水时，他喂他水，称任何勇敢作战的人都有资格喝他的水。这种拖泥带水、温情脉脉的悖论，有点像在战场上指控杀人，显得孩子气。作为一个基督教国家，“十诫”之一即为不杀生，那么带着上帝的戒律前去杀人委实不该。难道这就是美国输掉“越战”的原因？

威拉德最终找到了科茨上校——你无法分辨，这究竟是演员马龙·白兰度（Marlon Brando）还是科茨上校，几乎成了精。胸前挂满相机的美国摄影师对科茨上校顶礼膜拜，他搞不懂威拉德为什么要杀这么一个先知般的伟人。科茨上校是在遇到越共后才变成这样的，越共在他眼里宛若天才：Pure，Perfect，Genious；就像此后的科茨在越南土著眼中宛若神明：No feelings，No emotions，No judgment。这是科茨上校对抗越共的态度，也是他从越共那里学来的，让一切简单些吧，惟其如此，才能强悍。科茨在迷乱中抓取了真相，由此形成自己的战争哲学，从此头脑清醒、行动果断。他彻底摒弃了道德感，不要拖泥带水、温情脉脉，因为越共如此恐怖，恐怖是因为他们强悍，强悍是因为他们——凭借原始本能杀人。如

18

18 科茨的恐怖王国

果给科茨一批这样的人马，问题很快就会得到解决，相反，“越战”持续了十二年，美国以失败告终。这就是科茨上校发现的全部真相。

科波拉以为白兰度一定很熟悉康拉德（Joseph Conrad）的《黑暗的心》（*Heart of Darkness*），认为他是科茨的不二人选。哪知见面后才发现，白兰度不仅未读过原著，还胖得厉害——小说中的科茨很瘦，科波拉只好顺势而为，把他变成一个高大、光头、邪教教主的样子。两人曾在《教父Ⅰ》中有过传奇合作，白兰度扮演第一代教父，他手抚小猫的姿势吓坏了真正的黑手党老大——在一次见面中，一位真正的黑手党老大紧张地盯着白兰度的手。在《现代启示录》里，白兰度挠着光头，吃着瓜子，慢条斯理、含混沙哑地给威拉德“布道”。他本可以杀了威拉德，但是没有，最终被威拉德杀了。威拉德眼里全部是恐怖，这是他寻找到的战争真相，一个无底的心灵黑洞。他登船离去，但我相信他不会再回归美军了。这部电影甚至在西贡衍生出一个酒吧——Apocalypse Now，据说酒吧很大，人气很旺，老外很多，男人很多，可惜我没有更早得知，不然也“朝圣”一番了……

“越战”是越南的伤——美国向越南投下的炸弹远超过“二战”各战场投弹量的总和，越南一百六十多万人死亡，整个印度支那一千多万难民流离失所；“越战”也是美国的伤——历时十二年，五万多人丧生，三十多万人受伤，耗资四千多亿美元，经济大幅下滑，政治格局逆转，是美国伤亡最大、影响最深远的一次战争。伤亦是一种悖论：令人疼，也令人成长。经历了“越战”、肯尼迪遇刺、水门事件的婴儿潮一代，也是经历了性解放和平权运动后成为社会精英的一代，他们集结了资源与情结拍下一批可与“二战”

电影相媲美的“越战”电影。除了《现代启示录》，还有库布里克的《全金属外壳》（*Full Metal Jacket*, 1987）、奥利弗·斯通的《野战排》（*Platoon*, 1986）、《猎鹿人》（*The Deer Hunter*，1978）及一举捧红了汤姆·克鲁斯的《生逢七月四日》（*Born on the Fourth of July*，1989）等。

这些电影基本都触及了一个主题：战争使人疯狂。《现代启示录》之所以伟大，不仅因为反战，更是反思战争如何让人变得疯狂。片中都是疯子，在头顶纷飞的炮火中牛仔上校一面指挥打仗，一面命令手下在这绝美的海浪上冲浪；追逐兔女郎的大兵，裤子掉了还拼命攀上直升机；兔女郎也疯了，男人都去打仗，找不到好男人可以依靠，于是饥渴地扒下腼腆士兵的衣服；科茨上校也疯了，他的恐怖王国里随处悬吊着赤裸的尸体。

如果说《现代启示录》讲了一个伟大的战争哲学家的生成，那么《全金属外壳》则讲了一群乳臭未干的男孩，如何被洗脑、如何被训练成杀人机器，又如何被毁灭。

《现代启示录》的第一句台词是“Oh，Saigon”，《全金属外壳》的片头歌是“Hello，Viet Nam”。美国大批年轻人应征入伍，接受新兵训练，先是十几个同类剪辑的剃光头场景，然后是长达六分钟的长官训话。有趣的是，前美国海军训练官李·厄梅被聘为影片顾问，原本只是在录像带中示范，结果录像带中那淋漓尽致的带着淫秽和侮辱性的骂人词语、没有停顿重复没有一丝胆怯的十五分钟，使导演库布里克当即决定让他直接出演魔鬼教官。新兵中有个肥胖笨拙的家伙，训练时不是跟不上步调就是怕得要死，经常被教官无情羞辱。他还连累所有学员一起受罚，大家气不过，晚上打了他一顿，这个家伙从此变了一个人，自言自语，射击神勇，有天在平静中疯了。新兵训练营毕业的前晚，他枪杀了魔鬼教官，而后吞枪自杀。新兵“小丑”被分到了军队新闻组，讽刺的是，他居然戴着和平徽章奔赴战场。他随军执行任务时遭到越共狙击手伏击，好几个战友身亡，那位令美国大兵几乎丧胆的狙击手不是《兵临城下》（*Enemy at the Gates*，2001）中帅气精明的猎户神枪手裘·德洛，而是一个越南小姑娘！他们最后击中了她，此时，“小丑”的仁慈再一次跳了出来，“不能把她单独留在这儿”。若是碰到科茨上校，大概会不动声色地把他的道德感给灭了。

更疯狂的是《猎鹿人》，观看它仿佛经历一场“俄罗斯轮盘赌”。美国一个小镇上常在一起打猎野鹿的几个好朋友奔赴越南前线，三人在战场上被俘虏，越军残忍地逼他们玩拿枪抵头的“俄罗斯轮盘赌”游戏，当越共与美国兵轮番拿枪对准自己脑袋的时候，那枪口对准的仿佛是我们这些观者的太阳穴，砰一声，活了，砰一声，死了。三兄弟逃出来，两个回到美国，一个留在越南变成疯狂赌徒，夜夜玩轮盘赌，最终死在自己的枪口之下。

如同《西贡小姐》的灵感源于一张照片，《猎鹿人》的灵感也源自美国摄影师埃迪·亚当斯曾获普利策奖的一张照片《枪毙越共》——警察将一

19-20-21

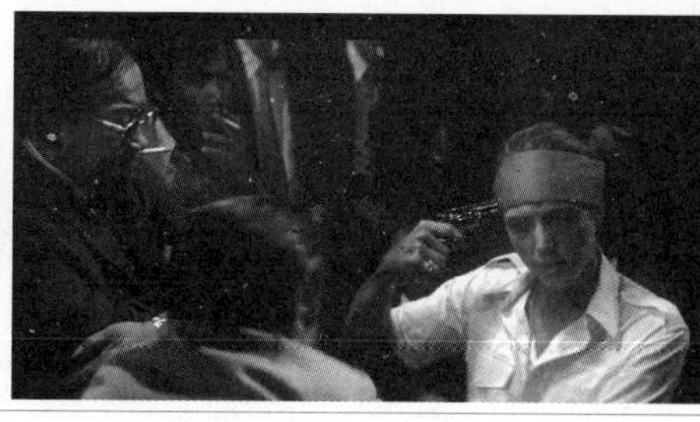

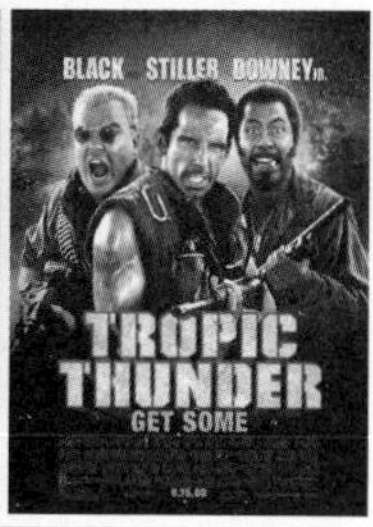

19 《全金属外壳》海报
20 《猎鹿人》中大玩俄罗斯轮盘赌
21 《热带惊雷》海报

名越共带到街上，记者们跟在后面，没有人知道将要发生什么，就在警察举枪的瞬间，亚当斯本能地举起相机按下快门，此时子弹尚未穿过越共的脑袋，而后亚当斯缓过神来意识到发生了什么，又拍了几张倒地的越共尸体的照片。这组照片迅速占据美国各报头版，所有美国人都在问，“越南正在发生什么？”这张著名的照片改变了美国人对于“越战”的看法，也催生了《猎鹿人》。这是亚当斯一生看过的唯一一部“越战”电影，但他不喜欢，尤其是俄罗斯轮盘赌那场戏。是因为那场戏把越共变成恶魔，而亚当斯看到的不仅仅如此。

随着伤亡人数的增加，美国政府逐渐失去国内人民的支持。美国是这样的国家，一旦失去民意，仗就打不下去，比如伊战和阿富汗战争，最初为了反恐，国内民意是支持的，然而一旦有美军士兵伤亡，美国民众就不干了。再以约翰逊总统为例，尽管他推行过民权和医疗等“伟大社会运动”，但人们提起他只会说——那个将美国拖入“越战”泥潭的总统……“越战”刚刚结束后，世界上没有国家愿意收留越南难民，难民船无处靠岸；而那位曾经改变“越战”走向的摄影师亚当斯，登上了其中一艘，他不知道自己要做什么，但他拍的难民照片使美国决定收留越南难民，共两万多名。

22

22 埃迪·亚当斯的作品《枪毙越共》

再后来，亚当斯改拍名流。

就在我来到西贡的前一天，报纸上有一则克林顿访问朝鲜的新闻，两名美国女记者因涉嫌非法入境被朝鲜扣留，克林顿用专机将两位记者安全带回美国，因为金正日很买他的账。克林顿在这一地区的外交非常成功，他也是历史上第一位访问越南的美国总统。当“越战”已成往事，人们玩乐的心态便多了一些，《热带惊雷》（*Tropic Thunder*，2008）就演变成了一场整蛊和恶搞。小罗伯特·唐尼把嘴唇弄厚、脸抹黑，奇异地扮演了一个黑人；汤姆·克鲁斯的秃头肥肚形象更是让你认不出；有位老兄还给越军来了一个河内式问候——射弹弓。看来，越战之殇慢慢远了……

住在西贡旅馆，可以看到许多旅游公司张贴的周边游广告，一日到一周不等。我报团参加了下龙湾一日游，距西贡大概一小时车程。下龙湾有很多小岛，观光项目包括坐竹筏穿行湄公河、参观椰糖制作基地、看当地演出。互不相识的散客们上了大巴，老外通常比较活泼热情，会对陌生的大伙打招呼，“Hello！”“Morning！”相比之下，本已平板的亚洲面孔因毫无表情、羞于打招呼而显得更加平板。

过去，华裔占据了越南大部分的企业、商业与财富，因此仅 1978 年

23-24-25

23　下龙湾的船
24　椰糖坊
25　越南风味的演出，男子拉琴，女子唱歌

就有约十六万中国侨民被逐回中国。基于地缘政治和意识形态，中国曾是北越最主要的支持者，给予其大量援助，但统一后的越南却倒向了苏联。1979 年，越南入侵柬埔寨，中国出兵越南，导致中越战争。也许因此有人说越南人不喜欢中国人。不过在西贡与河内，我并没有感受到什么敌意，这些纷纷扰扰的历史，离和平年代的现代人多少有些远了……

Hanoi

河内的残酷与平静

×《印度支那》《三轮车夫》

× 沉默而平凡的脸

比起小资风情的西贡，河内朴素、落后许多，首都的城市面貌和生活水平远配不上“最大”的头衔。越南在地理上是个狭长的国家，这一南一北距离不短，可以选择坐火车沿途游玩，但我选择了点对点的飞机，因为实在太累了。

到达河内已是夜晚，乘出租车来到最热闹的“还剑湖”区。河内不大，住在市中心比较方便。窄巷里林立着许多旅馆，头晚入住的一家位置好但条件不好，第二晚换到了它在僻静小巷里的分店。越南的旅游业显然呈增长之势，这间分店新落成，壁挂电视、大蓬头淋浴、免费上网，提供早餐并且非常好吃。西式越式都有，越式是汤粉，西式有咖啡、水果、柠檬水、烤面包片，还有热乎乎的煎蛋和火腿。我每天都点。而且是新鲜现做。走过这么多城市，不知为何，这间河内小旅馆的早餐让我觉得最可口。旅馆

1-2

1　河内建筑，有着黄色招牌的 Express 是家泰国餐馆

2　河内多见这种长的窄的房子

3-4-5

先生腼腆而友善，耐心解答所有问题，回到北京后，还发来邮件问候，也希望我们这些“北京来的”能为旅馆做些宣传。

还剑湖边的大厦，有着黄色招牌的 Express 是家泰国餐馆，不像国内的泰餐贵又口味平平，Express 的泰餐非常好吃，生意也好，有空调（不是每家河内餐厅都有空调的），我几乎天天来，一份 Sea Food 河粉，一杯鲜榨橙汁，这里的水果丰富又便宜。越南菜几乎都会配有一切两半的新鲜柠檬，用手一挤，将汁浇在河粉上，清爽怡口。

河内没有什么惊艳处，最重要的景点还剑湖，一眼便觉了了，还不及北京的玉渊潭。晚间来到湖畔餐厅，露天座满满，点了特色之一春卷。

热。为了舒缓客人的热，餐厅开动了一种可以喷出水蒸气的机器，于是乎，湖面的风裹挟着水汽扑来，把人周身缠了个紧，分不清是热还是湿。我呆坐着，明白杜拉斯为什么写了一辈子印度支那的热，写了一辈子爱情，这里的热，让人的大脑像在月球散步，意识懒洋洋挂在云端，除了晕晕乎乎地谈情说爱，又能做什么呢——这件事本来也就晕晕乎乎……

因为对战争、政治的兴趣，我来到了一般游客通常不会来的河内军事区。北京的军委建筑是不挂门牌的，这里倒明确，从外观上就划清了界限。

3-4　河内军事区

5　我远远将焦距推上前，试图拍下这辆军车，不料车里士兵相当敏锐，手指着我，做出禁止的示意，不知是把我当成了记者还是恐怖分子

整整一条街，两侧都是这样的黄色外墙，颜色剥落，还有更古老的城堡。戒备森严，往来行人几乎只有我一个，常见荷枪实弹的警卫在街头站岗。

最具偶像气质的知识分子苏珊·桑塔格（Susan Sontag），曾在枪林弹雨的萨拉热窝待了两年，萨拉热窝特别将一条街道以她的名字命名。“9·11”刚发生，美国尚处于举国惊恐时，她便撰文称该事件是美国超级强国外交的恶果。这个被誉为“美国的良心”的女人，早在真正的反越战运动出现之前就反对越战了，并于越战期间冒着战火亲临造访，第一站就是河内，写下《河内之行》，声援越南。

河内是胡志明越共的大本营，所以“红色”味道多过西贡，军事区紧邻列宁广场，这里是河内相对干净整洁现代的地区。

法国在西贡留下了诸多法兰西风情，留给河内的是“四季”。1992年，“法兰西玫瑰”凯瑟琳·德纳芙（Catherine Deneuve）来河内拍摄后来获得奥斯卡最佳外语片奖的《印度支那》（*Indochine*）时，就住在四季，电影的很多镜头取景于美丽的下龙湾。

在法国殖民越南的最后日子里，法国贵妇凯瑟琳爱着年轻的法国军官樊尚·佩雷，军官却爱着凯瑟琳的越南养女。凯瑟琳动用关系将军官调离，

6-7-8

6 伊斯兰国家使馆

7 别具风情的使馆建筑

8 《印度支那》中的法国母亲与越南养女

养女只好跨越千山万水去寻找爱人。后来，养女投身于独立运动，军官也背叛自己的祖国，与爱人同道。两人有了一个儿子，在被押回法国受审前，军官把孩子留给凯瑟琳，然后自杀。凯瑟琳带着孩子回到法国，多年后，养女作为越南谈判代表团成员来到欧洲，她的儿子却对凯瑟琳说，“你才是我的母亲”。这是一个多么优柔的隐喻：凯瑟琳与养女，就像法国与越南，她曾是她的母亲，最终她独立而去；而越南的儿子，因法国的舒适与美好和凯瑟琳的恩情，最终选择了法国母亲。这一厢情愿的优越感与失落感在《现代启示录》里更鲜明——美国军官误入一座法国庄园，餐桌上爆发了激烈的谈话，法国人气愤美国人为什么没有吸取当年法国在奠边府失败的教训？这一家法国人遗世独立地留在越南庄园里，因为他们执拗地认为，这里是他们的家。

× 激烈而惊人的心

每到一个城市，我都喜欢去它的酒吧、剧院和电影院，感受一下这个城市的“灯红酒绿”。河内无甚“灯红酒绿”，只有一个水上木偶戏。那戏剧简单拙朴，拍照还需额外买票，如果你来河内，建议你 pass 掉这个项目。

开演前才发现，不小心把票弄丢了。售票小姐很有人情味地放行了我，因出售的票会在座位图上用铅笔勾出，虽然方法有些落后但是有效。谢幕时，藏在布景后面的演员出来了，很不容易，长期泡在水里，身体不受影响吗？

西贡有伟大的《情人》和《现代启示录》，而河内是个平凡炎热的城市，没有可供消费的殖民爱情或战争史诗，但是这里有现实。越南的电影英雄叫“陈英雄”（Anh Hung Tran），以越南三部曲《青木瓜之味》（*The Scent of Green Papaya*，1993）、《三轮车夫》（*Cyclo*，1995）、《夏天的滋味》（*Vertical Ray of the Sun*，2001）打响名号。其中，获得威尼斯电影节金狮奖的《三轮车夫》，如果用一个词概括，就是“残酷”。柬埔寨多见TUTU，越南多见三轮车。

这是一群身处越南社会最底层的人：少年蹬着三轮车，耳边是父亲的忠告——能有更好的，不要走这条路。报纸上说，政府准备向贫穷家庭发放贷款，少年去申请，官员始终不抬眼看他一下。父母双亡的他有一个沉重的四口之家：年老的爷爷替人补车胎，美丽的姐姐挑水，年幼的妹妹擦鞋。有天，三轮车蹊跷被偷，少年被打。有一个傻儿子的老板娘来头不简单，生意包括妓女和黑道，少年被迫加入她的黑帮，做着各种危险事情，比如孤胆烧房子、杀人；姐姐被迫做了小姐，提供各种变态性服务，比如站着小便、戴着手铐跳舞。

片中有一张沉郁英俊的中国面孔——梁朝伟，可能因为他在东南亚很

9-10

:: **对照记**

9 陈英雄的“三轮车夫”

10 我镜头里的三轮车夫

11-12

受欢迎吧。永远沉默，永远在抽烟。他是老板娘的手下兼情人，但与少年的姐姐是真正的恋人。“梁朝伟”自小有流鼻血的习惯，片中两次均是为了姐姐，在她第一次服务以及被意外破了处女身时。他似乎为因无法拯救姐姐而沉默地痛苦，就像无法拯救他自己。最终，黑暗中终于爆发了：“梁朝伟”放火烧了欺负姐姐的客人，随后自焚；老板娘的傻儿子在街头被消防车撞死；少年也疯了，在一次持枪执行任务前喝得酩酊大醉，险些触电。

在《情人》的“风情越南”、《现代启示录》的“战争越南”之外，《三轮车夫》展现了一个“残酷越南”。片中尽是“沉默的大多数”，你不知道他们在想什么，也许生活太艰难，他们习惯了沉默。陈英雄访问过两位在“越战”期间入狱的女性，她们多次受到法国人和美国人的严刑拷问，但是讲述那段非人折磨时却平静安详，所以沉默又或许是他们的天性？大部分场景都在街头实拍，但陈英雄时而又用诡异的超现实画面为残酷兑入烈酒——猪肉屠宰场的切割、少年突袭偷车人时钉在木条上的眼珠、过度曝光的蓝色光影中少年涂满油漆的脸、站在头发里的金鱼、垃圾场里闭着眼睛的孩子……越南出生、法国成长的背景，使陈英雄的东方沉默被西方手法修饰得格外华丽。

11-12 一幅越南底层浮世绘：擦鞋的，补轮胎的，蹬三轮的，卖唱的，卖淫的，杀人的。两位卖唱者都是独腿残疾，“越战”中的地雷使许多越南人失去了肢体

不过，陈英雄给了《三轮车夫》一个充满希望的结局：痛失儿子的老板娘复苏了人性，从黑帮手上救了少年，让他从此离开帮会。少年干起老本行，用三轮车拉着一家人——而这一幕，才真正像我在河内街头看到的景象。所以回国后看完这部电影时，我多少吓了一跳，在平静的表象下面，原来埋着地雷，就像越南至今仍然有许多暗雷藏在地下。作为一介匆匆过客，我没有资格说“了解”。

在陈英雄的电影里，男性都没有父亲。《三轮车夫》中少年的父亲车祸身亡，“梁朝伟”的父亲与他断绝关系，傻儿子的父亲抛弃母子远走高飞。这位缺席的“父亲”可能是被法国殖民中断了的越南传统，也可能是童年移居海外的陈英雄被中断了的祖国传统。所以他的镜头总是尽情而沉醉地滑过越南的文化与符号：青瓷花瓶，清水淋洗的漆黑长发，赤脚，金链，Aodai。有个寄错的邮包，是个电子体重计，孩子们让爷爷用这个来赚钱，他的肩膀疼，不能再补轮胎，可爷爷觉得不妥，要再等等失主，这份不贪便宜守本分的诚实也是东方式的。《青木瓜之味》全部在法国摄影棚里拍摄，全部是传统风味，也许是陈英雄在千万里之外对祖国的痴痴想象。以前，越南通用汉语、汉字，后来在法国殖民统治下改用法语，独立后又

13

13 这部血腥、黑暗、残酷的影片里唯一的美好就是两人的爱情，还有诗——没名字的是河流/没颜色的是鲜花；也有歌——河内妹妹/古老的街，只剩你伴我/兰花香。美丽的姐姐由陈英雄的妻子陈刘燕荷出演，她也主演了陈英雄的所有影片

改用越语。所以在河内的许多景点，都看得到熟悉的中国汉字、中国图腾和中国人物。

殖民时期，越南没有自己的电影，电影院里放的都是外国片。直到1960年代，越南电影才开始发展，但都以政治宣传片为主，南北统一后故事片才出现。1990年代越南电影进行了市场化改造，由于经费不足、设备陈旧，大概年产只有十部，目前也只有河内、西贡等少数城市的影院放映电影。苏联解体后，向东欧国家低价购买影片的渠道不通，西方国家的影片又买不起，只好将每年十部国产片安排在重大节日时上映，票房也并不好。《三轮车夫》里有贫穷、黑帮、卖淫，但陈英雄并不希望观众过度怜悯越南的贫穷。他认为美国对越南实行的十九年贸易禁运是越南贫穷的重要原因，因而不应纯粹地指责越共。即使如此，他依然没有得到自己国家的赞美或肯定，也许影片过于血腥残酷，被禁止公映。为了得到在越南放映的许可，他拍摄第三部时妥协了，淡淡讲了河内一个普通家庭的故事。

越南三部曲后，陈英雄的电影开始远离越南。2007年，他率领美法投资以及多国明星部队——好莱坞的乔什·哈奈特、日本的木村拓哉与韩国的李秉宪，拍摄了《伴雨行》(*I Come with the Rain*)。然而，这部野心勃勃的作品没有掀起任何波澜。接下来，他又看中了一个相当著名的日本故事——村上春树成名作《挪威的森林》。这一次，著名摇滚乐队Radiohead的吉他手担任配乐，Beatles的约翰·列侬与保罗·马卡特尼创作的歌曲*Norwegian Wood*作为主题歌——小说名字的灵感源头，日本一线明星担任主演。但是这个豪华“混血儿”，在威尼斯电影节上依然未能赢得当年《三轮车夫》的震撼，甚至被广大村上迷们骂得毫不留情。村上春树绵延、氤氲的文字本就难以影像化，而陈英雄电影里过多、过于直白的性，也削弱了村上更深的意味。

这一现象恐怕并非独家，中国台湾的导演蔡明亮，在凭借《你那边几点》（2001）等片树立了风格、培育了一批粉丝后，也开始闯荡国际市场。作为法国卢浮宫交给蔡明亮的一份极具荣耀的作业，《脸》（*Visage*，2009）不仅在卢浮宫取景拍摄，还以 450 万欧元创下他作品的投资新高。然而，尽管蔡明亮向法国新浪潮开山之作《四百击》（*Les Quatre Cents Coups*，1959）致敬，甚至请来让·皮埃尔·利奥德以及美丽的欧洲超级名模，这个华丽阵容却让观众提前离席，令前来力挺台湾电影的马英九看完后坦言不懂。蔡明亮想要表达的东西太多太混乱，“莎乐美”近乎赤裸的舞蹈伴着中国 30 年代流行歌曲，中国导演与欧洲帅哥在夜晚树林中隐秘激烈的同性情欲戏，中国式剁肉馅，这些不明就里的大杂烩更多为艺术片的冒险与晦涩添砖加瓦而已。

也许只有河内的残酷与平静，才能成就英雄的光芒？

Phnom Penh

金边的秘密与梦魇

×《古墓丽影》《霍莉》《红色高棉杀人机器》

× 金边的夜

金边之夜，坐在风驰电掣的摩托车上，很荡气。结识了堪称“职业玩家”的老陈，看他一副逍遥样子，没想到他以前的职业竟是 IT。可能这个行业的高薪也伴随着高强度，人需要放飞，去往印度恒河的火车上结识的韩国朋友也是 IT 人士，从事软件设计，挣了钱就去旅行，花光了再回来挣，如是周游了地球大半圈。老陈则是彻底辞掉工作，周游全世界。玩到柬埔寨，觉得好，索性在暹粒开了一家店，半年飞来视察一次。他分享的常识与经验，让我们一路都很受用。

走在市区，扑面而来重重的“发展中”味道，像一个又吵又乱的城乡结合部。随处可见西哈努克的像，柬埔寨是君主立宪制，所以这位国王也只是门面，权力牢牢控制在首相洪森手里。金边有点像西贡的是摩托多，常常三四人一辆呼啸而过，除此之外就是豪华 SUV。晚上去河边餐厅的途中，见识了这个国家的两极分化，百姓生活简陋贫困，可常见路虎、凌志、奔驰 SUV，非常奇特的景象。老陈说，“在柬埔寨，腐败是合法的。”2011 年 4 月 1 日这天，看似像个愚人节消息，洪森向新成立的反腐败局申报个人资产，法新社对此显然有些“迟疑”：大首相月薪 1000 美元。你信吗？

河边是金边相对繁华高档的地方，我们坐在二楼餐厅的露台，灯笼是中国式、中国字。夜的气氛，就像热带本身。第二天从金边起程，半天时

1

间来到暹粒。按一般规矩，游吴哥窟的首个项目是看日落。Check in 之后时间刚刚好，下午 5 点钟，我们坐着三轮摩托车来到山下，这种车在当地被称为 TUK-TUK。上山路上，人已经很多。

本想包下带我们去看日落的司机，但他开价有些高，没成交。他转而联系了一位可能开价低的兄弟，说好来饭店找我们。晚上回到旅馆，先前那位带我们看日落的 TUTU 司机，等在夜色浓暗的树下，一脸疲惫；等在那里，是想挽回这单生意。我们心有不忍，但是老陈已经为我们安排好了当地一位司机朋友，而他，就那么讷言、默默地等在树下。为什么老陈喜欢柬埔寨？除了风光，还有这里的人。说话的腔调，男人，女人，小孩子，都很温柔。秉性也淳朴，不奸诈不狡猾甚至可以说有点“笨”，不会为了生

1　登山观日落

意动用很多很复杂的脑筋。他们的欲望天生就少吗？生活也异常简单，常常几个人吃饭只有一盘菜。

离开暹粒的前一夜，老陈带我们品尝了本地菜。简单的大排档，没有冷气，头上吹着小风扇——这里虽热，但处处不用冷气，或许是为了省电吧。狗慵懒地趴在地上，小孩子打打闹闹，我在北京时常会有的"世界又发生了什么"的警觉感，在这里溜掉了。饭菜味道果然不同，乍吃有些不习惯——因为热，什么都加冰块，连蔬菜沙拉下面都铺着一层，隔一阵一换，即使还没吃完，也要重新换上铺好冰块的一盘新菜，是不是很厚道呢。淡啤酒很好喝，也是隔一阵子就要来给你添几块冰，埋单时却发现相当便宜。

× 暹粒的街市

柬埔寨最大的名片，当然是吴哥窟，距离暹粒约六公里。游吴哥窟的方式有点类似游广西的阳朔，都是驻扎在酒吧街上，然后利用交通工具去往景点。暹粒有很多小旅馆，即使不预订一般也投宿得到，反而是旅游指南上推介的旅馆通常要预订，TUTU 司机拉着我们临时去了几家，全部客满。这几家旅馆的东南亚气息很浓，都不大，三两层小楼，门厅整整齐齐排放着各式鞋子，进门后要打赤脚。也有的店家不那么"民族"，可能是为了适应世界各地的游客，比如我们最后入住的 hotel 就是高门大梯，不需脱鞋。

出发前，老陈传授给我们暹粒的攻略秘笈。酒吧街有很多西餐馆，比起柬餐，好吃又不贵，即使与北京比起来，仍是好吃又不贵。依此路径，一圈下来，意大利菜、印度菜、泰国菜，轮流吃喝居然没吃过瘾。印度餐

2-3-4

馆坐落在不太闹的一条街巷上，饭菜好吃极了，来了数次，抛饼永远不变，只是变换咖喱与菜。老板亦是侍者，从不多话，我试着夸奖他的饭菜，他也并不雀跃或微笑。后来发现，这里的人都比较含蓄，是被当地人的腼腆感染了吗?

意大利餐厅有两层，像在金边一样，二层都有露天阳台，与空气与夜色与楼下热闹熙攘的街市，亲密无间。坐在上面看得到街角那家有模有样的烧烤店，花花绿绿摆满海鲜的长餐桌在门口诱惑着人的食欲，当然也看得到柬埔寨“一绝”：空中，一团乱麻的电线……如果欧洲或美国的夜晚让你感到 boring，那么这里不会。换上一件漂亮的吊带裙，戴上闪光的项链，喝着红酒，吃着披萨，吹着夜风，浏览着来来往往的“联合国”面孔，再点燃一支烟，生活就不啻为陶醉了。

东南亚的好，其中之一是水果，丰富而新鲜。在这里，夏季盛行一种叫 shake 的饮品，有点像奶昔，由新鲜水果、冰、奶打碎搅拌而成，比果汁浓稠香甜，我几乎每天都要吸掉一大杯西柚或香蕉 shake。

终于要说到大名鼎鼎的 Red Piano 了，这家餐馆因安吉丽娜·朱莉（Angelina Jolie）当年在吴哥窟拍摄《古墓丽影》时与布莱德·皮特（Brad

2　当地小孩在买水果
3　白天的意大利餐馆
4　对面的酒吧

Pitt）曾经造访而名声大噪。看来无论哪里，打明星牌都是好用的。在意大利西西里的陶尔米纳，主街中心广场上有一家 Wunder Bar，亦是因伊丽莎白·泰勒的光顾而出名。夜晚有 music live，一位四五十岁、白衣白裤的绅士钢琴师，点一支烟，一边弹奏，一曲罢了吸几口，很是拉风。Red Piano 相当招摇，红彤彤的色彩把街角中心的位置蛊惑起来，生意非常好，高峰时找不到座位。其实它一点也不对我的胃口，大份薯条、大块鸡肉、大杯 shake，可谓简单粗暴，典型美国餐的"性情"，是因为美国明星来了因此把口味也变成美式了吗？所以，在去往湄公河的大巴上遇到了同样来自北京的朋友时，我便以老陈为我们做介绍时常爱用的口吻，为这对新婚夫妇介绍 Red Piano——"我个人不推荐"。

晚饭后，完全不必急着回旅馆，暹粒的夜才刚开始。可以在酒吧街游荡，也可以逛夜市，各色工艺品、首饰、衣服以及一种木雕的高棉笑脸。丝巾实在便宜，2 美元一条，还免费送一只竹子编的小手包，装在里面当礼物赠送，蛮别致。这里美元通行，不过还是兑换一些当地货币更方便。逛累了，再回到旅馆的游泳池游个泳，一身清凉地入睡。听上去很奢侈？其实这里带游泳池的旅馆费用并不高。

5 大名鼎鼎的 Red Piano

醒来，阳光灿烂。早餐多是一种类似米粉的牛肉粉，里面有当地特有的蔬菜——薄荷叶，配一杯好喝的冰咖啡。早餐后，照例给朋友寄明信片。但无论是在吴哥窟这样的世界级景点还是在暹粒市，明信片的创意与品质都远远不及欧洲。如果吴哥这样的神奇建筑放在欧洲，不知会衍生出多少副产品，小到明信片、冰箱贴、书签，大到雕塑、玩偶、工艺品，他们会把 Logo 印在一切可能的商品上。你可以说，这岂不是太商业！就像最最泛滥的“切·格瓦拉”一样，那是一张即使你对他一无所知也能够认出的脸。而我要说的是，比如在西班牙毕加索博物馆，毕加索画作被制作成各种形式的纪念品，海报一样的大幅，可以挂在书房或客厅；小小四方联邮票可以放在放大镜下把玩，它的商业性自不待言，但是普及价值不能抹杀。就算是为了纪念，精致的东西也更能“美化”你的回忆。在这方面，中国的旅游产品、文化产品同样缺乏创意。

× 吴哥的秘密

戴上大大的遮阳帽，挂上墨镜，抹上防晒霜，背包里再备一件长袖衫，当你确保做好了这些，OK，可以出发了。

据说游吴哥的最佳季节在旱季，这时在北京是冬天。夏季来此会遭遇雨水、湿热还有暴晒，吴哥古迹方圆广阔且没有树木遮荫。但事实是，我原先准备好承受的“热”，有七八分落了空，根本没有想象中的火辣撩人，晚间居然可以盖薄单子。阳光的热辣倒是真的，尤其正午时分，我贪图凉快而没有把长衣罩在外面，于是肩膀上裸露的皮肤被晒伤，黑红一片，不

6 我镜头里的吴哥窟

7 长廊和神殿

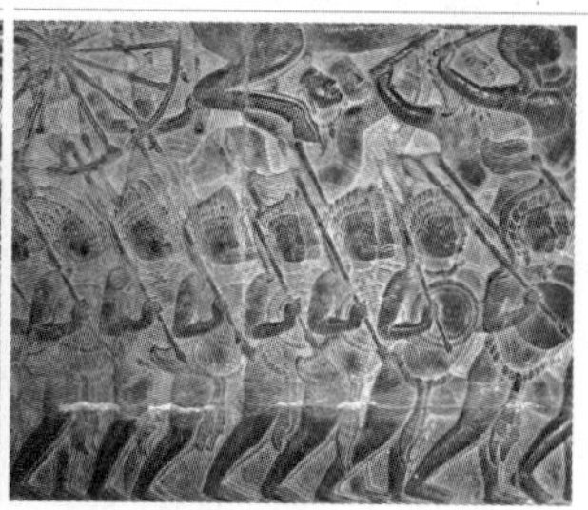

8-9

过过段时日蜕皮后就自行恢复了。夜里会有雨，不，随时会有雨，眨眼间就来，眨眼间又去，随性得厉害。不知为何，那随性的雨竟激起了我心中略略战栗的自由感。

吴哥，其实是一座由宫殿、寺庙、花园、城堡组成的完整城市，做过古高棉王国的首都。这座古城散布在几十平方公里的巨大森林里，有些景点相距甚至可以“遥远”计，车载到达都很辛苦。门票分为一天、三天和七天三种，一天之于吴哥，等于蜻蜓点水，它面积之大，群落之多，实在会嘲笑你的懒惰；七天可以玩得彻底，但是比较消耗体力；于是我们折中了一下，把三天排得满当当，大吴哥—高棉的微笑，巴戎寺，女王宫、吴哥窟、崩秘列。

公元800年，统一后的高棉在洞里萨湖北岸首建吴哥。到了12世纪，神勇善战的国王开拓疆土，而他最伟大的成就是吴哥窟（Angkor Wat）——吴哥古迹中最负盛名也最辉煌完整的一座。国王发动全国最好的工匠、建筑师和雕刻家，历时三十七年方完工。吴哥窟作为世界上最大的宗教建筑，与泰姬陵、金字塔齐名，其造型被印在国旗上，成为柬埔寨的国家标志。整座建筑以大石砌成，与世界庙宇通常坐西朝东的建筑规律相反，这是为了供奉维希奴神，而维希奴神的代表方向是西方，不料却成就

8-9　吴哥窟壁上的浮雕

了夕阳打在它身上的惊人美景。

吴哥窟是古高棉建筑艺术的巅峰，每个祭坛都有回廊，每个回廊墙上都刻有古代神话的浮雕，很多是战争场面。从外而来，一条宽阔的堤路直通庙宇大门，两边竖立着威严的那伽蛇神像。送给女性一个美丽小贴士：如果你希望在吴哥古迹留下别具风味的影像，建议穿得色彩亮丽些，比如红。因这古迹经过千年风雨，表面的颜色早已剥落，露出古朴重拙的石色，或青或灰或黑，你的一点红，会在这片古朴重拙上燃烧起来，就好像它的一颗朱砂痣。

到了 15 世纪，突然人去城空。此后几百年间，整个地区变成了一片树木与杂草丛生的莽林，古城被湮没其中。我坐着 TUTU 穿行在去往庙宇的路上，一进入各片莽林，立刻清凉下来，也立刻神秘起来。拼命看进去，那里是否藏着我百般好奇的秘密？一个民族的文化通常是有延续性的，而吴哥作为东南亚曾经最大最繁荣、辉煌了六百年的古王国，它的文明何以忽然中断、说没就没了呢？有人认为，暹罗军队（即泰国人）入侵高棉后，高棉人被迫离开吴哥，在金边建立了新首都，从此吴哥城才湮没在一片莽林中。也有人反对这种论断，在世界历史中，外敌入侵所导致的王朝更迭并不稀奇，稀奇的是一个民族整体消失，据说当时有至少一百万高棉人居

10

10 电影镜头里的吴哥

住在此，“剧情”越发扑朔迷离了……

吴哥古迹就像沉入海底的一艘巨轮，在深海中静默得没有一丝声音，直到19世纪一位法国植物学家为了收集植物标本来到暹粒，才发现了这座古城，而此前连柬埔寨当地居民都一无所知。说来话长，植物学家来到吴哥时曾雇了四名柬埔寨随从，劈开灌木丛向森林深处去。走了一段后四人不肯再走，说前面有魔鬼，魔鬼会使人迷失方向，这也是人们一直不敢进入森林的原因——说实话，我也感到了这样的妖异之气……正当他们一无所获准备放弃时，植物学家看到不远处有五座高塔，想起一本书中的文字，“辽阔的森林中，五重塔的巨大廊柱，遗世独立般耸立于天际”。这是元朝派到柬埔寨的使者周达观所著《真腊风土记》（柬埔寨时名真腊）中的一段描绘，也是吴哥化为废墟之前的唯一史料。整整五百年，吴哥重见天日，整个世界为之惊叹。

× 一沙一世界

这样身世神秘、建筑奇异、历经岁月与战火“雕琢”的残旧之美，当然会令电影爱上它。王家卫别出心裁地在《花样年华》（*In the Mood for*

11

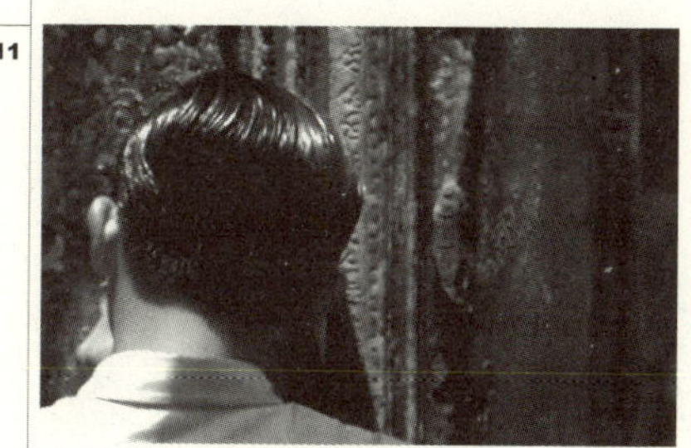

11 《花样年华》里的树洞

Love，2000）中让梁朝伟远赴吴哥，对着石洞说出不能与世间任何人说的秘密，也许五百年的静默当真适合收留它。

深入其中，湿湿的凉意中生出一股巫意，神秘主义者会喜欢。一些建筑已经倒塌，残缺的石块毫无章法地选了自己想待的地方待着。潮湿鲜亮的青苔像巨斑一样躺在不知多少年纪的石块或树干上，树根七七八八裸露在外，肆意，粗野，有力。石头建筑与参天古木之间，一副理不清头绪的痴缠样子，树根像鳞爪一样扣在石头上，石头不知哪个小缝中又狠狠蹿出一棵树，究竟是先有了树而后有了建筑，还是先有了建筑而后有了树？谁依恋谁？但那生命力啊，谁能拿它怎样。

这就是塔布笼寺。作为吴哥建筑群中的一绝，它还出现在《古墓丽影》与 2010 年上海世博会上柬埔寨国家馆里，电影使之扬名的成分应该不小。比起《花样年华》中的昙花一现，塔布笼寺在《古墓丽影》中可是"倾情"出演。这部电影改编自同名电子游戏，剧组还特意在网上向"劳拉迷"征选女主角的扮演者，最终那位身上多处文身，包括一条中国龙和一头亚洲虎、喜欢收集刀、会跆拳道、会驾驶飞机、自称是永远的朋克女孩的安吉丽娜·朱莉胜出。而那个吊着威亚、腾跃在古墓里的侠女劳拉也使朱莉红遍

12-13

:: **对照记**

12 《古墓丽影》里的"树根与建筑"与吴哥

13 我镜头里的"树根与建筑"

14-15

全球。她在此领养了一个柬埔寨小孩，并用一贯的纪念方式在左肩胛上为柬埔寨养子以祈福的高棉经文文身。

这部电影主打“动作”，但主题却非常玄妙——时间。如果有一种东西能够控制时间，那是不是就控制了整个世界呢？比如把过去与现在连接，那么可能会见到已逝的先人；如果把现在与未来连接，可能会见到未诞的儿孙。这是怎样一种景况，会不会天下大乱？《古墓丽影》走的是传统的寻宝模式，寻的便是这样一只能够控制时间的“神光三角”，拥有它的人会具有无限的力量，有人便滥用力量毁灭了城市。因此三角被劈成两半，一半藏在古老的吴哥窟，一半藏在寒冷的西伯利亚。劳拉的父亲知道神光三角的秘密，父亲遇难后，劳拉承担起父亲的未竟事业，与也在寻找三角的光照先知会展开赛跑——必须在日全食时分找到，否则要再等五千年。劳拉要毁灭神光三角，光照会要夺走神光三角，为的是把过去和现在连在一起，永远改变人类的未来。终于，劳拉抢到了完整三角，也见到了父亲，但父亲宁可选择永别也不要改变时间，劳拉只得忍痛毁掉三角。

14　原始雨林

15　阳具崇拜

16-17

Phnom Penh

父亲在给劳拉的信中引用了英国浪漫主义诗人威廉·布莱克（William Blake）的一首诗：一粒沙里看出一个世界，一朵野花里有一座天堂，把无限放在你的手掌中，永恒在一刹那里收藏。这首在欧美不算知名的四行诗却在中国受欢迎，单单名家译文就有好几种，我更喜欢梁宗岱先生的这个译法，内涵颇为玄妙难解，因老庄的意境和佛陀的空灵而更东方吧。

东南亚风光旖旎，气候宜人，劳动力便宜，因此逐渐成了欧美电影的外景地。法国在越南拍了《情人》，德国在菲律宾拍了《马尼拉》（*Manila*，2009），好莱坞在泰国拍了《安娜与国王》（*Anna and the King*，1999）、在柬埔寨拍了《古墓丽影》。柬埔寨曾希望《古墓丽影》能够让这个亚洲最穷的国家登上国际旅游舞台，果然，影片拍于2001年，2003年柬埔寨旅游业的收入便达到2亿美元，我耳边便充斥着德语、英语、法语、日语、韩语……在女王宫遇到一对向游客售卖小玩意儿的小姐弟，姐姐非常温婉可爱，弟弟淘气地想吃Candy，于是我们把刚刚从农家岛上买来的一盒新鲜椰子糖送给了他们。别看他们年纪小，全程都用英文对话。可能世界游客来得多，开三轮摩托车的司机、暹粒街市的店家，通常英文都不赖。

每次坐着三轮摩托车，在莽林中央开出的道路上飞驰时，我都会想象

16 在深林与水中乐疯了的韩国哥儿们

17 吴哥窟外围环绕了一道护城河。被晒得黝黑的几个当地小孩，在一位不知是因了好奇还是为了摄影的老外叔叔的美元攻势下，一遍遍灵巧雀跃地“表演”跳水，让那位“金主”和过路的游客们拍了个够！

里面到底是什么样子。终于在最后一天，这个悬念解开了。这一天的“征程”最远，但最值得。莽林几乎盖住了一片天空，阳光只能伺机而入，穿过密林来到叶尖，舞弄出漂亮的斑斓光影。地上被游客踩出一条路，不时还有管理者清扫，树草很旺盛，不小心就会把路吃掉。长长一片热带雨林，天然大氧吧，根与枝、蔓与藤，随心所欲地嬉戏，恣肆得要命。近四十分钟的爬山路程都是这样，我贪婪地深呼吸，妄图把整座森林的绿意和湿润吸入体内，将我更新一遍，或者供我用上它几年。

尽头是一条河的发源地，那些棋子般的圆疙瘩，看上去呆呆笨笨，实际是这个民族的古老图腾——他们也搞阳具崇拜。高布斯滨又名“林伽”雕塑，“林伽”转译过来就是阳具，也来源于印度教。河床雕有一千个林伽，为的是给河水开光。此处当属吴哥最有灵性的地方，源头附近有一匹瀑布，深林与水的湿意加倍，让人快乐忘形，一位韩国哥儿们乐疯了，当即脱掉衣服跳进瀑布，打坐摆起了 Pose。

到高布斯滨的路，高棉红土飞扬。因为路远，来这边的游客不多。攻略说游吴哥最好戴口罩，我准备了一些，但根本没派上用场，这里雨水湿润，即使飞扬起来也没多少尘土，又是以旅游业为主，其实比很多城市都干净。

× 一花一天堂

巴扬寺以“高棉的微笑”著称，四面皆为佛像，端庄、安详，眼眸低垂，嘴角似笑非笑，很有意趣。

我从佛像外部攀上，进到内里，洞窟设了香台，一位妇人出来，邀我

18-19-20 焦点逐渐推近

进去“拜拜”。How much？她不答，始终祥和地邀我进去“拜拜”。因是一位年老的女性，语言又软，我不好拂意，便随她而去，略带尴尬地向佛默默叩首了几番。我不是佛教徒，只想表达对古老肃穆的某种敬意。不料甫一拜完，她便伸手问我要美元……虽然这事多少让人有点反感，但公道地讲，吴哥并不那么铜臭味，也会有小孩子跑来跟你兜售小玩意儿，但你如果不要也就跑开了，不惹人厌，不骗人，这恰是柬埔寨人的淳朴善良之处，也是一个慌乱混蛋的现代社会的稀有之处。

我们年轻腼腆的TUTU司机，风驰电掣地把我们拉出去好远。我一直怀疑与目的地方向相反，果然，他带我们去了事先并未讲好的洞里萨湖。司机要带我们参观的项目，其实是一种生活，人们在船上买卖东西、看病医疗、做饭炒菜、吃喝拉撒睡。我不知道，当生活作为商品展览时，是否还有隐私可言？没有隐私又是否还有尊严可言？当然，那生活也可能随着商业化变得不真实，成为一场不由自主的真人秀，这也是我不感兴趣的原因。

而洞里萨湖的沿路景象，才是真正的生活。当然，也没人愿意将此作为旅游项目售票供人参观。如同《古墓丽影》中划船的朱莉背后那些摇摇欲坠的河上草屋和绳子上搭晒的衣衫，不，还要不堪许多。就在路边，光着身子的小孩，干瘪的老人，哺乳的妇女，一律瘦，一律晒得精黑，一律穿得破烂。人们洗衣，吃饭，望着路人发呆，或者躺在树下的吊床上睡觉，几乎是在光天化日下生活。我平生没有见过比这更简陋的居住，比这更没有尊严的生存。这大概是世界上最“贫民窟”的贫民窟了，《贫民窟的百万富翁》里的孟买贫民窟不会比这个差，河上的草屋没有一间是完整的，看上去不需要太大的风就能把它底朝天地掀翻。那是一种“极简主义”式的贫穷，根本不能叫房子。也许靠着上天给他们的热带气候和大把水果，最最基本的生存已经够了。也许他们并不需要怜悯，我也只是泛起一点惆怅：那也是一辈子……

西哈努克亲王的孙女曾在接受媒体采访时说过一番话："拍电影有助于推动柬埔寨的经济发展。但我担心的是柬埔寨在这些影片里的形象问题。例如在《杀戮战场》里，柬埔寨就像一个穿着邋遢的美丽女子。近年来，柬埔寨已出现在多部电视剧和电影里，但都没得到正面的描绘。"我相信有一些人不是带着恶意去拍那些"邋遢的女子"的，不过是拍了眼之所见罢了。作为亲王的孙女，这个国家的权势阶层，不如多出点力，让老百姓过得好一些，有尊严一些，镜头里可能就会出现她希望看到的那种"不邋遢的女子"了。

在日本和韩国，有一些做"援助交际"的少女，大多不是被生活所迫，而是虚荣的女孩为了名牌包包和刺激。比如韩国导演金基德（Ki-duk Kim）拍的《撒玛利亚女孩》（*Samaria*，2004）：两个中学生为了一张去欧洲旅行的机票，坦然做起了肉体交易。有时身体亦是少女们反叛的武器，打造过性手枪乐队的制作人曾说，"对孩子而言，她们的性是反社会的最有力的方式"。

在世界范围内，不少导演都碰过雏妓题材。法国导演路易·马勒（Louis Malle）来到好莱坞拍了《雏妓》（*Pretty Baby*，1978），捧红了童星波姬·小丝（Brooke Shields），十二岁的小女孩紫罗兰生长在妓院，并不以妓女为耻，还与为妓女拍照的摄影师相爱。金基德的妓女三部曲之一《雏妓》（*Paran Daemun*，1998）则张扬了妓女的美与尊严：一家父母收留了妓女贞花并允许她在家接客，女儿对此充满敌意，一次她跟踪贞花，看到她性交时的美丽，以至某天她代替贞花接客……但柬埔寨的雏妓，与上面这些都不同：不是为了名牌包包，不是反社会，也不是为妓女正名。《霍莉》（*Holly*，2006）讲了一个比其他雏妓电影都要残酷和绝望的故事：十二岁的霍莉因家庭贫困被卖到柬埔寨，从一个妓院逃出又落入另一个，逃出人贩子魔掌又被警察送进去——警察来抓童妓，其实是来和老鸨分红，500 美元就可以睁一只眼闭一只眼，所以在柬埔寨人贩子天不怕地不怕。在柬埔寨生活了多年的美国人帕特里克遇到了霍莉，开始保护她，在她无尽的逃亡中不顾一切找到她。回到村庄，带上妹妹远走高飞，这是霍莉的心愿，也成为帕特里克的使命。

帕特里克曾被一个小男孩生拉硬扯到深巷，皮条客这样“卖”一个五岁小女孩：“她们还太小，不能玩太激烈的。”柬埔寨有三万个这样的卖淫儿童，这数字看上去多么绵绵不绝。我在巴布隆寺的门口曾被一群小女孩像小鸟一样围住，我也确实想买些明信片，于是把她们手里的各式都看了看，但质量和色彩实在太差了，可是面对她们细细小小的声音“please，please”，心又一下子很软，就试着说，“出来以后再买吧”。结果，她们果

21-22

21 《雏妓》海报
22 《霍莉》海报

然等到我出来以后还记着这单生意，我只好二话不说买了两包，为了信用，也为了她们无辜的小脸和不漂亮的衣服。就像我不想要那些劣质明信片、你不想要那些垃圾纪念品，我们顶多买一包了事，没人会为她们停留，但帕特里克停下来了，所以电影海报上打着一句话：out of thousands，he tried to save one。一部揭露柬埔寨儿童卖淫的电影由一位美国导演来拍，多少令人敬佩。导演盖伊·摩西把命都压在这部处女作上了，亲自撰写剧本，甚至跟黑帮谈过投资。许多镜头都在柬埔寨的红灯区取景，因此也遭遇了阻力，没有许可证没有钱，但他的动力来自“拍这一切太重要了，这个国家太穷了”。

影片安排了一个美国男人来拯救柬埔寨少女，是否有“白人/美国救世主”之嫌？帕特里克教霍莉骑摩托车，请她吃饭，给她买衣服，把她从人贩子和妓院手里一次次救出来，但从不“侵犯”她。霍莉自然爱上了他，“我服侍过很多男人，我是女人了，我嫁给你”。在另一部同样捧红了一位童星朱迪·福斯特的美国电影《出租汽车司机》（*Taxi Driver*，1976）中，一位越战老兵同样去拯救一位雏妓，单枪匹马血洗妓院，自己也中枪负伤。不同的是，《出租汽车司机》里的雏妓并不想离开妓院回家读书，越战老兵不过是借助一个雏妓来完成他拯救世界的梦想，最终他的确成了一位英雄，反抗城市罪恶的媒体明星。但《霍莉》的结局是：即使一个高大威猛的美国男人也无法拯救一个弱小的柬埔寨少女。最后一幕虽然煽情但是感人，仿佛罗拉快跑一般，帕特里克在奔跑（躲避追踪），霍莉也在奔跑（逃出志愿者机构），两人相向而跑，即将相遇的刹那，帕特里克被警察抓上车，回头看到了躲在墙角的霍莉。霍莉眼前一黑，影片结束。留下一个可怕的悬念：不知她又将落入谁的手里。

看完电影，我对曾经去过的金边倒吸一口凉气。

× 红色高棉的梦魇

那么，这个国家为什么会这么穷？

柬埔寨与越南一样，伤痕累累，曾被法国殖民，“二战”后与越南一道抗法而赢得独立。1960年代，柬埔寨又与越南联合抗美，但越南突然在苏联帮助下大举入侵柬埔寨。柬埔寨军民艰苦地打着游击战，抗越战争也得到了世界声援，中国亦曾给予支持——不过我并未在柬埔寨感受到特殊友情，就像也未在西贡或河内感受到敌意。在联合国的干预下，持续了13年的越南入侵战争结束。

然而，比起这些痛苦的“外伤”，柬埔寨的内伤更大。1960年，柬埔寨共产党成立，史称“红色高棉”。柬共早期从属于越共，但在越共和美国停火后，柬共与越共分裂，于是美转而向红色高棉提供武器，希望借此削弱越共。1970年美国策动政变，废黜西哈努克，西哈努克与柬共携手抗美，五年后红色高棉夺取政权。柬埔寨的悲剧从此开始了。“红色高棉”堪称当代柬埔寨的一场噩梦，使整个民族达到史无前例的恐怖巅峰。短短三年多里发生的一切，超出了人类正常思维的底线，令所有研究人类野蛮行为和大屠杀事件的专家至今迷惑不解。

红色高棉的大屠杀不是源自种族、宗教，而是源于对共产主义的“理解”——为实践农业乌托邦计划，要把每一个城里人改造成农民，1700万城市居民被强制迁往乡下；取消城市、货币、商品，取消家庭、庙宇、医院、学校、书籍和公共设施，关闭国门；凡在旧政权服务过的人、对新政权不满者、不愿自动离开金边者，格杀勿论。两百万人被大清洗，这个苏联大清洗的柬埔寨版本，是为了建立一个最纯粹的社会主义……

纪录片《红色高棉杀人机器》（*S21:The Khmer Rouge Killing Machine*，2003），讲的就是这段骇人故事。金边的S21监狱以种种酷刑而恶名昭著，几乎可与奥斯维辛“媲美”。导演潘礼德（Rithy Panh）生于柬埔寨，在红色高棉劳改营中关押了四年后逃出，也是仅有的七名逃生者之一。他用了三年时间邀请在世的幸存者与施刑者，重访旧地，讲述当年的大屠杀。

画家眼里是过尽千帆的悲悯：“有些画家的画，红色高棉不喜欢，他们就被杀了，而我活下来，只是因为我的画让他们高兴。”行刑者认为自己也是受害者，画家反问，那囚犯是什么？行刑者说，党高于一切，党要抓人，无论丈夫妻子孩子或父母，我们就抓。画家反问，你作为一个人的思考能力呢？你不再相信你的父母吗？如果人只想着服从命令，那就是世界末日了，人成了动物。

23-24-25

23 画布上的历史

24 无数见证者

25 纪录片《红色高棉杀人机器》海报

画家画下他的恐怖回忆：红色高棉把我们装上卡车，脚挨着脚铐在一起，两个年轻人像狼见了食物一样兴奋地大叫，他们把我们的嘴捂住，眼睛蒙住，脖子上套上绳子，像牵牛一样牵着我们，叫我们抬腿就抬腿，有人笑说“真是一群瞎子”。把孩子与父母分开、丈夫与妻子分开，让他们无法认出彼此，无法呼喊，无法暴露秘密。行刑者都是十五到二十五岁的年轻人，正值荷尔蒙旺盛：一个怀有身孕的漂亮女人被强奸；一位行刑者喜欢并可怜一个女孩子，因被性欲折磨只有恼怒地鞭打敌人。二百万人死了，饿死，病死，自杀，枪杀。

联合国曾派出两万多名工作人员、花费数十亿美元来帮助柬埔寨实施和平协定，然而红色高棉却拒绝签字。在失去了国内盟友和国际支持后，红色高棉陷入孤立，先是被宣布为非法组织，随后爆发内讧，失去大批部队和经济来源。当新政府的总司令密谋投诚，他与他的全家被红色高棉一号人物暗杀，官兵忍无可忍，将枪口对准自己的老大。1999年，当今世界最著名的激进组织“红色高棉”终于走到尽头。然而，对于这场史无前例的灭绝，没有领导人或参与者出来道歉，他们甚至不认为这是一个错误，临终前波尔布特仍冥顽自喃着，“我没有屠杀，我只是在战斗”；其他人则坚称“毫不知情，没有责任”。

看完这部电影，我开始怀疑自己是否真的去过金边。

Hong Kong

香港六面体

×《重庆森林》《黑社会》《枪火》《女人那话儿》《天水围的日与夜》《中国盒子》

× 误闯“重庆森林”

香港之行，是因在香港转机，而持国外签证可在香港逗留七日。或许是语言的关系，一踏进香港机场，我的神经顿时松弛了很多。机场巴士的线路非常密，也非常有序。我提前在网上预订了旅馆，图交通便利，选了尖沙咀重庆大厦里的一家，机场巴士直接停在了酒店门口。

沿途的风貌很怡人，青山绿水，干净漂亮。港口码头的海水依然蓝得纯醇。待我拖着行李箱走进著名的重庆大厦——王家卫拍摄《重庆森林》（*Chungking Express*，1994）的地方，心里陡然一沉。迎头一棒是一股鱼龙混杂的气息，又吵又乱，一个个小格子间里卖着手机电器服装，来来往往的皮肤以深棕为主。等电梯时，我的心算是沉到底了，那些人高马大的黑人啊……我的“马德里超现实主义”后遗症犯了：见了黑人就怕。

我之所见，与电影里相去无两，只不过十几年前的重庆大厦多印度人，今天多黑人。由于地段好价格低，这里也是国际背包客的首选，被美国《时代》杂志称为“亚洲最能反映全球化”的一个例子，不过在我看来，这全球化倒不如说是“混乱”的别称。等了好几轮电梯拉走黑人，才拣了一趟大部分是小个头黄皮肤亚洲人的电梯钻进去。到了预订的楼层，拖着行李箱下来，只见窄小得不能再窄小的楼道，寻着旅馆名字，朝前台一看，顿时想逃！一群威猛黑人，有一个居然叫出了我的名字——可能我的亚洲面孔与预订单上的亚洲名字比较对位吧。我“急中生智”，谎称有同伴在楼下，便亡命般地钻进电梯。

电梯里遇到一对讲粤语的中国父子，是楼下某家旅馆的主人，向我报出最低价。随那父子去看房间，恐怕只有在寸土寸金的香港，才见得到这样的旅馆房间：都抵不上一个火车的卧铺车厢大，一张“迷你”单人床上叠着另一张，进去之后腾挪周转都成问题，看着已觉气短胸闷……逃出重庆大厦，心神顿时敞亮了。拖着行李箱漫无目的往前走，没走两步便在它隔壁看到一间气派的帝国酒店，不管三七二十一先进去，一看房价——也确实是香港才有，不过三星而已，单人间折扣后还要800港币。但是我要住！人生地不熟时，一个笨办法就是花钱，换来安全与品质。前台小姐是个地道的香港女孩，清秀柔顺的长发就像她清秀柔顺的性情，我讲了刚才的“冒险”故事，她很认同，说不少客人都是从重庆大厦转来这里的。“那边都是印度人”，说这话的时候，她调皮又略带轻慢地吐了吐舌头，看来印度人在香港人心中的形象不算好。

汤唯的复出之作《月满轩尼诗》（2010），里面就有一个神秘印度男，一会儿在汤唯和张学友常去的茶餐厅当服务生，一会儿又是擒获罪犯的便

1

1 《月满轩尼诗》中的神秘印度男

衣警察。这对相亲男女的共同嗜好是看侦探小说，他们常常一边喝奶茶，一边推理神秘印度男的身份。香港人喜欢奶茶，印度人也喜欢，初到新德里的第一天清晨，所住家庭旅馆的女主人托着银盘将两杯热乎乎的奶茶端进房间，送到我床头，丝滑奶茶入胃，让我顿时对印度充满了温暖的爱意。英国殖民印度近四百年，英国的奶茶习惯其实由印度传入，而香港的奶茶传统或许又由英国感染。说是早年英国殖民香港的时候，因为印度人会说英语，就被英国派到香港当警察，渐渐有了几代后裔，所以香港才有这么多印度人。

重庆大厦与帝国酒店，一个充斥着印度人与黑人；一个往来多白人。不过，酒店价格日日更新，这单间第二天翻到 1500 港币，我只好试着找网吧预订另一处便宜些的，香港有一个非常人性化的设计：在大的地铁站里，有免费上网的电脑。人们很自觉地排队等候，很自觉地与前面一个人保持一定距离。也是下班高峰时刻，也是来来往往的人群，但看不到北京地铁里的粗鲁——一旦滑动门打开，外面的拼命往里挤，里面的拼命往外闯，不知是为了抢时间还是为了抢座位。我们根本不是一个文明的市民社会，公共服务和公民素质都有很大差距。可不可以说，殖民历史就这一点而言，是正面的？

地铁上网只允许每人占用 15 分钟，慌乱的我一时没完成。于是重返尖沙咀，辗转来到亚洲青年中心的收费网吧，花了几十块钱终于搞定。第二日选择了帝豪海景，300 多港币；第三日又订回帝国酒店，价格回落到 700 港币。网吧收费员颇为同情：“吃饭了吗，过了晚上 9 点，这里的三明治打五折。”我婉谢她的好意，不甘心把自己的香港“初夜”屈就给三明治。“拦住”两个香港女孩，打听超市顺便打听了这个。她们非常热心地介绍：

超市可以去 SEVEN ELEVEN，特色小吃可以吃鲍鱼粉，不远处就有一家不错的店，她们正好往那个方向走，干脆把我带过去。这两个女孩立刻让我喜欢上香港的年轻人——眼神干净，清新现代，有礼貌，有教养。

鲍鱼粉是一种放了鱼丸的白色汤粉，汤比较鲜，味道清淡，对我而言更像一种体验而非美食。饭后在尖沙咀闲逛，已是晚 10 点半，却仍是一派霓虹闪烁热闹非凡的景象。这个处处狭窄只好向空中发展的繁华小岛，诞生了很多知名的电影，没有香港电影，华语电影将是寂寞的。小资钟爱的王家卫，事实上也是在欧洲最受欢迎的华人导演——游历法国南部的阿维尼翁时，遇到一位女导游，这位中年女性让我惊异地领教了一个普通法国人对于电影的热忱，她从墨西哥的冈萨雷斯侃到英国的肯·洛奇，从马丁·斯科塞斯侃到希区柯克，然后打开手机，居然是一张王家卫的照片！她说 Kar Wai Wong 在欧洲很红。参加威尼斯电影节时，我再次想起她的话——电影节的小书店中关于著名导演的书籍，关于中国导演的只有一本：王家卫。

王家卫提供亲民的“茶餐厅”，也提供旖旎的“上海菜”，无论哪种，味道都是洋派。《重庆森林》的角色不过是无名警察和外卖小妹，地点不过是鱼龙混杂之地，但其时髦的双线叙事、流行歌曲以及迷离影像，使他飞离了地面。墨西哥导演冈萨雷斯（Alejandro Gonzalez Inarritu）的《爱情是狗娘》（*Amores Perros*，2000）同样是多线叙事的典范，一个贫民窟青年，一个美丽模特，一个军人流浪汉，他们之间唯一的交集是狗：年轻人带着他的狗参加地下狗战，模特养了一条宠物狗，流浪汉收养了一条流浪狗，三人在一场车祸中相遇。这部献给世界最大城市之一墨西哥城的电影，暗示着在现代墨西哥，“白色阳刚”取代了“棕色阳刚”。年轻人的哥哥就是那愚昧贫穷的“棕色阳刚”，棕色皮肤，抢劫银行，对妻子如动物般泄欲，只会用暴力解决问题；而模特的情人就是那文明优雅的“白色阳刚”，白色皮肤，受过良好教育，身居要职，可以动用财富与影响力掩盖自己的婚外情，买漂亮公寓金屋藏娇。冈萨雷斯警惕着这一新的价值观，即通过阶层和种族来界定价值。

较之冈萨雷斯，王家卫不要那么残酷，他要的是“酷”。《重庆森林》的两个爱情故事平行前进，从不交集，这本身就有一种“谜”的气质。一是633号警察梁朝伟与外卖店小妹王菲的暧昧故事，一是223号警察金城武与神秘女杀手林青霞的暧昧故事，而之前，梁朝伟与金城武都痛苦地失恋了。王家卫之所以受小资们热爱，就因为他洞悉现代大都市的底细：孤独。他的主题永远是爱情；他的主人公永远是失恋的。《2046》（2004）的男主角甚至要跑到吴哥对着千年老树的洞窟说出心中的秘密；《东邪西毒》（1994）更是A爱B、B爱C、C爱D的无解之痛……小资们要的就是虐心感觉：爱而不得。好像初出道的林忆莲，以都市女性代言人的定位在香港一炮而红，那时的她在唱——“爱上一个不回家的人，等待一扇不开启的门”。若是大团圆，哪里还有忧伤？若是没有忧伤，哪里还有美感？美学的存在就是要

2-3

2 《爱情是狗娘》海报
3 《重庆森林》，两个不交集的故事里的主人公王菲与林青霞，仅在一个画面里交集

恢复人的感性，王家卫的电影从来都不是用来阐释的，而是用来感受的。

梁朝伟天天去一家快餐店买沙拉，给空姐女友当宵夜，某天在老板建议下换了炸鱼薯条，结果女友也换了“口味”；暗恋梁朝伟的王菲，拿着其女友留下的钥匙潜入他家，有天被撞见，梁朝伟约她在“加州”餐馆见面，结果她去了美国加州；再次回来时，她变成了一个拖着行李箱的空姐。金城武认为爱情就像罐头一样有着保质期，他在女友离开后每天买一瓶 5 月 1 日到期的罐头，可那天女友依旧没回来，他一口气吃掉所有的罐头；在酒吧迷上了穿着风衣、戴着墨镜、独自喝酒、神秘得像个谜的林青霞（这些都是小资情绪的标准配置），她雇了一群印度人贩毒，不料被印度人背叛，她在重庆大厦里疯狂寻觅，而他在酒吧痴痴等她……这些爱情都不可能，唯有不可能，王家卫才可能。

大哲学家克尔凯郭尔在《一个诱引者的手记》里讲了一个高段位花花公子的故事，也借此表达他的哲学观，在虚无之上，还有审美可以依存。男主人公以种种处心积虑的“巧遇”诱引姑娘上钩，带领她到达灵魂战栗的巅峰，而正当姑娘要献出自己时，他戛然而止，消失了。“现在，一切已经过去。她对我的一切抗拒已不再存在。然而只有抗拒存在的时候，爱情

4-5

:: **对照记**

4　这幅飞速穿越人群、几乎虚焦的一幕，已成为影片的风格，仿佛我们身边尽是匆匆过客

5　我镜头里行驶的双层巴士，巨大的广告灯箱。也许香港的节奏和香港的夜就是这样的，摩登、神秘，让人抓不住又想入非非，猜测着莫可名状的故事，特别是爱情

才美好。有件事却是真正值得去知道的，那就是我是否能带有诗意地从一位少女身边离开。”——你可能会说，这根本是个坏蛋；也可能会说，在这灵魂战栗的审美体验背后，不过是不与他人建立真正关系的某种恐惧、将自己悬空在孤独上而已。可是不得不承认，这种“诗意的审美生活”的确有诱惑性。无从得知，王家卫是不是克尔凯郭尔的“审美”信徒中的一个，但王家卫的爱情的不可能、不进行，等同于一种审美诱惑。

梁朝伟在女友走后拟人化了伤痛，对着一块干瘪的香皂说，“你知不知道你瘦了，以前胖嘟嘟的”；金城武在女友走后去跑步，“因为跑步可以使身体里的水分蒸发掉，让我不那么容易流泪”；《2046》里时光列车上的机器人更加是——笑要好几个小时才能笑出来，哭要到明天才能流出眼泪。这些俏皮、风趣、忧伤的失恋絮语，以及加重了迷离、孤独和某种摩登感的爵士乐、雨、夜、酒吧、威士忌，都是小资们的美学毒品，而香港又是多么适合制造这一美学毒品。王家卫必须一刻不停地戴着墨镜，与他影片的酷和神秘合而为一。

× 夜访“黑社会”

摩登的香港也会出现在外国电影里，《蝙蝠侠前传 2：黑暗骑士》（*The Dark Knight*，2008）拍摄了香港最经典、最具符号性的摩天大楼景观，也让香港的艳照门小生陈冠希露面三秒钟。

《黑暗骑士》也不会错过香港的夜景。夜晚乘缆车上太平山，人潮汹涌，纵然缆车有序而有效，仍然成批成批地汩汩冒出。我的八达通帮了忙，直接刷卡通过，免去了排队买票的大麻烦。香港的“八达通”的确四通八达，直抵生活各个方面：吃饭、游玩、购物、交通……

这部挑战了暑期档之娱乐王道的深度寓言电影在全球大获全胜，却未能登陆中国内地。《黑暗骑士》里有一个中国人，一个为美国地下黑帮洗钱的香港会计，这一角色设置令人联想到此前一则“朝鲜利用澳门银行非法洗钱”的传闻。不过，虽然片中没有出现香港黑帮，但外国人看香港，免不了看出一个黑帮天地。没有黑帮片的香港电影，无疑是寂寞的；而香港黑帮片大佬，非杜琪峰莫属。

当然，有黑帮的地方，才有黑帮电影。香港黑帮亦投资电影业，早年间刘嘉玲因拒拍黑社会的电影而遭绑架，李连杰因拒拍黑社会的电影而被迫远走美国。杜琪峰曾以四小时篇幅讲述香港黑帮的《黑社会》(2005)，背后就站着黑帮。影片在一次帮会权力交接中缓缓拉开帷幔——香港黑帮的结构、建制、如宗教般的文化。参加戛纳电影节时，影片的宣传手册震惊四座，上面印着香港三合会的图标与“堂口”设置、帮会规则及帮会手语暗号，这本黑社会大全可是实打实的。所以，我在旺角或中环，亦有可能身边某人就是一个帮会小弟，《文雀》(*Sparrow*，2005)里那场雨夜打

6-7

:: **对照记**

6-7 《黑暗骑士》和我镜头中的香港摩天大楼与维多利亚港，这是所有人都喜欢拍的

8-9

伞戏就是在旺角拍的，由于旺角人多，只好借助雨伞遮住人的脸。

杜琪峰的黑帮片，不像科波拉钟情于史诗，讲述几代教父的发迹史；不像巴西黑帮片《精英部队 2》以航拍手法和对体制的质问气贯长虹；也不像马丁·斯科塞斯执著于街头感，《纽约黑帮》（*Gangs of New York*, 2002）的第一句话便是“纽约诞生于街头”——男人们在街头完成人生洗礼，以加入黑帮为无上荣耀。那是以“抵制美国精神”为荣耀的另一个美国梦，梦想着像黑道人物那样随心所欲，不必遵守规则，去想去的地方，

8 《放逐》里的兄弟

9 《文雀》里的兄弟

做想做的事，拿想拿的东西。马丁的黑帮都是悲剧收场，人们爱黑帮，但也需要黑帮死，如是，漆黑影院里人们参与了一场激动人心的人生，走出影院继续享受阳光下的安全感。杜琪峰的黑帮世界，既不释放中产梦，也无意于政治，他不拍黑帮老大，他始终看重的、永远在表现的，是兄弟情义。他们在帮派里亦有身不由己，但从不低三下四，最终不是被秩序世界杀死而是为了兄弟情义赴死。《放逐》（*Exiled*，2006）中，五个从小一起长大的兄弟，因为其中一位死去的兄弟的妻儿，四兄弟舍弃了一吨黄金的灿烂未来，与黑帮大佬同归于尽。

比起吴宇森早年在香港拍的那些黑帮电影，杜琪峰更加风格化，简约、智慧、深沉。他们都爱兄弟情，但杜琪峰不像吴宇森那样直白地洒热血，哭，笑，任何形式上的高八度都不会进入杜氏作品。他片中的兄弟不大讲话，但是行动，在行动中表达对对方的情意。黄秋生、任达华、吴镇宇、林雪等演员与杜氏黑帮片共生共荣，一群阳刚男儿与一个阳刚主题互文互释。《枪火》（*The Mission*，1999）中，五兄弟因联手保护危难中的黑帮老大而结成情义，又因为各自的“原则”而质问彼此甚至大打出手刀枪相见，但最终，还是互相保护彼此信任。

杜琪峰的枪战场面独树一帜，不同于北野武黑帮片中以《极恶非道》（*Outrage*,2010）为滥觞的杀人大全，也不同于马丁黑帮片中以《好家伙》（*Goodfellas*，1990）中乔·佩西为极致的疯子般的擦枪走火。他喜欢选取逼仄、复杂、幽暗的都市公寓，风吹纱帘的诡异，在《放逐》中更是风格化到极致唯美的地步；他喜欢借助狙击枪的枪镜、天花板的玻璃、铁皮等可以反光或投影之物，令人物在毫发的微妙间做出判断和决定。我之所以爱杜氏黑帮片，就是因为这份命悬一线的危险既逼真也美，杜琪峰的动作场景并不动，而是在制衡中捕捉每个人的紧张、等待、对峙、博弈，你不知道下一秒将如何行事，谁先拔枪谁先开火，一切都不是随随便便，每一个衣襟下的拂动、每一个反光镜里的光亮，都可能射杀一命，他们屏住呼吸，我们也是。《枪火》中的商场枪战，《文雀》中迷离悠缓的雨夜打伞，《放逐》中黑市医生家中布帘内外的明暗对峙……依靠智慧的猎与杀、进与退，一躲一闪极为讲究，像王家卫的失恋絮语一样，这些杜氏风格的动作场面同样成为影迷圣经。

将东方意境贯入西方类型片的杜琪峰，是昆汀·塔伦蒂诺眼中最牛的华人导演，欧洲爱王家卫，昆汀爱杜琪峰。昆汀的黑帮片尚有绚丽的女性角色，如《低俗小说》里乌玛·瑟曼那段载入影史的摇摆舞，但杜琪峰删繁就简，只要兄弟，他的兄弟情义与武侠电影的“侠义”精神一脉相承，都是香港特色。近年香港电影市场日渐萎靡，香港电影人纷纷与内地合拍，陈可辛潜心研习大陆市场，以精明的领悟力，带着响亮的主旋律意识拍制了《十月围城》(2009)，获得票房与口碑的双料成功。杜琪峰是否也想参与内地大市场呢？即使想，他的黑帮题材能否通过审查？他来内地合拍一部关于重庆打黑的片子就被搁浅。以他的个性，或他片中人物的个性，到来或许仍需时日——黄秋生替女儿及外孙全家都被杀害的法国雇主报仇，不料幕后主使正是自己的黑帮老大，他不隐瞒老大也绝不放弃承诺，当老大对他说，放手吧，他的回答是：你知道我的为人，我也知道你的为人。

人们说，《文雀》是杜琪峰写给香港的情书。他将香港那些散发着海水气息和古旧味道的街巷、店铺都拍在来福相机里，而四只“文雀”把刀

10-11-12

10 《枪火》中的商场枪战
11 《放逐》中的黑市医生家的枪战
12 《文雀》中的雨夜打伞的较量

片含在嘴里的偷窃技艺，也像那个行将逝去的香港一样被他记录。事实上，杜琪峰的所有电影都是一场怀旧，他的兄弟重承诺，不就是一首高贵的挽歌？黄秋生之所以对大哥不放手，也因为大哥连女人和小孩都杀了。祸不及妇孺，这是老派黑帮的原则。老派黑帮就是杜琪峰在《黑社会》里再现的早年间天地会的结拜誓盟：你父母即吾父母，你兄弟姐妹即吾兄弟姐妹；倘有兄弟父母百年归寿无银埋葬，必要通知各兄弟，有多帮多，无钱出力，已完其事。老派黑帮就是《教父》里的维多·柯利昂：不懂得照顾家庭的男人不是真正的男人；毒品对人不好，这种生意我不做。老派黑帮被现代黑帮取代，不是因为他们的人格落伍了，而是因为现代人的人格不再高贵，原则、讲究统统作废，一切唯利是图，一如意大利电影大师威斯康蒂的西西里史诗《豹》（*Il Gattopardo*，1963）中关于新与旧的一句台词，"我们曾经是狮与豹，而取代我们的是豺狼与土狗"。

最近一部《复仇》（2009），借用了由诺兰自《记忆碎片》（*Memento*，2000）开创的"失忆症"潮流，我知道，杜琪峰"老"了，但从主题到手法，我依然喜欢。杜琪峰的摄影机就是一只老式来福相机，试图留存下那种没道理的英雄感、义气感、情意感，留存下那个曾经的黑帮和那个老派的香港。没有当年，就没有今天。

× "华丽上班族"的幻想生活

在路上的感觉，总是美妙。手机彻底关掉，偶尔一封只言片语的E-mail是与熟悉世界的唯一联系。只在香港酒店打开电视看到台湾风灾以及募捐

13

晚会时，才从遥远陌生的世界慢慢回过神来。

步行到天星码头，坐渡轮去中环。香港的交通非常便利，地铁、火车、渡轮，可以抵达你想去的任何地方。这一路步行，真是赏心悦目。各式建筑仪态万方地享受着金色的光辉，潮服达人，国际化的肤色。欧洲的城市注重历史，多是在古城之外建新城，而观光多以古城为主，所以观光客看到的更多还是观光客。香港不是这样，观光客与市民交织在一起，于是我在渡轮上看到了下班的白领们。男士是挺括的西装，女士是一丝不苟的丝袜、高跟鞋，即使在炎热的夏季……前些年日本提倡白领的“低碳生活”——换下厚实的职业装，穿上轻薄休闲服，减少空调的使用。香港也需要这样一个运动，一座永远的空调城，人的皮肤无法感受到自然的起伏。

13 中环码头

来到小巷里的“红蚂蚁”吃午饭，已是下午茶时间。进进出出的男男女女，清一色黑衣黑裤，手里一只手机，腋下一只钱包，俨然附近写字楼里的白领。若拍上班族的戏，我总觉得没有比香港人更合适的。清瘦的男孩子黑西装白衬衫，拿着老派的长柄雨伞，别有一股绅士的优雅。女孩子亦如是，很少花红柳绿，衣着低调而有型，黑皮靴配短裙，同样是长柄雨伞。

香港导演林奕华联手台湾才女张艾嘉，排了一出话剧《华丽上班族之生活与生存》。相较之下，徐静蕾的《杜拉拉升职记》(2010)不过是一场走马灯的时装秀，打着职场虎皮，将白领们的“写字楼”歪成了一个俗滥爱情故事。而张艾嘉的扎实剧本、林奕华的敏感天分，成功地展现了这一“白领浮世绘”。权力政治、人际迷局、办公室恋情，虚实难辨。高层的利益、中层的心机、下层的随波逐流，每个人都是提线木偶，而背后那个提线人是诡异的职场逻辑还是人性的贪婪自私？只有高手才玩得转这场游戏，但高手也要面对一个终极对手，那就是命运。我想起在国际5A公司的经历，不同体制的写字楼的工作经历，印证着这部上班族大全。台阶式纵深的舞台设计，为三小时的场面调度提供了空间；灯光的明暗支配着场面变换，始终有一个画外音在旁陈剧情，电影感很强。而这部话剧就将被拍成

14-15

14-15《华丽上班族之生活与生存》

16-17

电影，由杜琪峰执导。

林奕华出生在一个香港的白领家庭，爸爸是公务员，妈妈是银行职员，亦是香港第一代女性上班族。每天他看着妈妈穿上旗袍，拿上手袋，戴上耳环，画上精致的妆容去上班；黄昏他再和爸爸开车到天星码头接妈妈下班，路上的男男女女犹如好莱坞电影里的角色。但在华丽的背后，他曾见过母亲放下身段求人帮忙，所以华丽不是白领本身，而是白领们的幻想，比如成为杂志封面的主角或过上电影里的生活。数年前，我采访时任中国联通董事的余晓芒先生，那年他当选“CCTV 中国经济年度人物”，在北京西单总部里，余先生忽然想让我看看他在香港的办公室，也是让我看看联通公司“联通世界”的能力。话音刚落，他便打开一个屏幕，自顾自对着它讲话：“请帮我打开百叶窗，我要请王小姐看看我窗外的维多利亚港。”屏幕里，他的香港秘书出现了，拉开窗帘，卷起百叶窗——那是我第一次看到维多利亚港，远远有几叶扁舟，像一幅水墨画。那也是我第一次看到香港。

香港是个让人做梦的城市。在中环吃下午茶的时候，我端详着推门进出的白领们，在他们精致表面的背后，也许有着成为李嘉诚或李嘉欣的梦

16　数年后的今天，我从天星码头坐渡轮，拍下了黄昏的维多利亚港
17　雨过天晴，华灯初上，不同时分的中环

想，那是报纸和电视上头版的英雄美人。傍晚站在繁华热闹的中环街市，巨大的户外电视屏正在播放一条新闻，吸引了很多手提公文包、身着西装的年轻人驻足观看，屏幕上李嘉诚谈着全球金融危机下香港的未来。他们看得非常专注，屏幕高悬，因此齐齐仰着头，仿佛在膜拜心中的神……然而，香港又是个让人无法做梦的城市。我喜欢香港的年轻人，但也许无法体会他们的心事，在一个产生过全球财富奇迹的弹丸小岛上，如何才能出人头地？在一个财富英雄大于文化英雄的价值观里，如何才能安之若素？所以我对香港的情感是左右为难的，一方面喜欢，一方面又庆幸自己没有生存在这里，它的如摩天大厦般尖耸的梦，我消受不起。无怪香港一流二流三流的女演员都毫无想象力地把嫁入豪门视为人生最大目标，老百姓茶余饭后也热衷于此，狗仔队更是登峰造极地因此而昌盛，他们把相机架在山上，偷拍对面公寓里明星们一览无余的生活。在飞机上翻看香港的报纸，毫无深度可言，除了花花绿绿的地产广告，就是配着大图的娱乐新闻，大花边，小花边。

旅居巴黎的张曼玉，穿白衬衫牛仔裤，骑自行车挤地铁，过着真实而简单的生活。但每次回香港，一进机场就要戴起大墨镜，因为香港人喜欢她做大明星。这就是香港，神话的生产者兼消费者。男人除了赚钱还是赚钱，女人除了美丽还是美丽。我在中环或地铁里看到的白领们，他们观看别人的故事，想象自己是主角。所以香港需要明星，需要富豪，需要传奇。也许只有在幻想里，才能挨过一个个注定无名的平凡日子。所以香港是断不会接受一个穿白衬衫牛仔裤、骑自行车挤地铁的张曼玉的，那不正是她们自己吗？

× “女人那话儿”

虽然女明星挖空心思嫁入豪门，但另有一些香港女性是绝不甘作附庸的女权主义者，比如从美国留学回来的黄真真和她的纪录片《女人那话儿》（1999）、《男人那话儿》（2000）。为了让世界了解香港的现代女性，她率领一个全女性制作班底，采访了六十多位不同职业和年龄的人，有普通职员、二奶、女中学生，以及曾在十小时内与两百多名男子做爱的钟爱宝等等。该片由于有性工作者提供性服务的镜头，而被香港定为“三级片”。镜头前的她们相当豪放，独身女导演许鞍华说：“我歧视男人。”香港妻子说：“正室得到的是丈夫夫家的问题、邻里的问题、债主追债的问题……这么多问题，我宁可选择做二奶。”女同性恋者说：“我为什么是同性恋？我怎么知道？好玩嘛！男孩子，跟自己同龄的，普遍都白痴，比自己大的又是一个个垃圾，而且男生普遍很脏的，女孩子香香的多好啊！”

在《男人那话儿》里，有文艺青年倪震、知道分子梁文道，还有几位“行家里手”兴致勃勃地谈论着自己的全球化的嫖客经历，比较着世界各地的妓女哪个更好。香港女导演非常敢讲真话，除了黄真真架起机器让

18-19

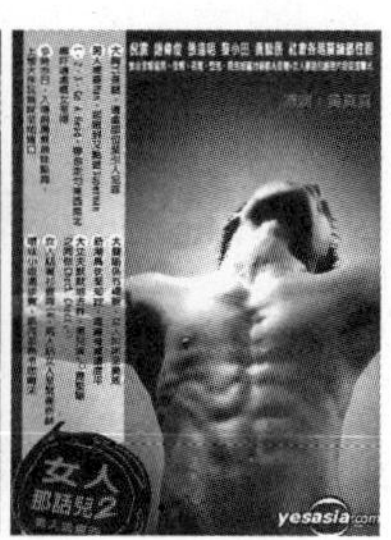

18 《女人那话儿》海报
19 《男人那话儿》海报

百位港人大啖性与情，许鞍华的《天水围的日与夜》(*The Way We Are*, 2008)、《天水围的夜与雾》(*Night and Fog*, 2009)，将镜头深入香港的寻常小巷和平凡生活，而非表面上那个由摩天大楼与霓虹灯构成的梦幻花花世界。清晨，我在油麻地和旺角散步，拥挤的街巷摆满摊贩，卖榴莲的，卖叉烧饭的，这些街巷这些人，才是香港的大多数。王家卫也拍过这里，但他的旺角只产生爱情，不产生烟火。天水围原是鱼塘相伴的小围村，1980年代被港英政府发展成新市镇，这个香港的底层居住区充满失业、移民、大陆新娘等社会问题，发生过多起惨案，《天水围的夜与雾》就讲了一个血腥的家庭暴力故事。我更喜欢《天水围的日与夜》，这是我认为最好的香港电影之一。

全片没什么大不了的故事，无奇情奇观，更无英雄美人。主人公是一个在超市工作的中年妇女贵姐，带着儿子独自生活。有天结识了一位新来的邻居阿婆，贵姐时常帮她一些忙。在贵姐的大家庭里，弟弟们事业有成，住别墅，请菲佣，送子女去国外读书，但她很有尊严地既不接受“施舍”也不觉得低人一等。许鞍华不负“新浪潮”，使人羞赧于二元论的简单性思维：你以为那个天天睡懒觉、无所事事、戴着一只耳钉的儿子是个坏小子，

20

20 《天水围的日与夜》贵姐的家，破旧的沙发、廉价的窗帘，最普通的香港家庭

不，他天天探望医院里生病的外婆，帮阿婆搬电器，跟有钱子弟的玩乐适可而止，按时回家陪妈妈吃饭；你以为贵姐一定是个忍辱负重的高大全形象，不，她连名带姓直呼儿子“张家安”，天天唠叨儿子去某店买报纸因为那里免费赠送纸巾，她不去医院看望老妈却陪邻居阿婆大老远看望女婿，因为老妈有人探，阿婆无人陪，阿婆女儿死后，女婿带着孙子娶了新人；你以为贵姐的弟弟们忘恩负义，若不是姐姐早早出来工作供他们读大学哪会有今天，不，弟弟私下里淡淡地对侄子说，如果你考不上，大舅送你去国外读书，钱不用担心，我和你小舅会办妥。贵姐在家庭聚会上替弟妹打麻将，赢了算弟妹的，输了算自己的，对于这样的姐姐，弟弟们从不强求给她钱。

大陆也有底层题材，讲究人文关怀，但是常觉可疑。仿佛苦难荣升为导演的资源，谁拍底层，谁就站在了道德制高点。许鞍华不做上帝，只是在一旁静静看着，最多的场景就是吃饭——一次次对准阿婆的灶台，阿婆在菜市场买一把青菜、一块牛肉，放在一起炒一炒，就着一碗白饭，就是一顿午餐；晚上，把剩下的菜热一热，又是一顿晚饭；阿婆的时光就在洗碗炒菜、孤独发呆中流过。一次次对准贵姐的饭桌，她和儿子，每天青菜

21-22

21-22 吃饭，还是吃饭

炒蛋；贵姐的丈夫去世了，他的衣服儿子已经穿不了，扔到垃圾桶，又拿出来，她站在无人的走廊里好半天，狠狠哭了一会儿。

这些微小的生活谁会在意呢？好莱坞不会拍，男导演恐怕也不会，因为没有戏剧性没有煽情没有冲突没有格局。而敏感细腻的女性，使这些不值一提的小事充满了尊严和价值。阿婆买给女婿的金项链金戒指被退回来后，她失落地连同买给贵姐的一起送给了贵姐，贵姐体恤地安慰她，我帮你收着，以后你有用钱的地方我帮你办妥。影片结尾还是吃饭，贵姐叫来阿婆，三人一起吃着水果和月饼过中秋。这自然自在、安之若素的状态，令我忽然对无数普通的香港人投以敬意，比之繁华的中环以及那些精致的白领们，天水围的贵姐和阿婆可能更是香港社会的坚韧根基，他们使我们无论面对什么样的生活都不会心虚。美丽的维多利亚港、销魂的太平山夜景、摩登的铜锣湾，这些世人熟悉的香港"明信片"都没入画，但是这个在其他香港电影里很少见到的香港，使这部 DV 拍摄、90 万成本的"寒酸"加"清淡"电影，包揽了香港电影金像奖主要奖项（最佳导演、最佳编剧、最佳女主角、最佳女配角），并横扫了当年几乎所有的电影奖项。

贵姐由鲍起静出演，她出身世家，父亲是大名鼎鼎的演员鲍方，弟弟同样大名鼎鼎，是因《卧虎藏龙》而获奥斯卡最佳摄影的鲍德熹，但她演起普通人来丝丝入扣。年轻时拍《白发魔女传》，邓小平来剧组探班，鲍起静就坐在他旁边，邓先生问一句，她答一句，事后她非常后悔因为紧张而没能向这位厉害的人物多多讨教人生经验。鲍起静六十岁的时候因"贵姐"荣膺影后，许鞍华亦是六十岁的时候除了三获最佳导演还成为香港导演会会长，她的感言很有意思：来到这个男性当道的领域，三十年前没有遭遇性别歧视，三十年后没有遭遇年龄歧视。这也是香港的另一种魅力吧。

× 打开“中国盒子”

香港朋友推荐了几家书店，我一个个找去，一间已停业，似乎印证了“二楼书店”渐趋没落的命运。香港的书店一般叫“二楼书店”，在繁华闹市的楼宇中，从一个很窄的楼梯上去，对面通常是发廊。门很小，店很小，到处是书。香港奉行小政府大市场的资本主义，不存在“国营”一说，所以不会出现像北京西单图书大厦这样动辄几层楼的庞然大物。书店多由一些理想主义的艺术青年私营，在书目选择上有各自的性情。而近年网络的兴起，使书店面临危机，这种小众的二楼书店更是难以为继。

英文书籍多——讲英文的人也多，酒店、商店里比比皆是。想来香港人是有阶级感身份感的吧，讲英文是传统，也是一种身份符码。有次进了一家品牌专卖店，领班小姐不知把我当成了韩国人还是日本人，不讲国语不讲粤语，而是英语伺候。在香港如果你想得到多一点的尊重，不如讲英语。还有一次在香港中文大学问路时，我用普通话同两个女学生交流，不料她们听得磕磕绊绊，改为英语，立刻“畅通”。

书店里放在醒目位置的多是大陆买不到的禁书，关于政治人物、敏感事件的，恐怕一日不解禁，香港就能赚一日大陆的钱。机场书店亦是如此，几乎成了大陆客的专柜。政治类的书实在太多了，太子党，大揭秘，可能北京的权力在香港人眼中多少有着难以企及的神秘感。有一部关于香港的电影，虽然并未获得等量的影响，但时代背景是最宏大的，意识形态是最浓烈的，演员阵容是最豪华的，即王颖（Wayne Wang）执导的《中国盒子》（*Chinese Box*，1997）。

王颖生于香港，十七岁去了美国，曾把华裔女作家谭恩美的小说搬上银幕，即讲述中国妇女百年命运的移民题材电影《喜福会》（*The Joy Luck Club*，1993），极为成功。事实上，这部电影在我的心灵成长史中占有特殊的位置，那个眼神独立而灿烂的中国女孩让我从糊里糊涂中猛然惊醒：女人如何成为一个主体。她曾经因为独立而灿烂的眼神被美国白人大亨之子爱上，但是嫁给他后她渐渐迷失了自己，一切以夫为重，因为她觉得自己不如他那么重要。她永远在问“你想吃什么？”丈夫提出离婚，她追问着“她是谁”，却不明白这里没有第三者。那天下着雨，丈夫来收房子，她坐在庭院的大树下，任由雨水流湿头发和脸庞，她叫他滚出去，然后开始讲着祖母和母亲的故事，他慢慢蹲下来，让她讲下去。最终，她在两代女人的惨痛中重新找回了自己，丈夫也回到了她身边。当然，这故事还有另一层隐喻：中国若想得到西方的爱，唯有独立、自尊。王颖也因此成为最

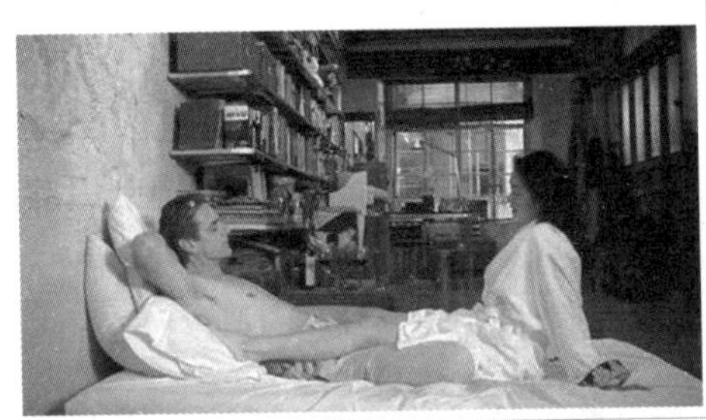

23

23 《中国盒子》中的中英情人

早在好莱坞站稳脚跟的华人导演，之后带着野心，选择了一个重大政治题材——香港回归。

影片符号化地把三位主角的身份定位为大陆、香港、英国。耀目的卡司名单上，三位演员也恰好是这样的身份：中国大陆的巩俐、香港的张曼玉，英国的影帝杰瑞米·艾恩斯（Jeremy Irons），他因《洛丽塔》里那位畸恋中年男而蜚声世界。这是一部从头到尾都在隐喻的电影，高贵美丽的酒吧老板娘巩俐是“中国”：她从大陆来到香港，做过高级舞女，后被一名香港富商包养，但在有传统道德感的香港，她的“前科”使富商不可能娶她，最终巩俐绝望地离开了。张曼玉出演一个脸上有疤痕的香港底层女孩，她与一个英国男孩曾经轰轰烈烈地爱过，但遭到男孩父亲反对，她苦等十年，再见时男孩已订婚，甚至不再记得那些事。至此，这个故事更加意识形态化了：香港爱英国，可英国是殖民者，殖民者是不会爱它的殖民地的，所有的痴情与深重都是香港一厢情愿的梦。这让我想起另一个上海故事——王安忆的小说《我爱比尔》：上海女孩阿三是一个敏感美丽的艺术青年，爱上一个美国人比尔，但比尔最终离开了她，阿三此后与诸多外国男人交往，为的是找回与比尔在一起的感觉，后来被作为暗娼送进劳教农

24-25

:: **对照记**

24 我镜头里的清晨码头

25 《中国盒子》中，九七回归第二天的清晨码头

场。阿三曾经赤裸裸地喊出：我是多么爱你的国家啊！

患上绝症的英国摄影师亦是一个隐喻，映照出英国对失去香港殖民地（在更大的意义上是失去日不落帝国的昔日辉煌）的绝望。在香港回归的第二天清晨，他给自己深爱的巩俐留下一封告别信，太像英国对香港的告别：不管过去和未来，你爱我的那一刻是永恒的。这又何尝不是一种一厢情愿的优越感？他躺在船舷上的落寞，似乎是那个历史性夜晚港督彭定康低垂的头。很多人批评王颖丑化了香港，比如声色场所、简陋公寓、张曼玉的疤脸，不知道这是不是西方眼中香港的可怜一面。影片穿插着一些现实的片段：有人上街游行、吞枪自杀；也有人上街庆祝、燃放烟花。十几年后我身在香港，早已感受不到《中国盒子》里阴翳的幻灭与梦游气息。电影里并没有出现一只盒子，Chinese Box 是西方人所指的一种中国小玩意，大盒子里套着小盒子，一层又一层，仿佛永远找不到最里面的东西。而对于我这个大陆人，对于任何一个不曾在 1997 年来到香港站在街头感受它的气息的人，真相亦是一只 Chinese Box。

图书在版编目（CIP）数据

城之影 / 王田著. —北京：生活·读书·新知三联书店，2012.2

ISBN 978—7—108—03817—3

Ⅰ.①城… Ⅱ.①王… Ⅲ.①游记—作品集—中国—当代 Ⅳ.①I267.4

中国版本图书馆CIP数据核字(2011)第189472号

责任编辑 王 竞
封扉设计 朴 实
责任印制 常宁强
出版发行 生活·讀書·新知 三联书店
(北京市东城区美术馆东街22号)
邮 编 100010
经 销 新华书店
印 刷 北京隆昌伟业印刷有限公司
制 作 北京金舵手世纪图文设计有限公司
版 次 2012年2月北京第1版
2012年2月北京第1次印刷
开 本 880毫米×1230毫米 1/32 印张 9.25
字 数 210千字
印 数 0,001—7,000 册
定 价 29.00元